LA PRISIONERA DE LOS KRINAR

ANNA ZAIRES

♠ Mozaika Publications ♠

Publicado por Mozaika Publications, una marca de Mozaika LLC.
www.mozaikallc.com

Portada de Okay Creations
www.okaycreations.com

e-ISBN: 978-1-63142-460-1
ISBN: 978-1-63142-461-8

No quiero morir. No quiero morir. Por favor, por favor, por favor, no quiero morir.

En su mente se repetían una y otra vez las mismas palabras, una plegaria desesperada que nadie escucharía jamás. Los dedos se deslizaron otro centímetro por el áspero tablón de madera, haciendo que sus uñas se rompieran en el intento de mantenerse sujeta.

Emily Ross se estaba aferrando literalmente con uñas y dientes, suspendida de un viejo puente roto con una sola mano. A cientos de metros por debajo, el agua del torrente de montaña rugía sobre las rocas, con el cauce henchido por las recientes lluvias.

Esas lluvias eran en parte las responsables de su situación actual. Si las tablas del puente hubieran estado secas, posiblemente ella no habría resbalado ni se habría torcido el tobillo. Y seguro que no se habría caído sobre la barandilla ni esta habría cedido bajo su peso.

Solo un gesto desesperado para agarrarse en el último segundo había evitado que Emily se precipitara en picado hacia la muerte. Mientras caía, su mano derecha se había cogido de un pequeño saliente del lateral del puente, y ella se había quedado balanceándose en el aire a cientos de metros sobre las duras rocas.

No quiero morir. No quiero morir. Por favor, por favor, por favor, no quiero morir.

No era justo. Esto no tendría que haber ocurrido. Eran sus vacaciones, su momento de recuperar la cordura. ¿Cómo iba a morirse ahora? Ni siquiera había empezado a vivir todavía.

Las imágenes de los últimos dos años se deslizaron por el cerebro de Emily igual que las presentaciones de PowerPoint en las que había invertido tantas horas. Cada noche, cada fin de semana que había pasado en la oficina y que no habían servido de nada. Ella había perdido su trabajo durante los recortes, y ahora estaba a punto de perder la vida.

¡No, No!

Emily pataleó, e hincó las uñas con más fuerza en la madera. Levantó el otro brazo, estirándolo hacia el puente. Esto no podía pasarle a ella. No lo permitiría. Había trabajado demasiado duro para dejar que le venciera un estúpido puente de la jungla.

Por el brazo le resbalaba la sangre que la áspera madera le hacía brotar al despellejarle los dedos, pero ignoró el dolor. Su única esperanza de supervivencia consistía en tratar de agarrarse del borde del puente con la otra mano para poder subir. No había nadie por allí para rescatarla, nadie que le salvara la vida excepto ella misma.

La posibilidad de morir sola en la selva tropical no se le había pasado a Emily por la cabeza al embarcarse en este viaje. Estaba acostumbrada a hacer senderismo, a acampar. E incluso después de los dos últimos años infernales, seguía estando en forma y siendo fuerte y atlética, gracias a haber salido a correr y a todo el deporte que había practicado en el instituto y la universidad. Costa Rica estaba considerada como un destino seguro, con una baja tasa de criminalidad y una población que cuidaba al turista. También era barato... un factor importante para su cuenta de ahorros en proceso de vaciarse rápidamente.

Ella había reservado este viaje *antes*. Antes de que el mercado se desplomara de nuevo, antes de que otra tanda de despidos les hubiera costado el empleo a miles de trabajadores de Wall Street. Antes de que Emily llegara a su puesto un lunes, soñolienta por haber trabajado todo el fin de semana, para marcharse de la oficina ese mismo día con todas sus pertenencias metidas en una pequeña caja de cartón.

Antes de que su relación de cuatro años se hubiese ido al traste.

Eran sus primeras vacaciones en dos años, y ella iba a morir.

No, no pienses de esa manera. No va a ocurrir.

Pero Emily sabía que se estaba engañando a sí misma. Podía sentir cómo sus dedos iban resbalándose cada vez más, y cómo aumentaba el dolor en su brazo y hombro derechos por el esfuerzo de sostener el peso de todo su cuerpo. Su mano izquierda estaba a unos centímetros de alcanzar el borde del puente, pero igual daba que esos centímetros hubieran sido kilómetros. No podría conseguir agarrarse con la fuerza suficiente para poder levantarse con un brazo.

¡Hazlo, Emily! ¡No lo pienses, solo hazlo!

Haciendo acopio de todas sus fuerzas, balanceó las piernas en el aire, usando el impulso para elevar un poco el cuerpo por una fracción de segundo. Su mano izquierda alcanzó el saliente, ella se agarró a él... y el frágil pedazo de madera se partió, haciendo que ella soltara un grito de terror.

El último pensamiento de Emily antes de que su cuerpo golpeara contra las rocas fue la esperanza de que su muerte fuese instantánea.

El olor de la vegetación selvática, intenso y penetrante, jugueteaba en las fosas nasales de Zaron. Inhaló profundamente, dejando que el aire húmedo llenara sus pulmones. Aquí, en este recóndito rincón de la Tierra todo estaba limpio, casi tan impoluto como en su propio planeta natal.

Ahora mismo necesitaba esto. Necesitaba el aire puro, el aislamiento. Durante los últimos seis meses, había intentado escapar de sus pensamientos, vivir el momento, pero había fracasado. Ni la sangre y ni el sexo le eran ya suficientes. Podía distraerse mientras follaba, pero el dolor siempre volvía después, tan intenso como siempre.

Al final, había llegado a ser demasiado. La suciedad, las multitudes, el hedor a humanidad... Cuando no estaba inmerso en una niebla de éxtasis, se encontraba asqueado, con sus sentidos abrumados por pasar tanto tiempo en las ciudades humanas. Se estaba mucho mejor aquí, donde se podía respirar sin inhalar venenos, donde podía oler a vida en vez de a productos químicos. En unos años, todo sería distinto, y podría intentar volver a vivir de nuevo en una ciudad humana, pero todavía no.

No hasta que estuvieran totalmente asentados allí.

Ese era el trabajo de Zaron: supervisar los asentamientos. Había estado investigando la fauna y la flora de la Tierra durante décadas, y cuando el Consejo solicitó su ayuda para la inminente colonización, no lo había dudado. Cualquier cosa era mejor quedarse en casa, donde los recuerdos de la presencia de Larita estaban por todas partes.

No había ningún recuerdo aquí. A pesar de su gran parecido con Krina, este planeta era extraño y exótico. Siete billones de *Homo sapiens* en la Tierra, un número inconcebible, que seguían multiplicándose a un ritmo vertiginoso. Con su corta esperanza de vida y la resultante falta de pensamiento a largo plazo, estaban consumiendo los recursos de su planeta, demostrando una absoluta indiferencia hacia el futuro. En algunos aspectos, le recordaban a la *Schistocerca gregaria*, una especie de langosta que había estudiado varios años atrás.

Por supuesto, los humanos eran más inteligentes que los insectos. Unos cuantos individuos, como Einstein, eran hasta del estilo de los krinar en ciertos rasgos de su pensamiento. Eso no le resultaba especialmente sorprendente a Zaron; él siempre había pensado que esa podría ser la intención del gran experimento de los Ancianos.

Caminando por el bosque de Costa Rica, se encontró pensando en la tarea que le ocupaba. Esta parte del planeta era prometedora; era fácil imaginarse las plantas comestibles de Krina creciendo muy bien aquí. Había hecho numerosas pruebas del suelo, y tenía algunas ideas sobre cómo hacerlo incluso más hospitalario a la flora krinar.

A su alrededor, la selva era exuberante y verde, llena de la fragancia de las heliconias en flor y de los sonidos del susurrar de las hojas y del canto de las aves nativas. A lo lejos, escuchó el grito de un *Alouatta palliata*, un mono aullador nativo de Costa Rica... y luego, otra cosa distinta.

Frunciendo el ceño, Zaron escuchó con más atención, pero el sonido no se repitió.

Curioso, se encaminó en esa dirección, con sus sentidos de cazador en alerta. Por un segundo, el sonido le había recordado al grito de una mujer.

Moviéndose a través de la espesa vegetación de la

jungla con facilidad, Zaron aceleró, saltando por encima de un pequeño arroyo y de los arbustos que se interponían en su camino. Aquí, apartado de los ojos humanos, podría moverse como un krinar sin tener que preocuparse por que nadie notara nada raro. En un par de minutos, ya estaba lo bastante cerca como para captar un olor. Punzante y con matices de cobre, provocó que se le hiciera la boca agua y que su polla palpitara.

Era sangre.

Sangre humana.

Zaron llegó a su destino y se detuvo, contemplando el panorama frente a él.

Había un río, un arroyo de montaña con el caudal crecido por las recientes lluvias. Y en las grandes rocas negras del centro, debajo de un viejo puente de madera que atravesaba el barranco, había un cuerpo.

El cuerpo destrozado y retorcido de una chica humana.

CAPÍTULO DOS

Jurando por lo bajo, Zaron saltó al río. De haber sido humano, la poderosa corriente le habría arrastrado instantáneamente. Pero aun siendo él tuvo que usar toda su fuerza para atravesar a nado las turbulentas y espumosas aguas. Sus piernas se golpearon contra las rocas varias veces al patalear bajo el agua, pero él ignoró el dolor. Para los de su especie, los moretones no eran nada; cuando alcanzara a los pedruscos de ahí delante, sus magulladuras ya se habrían curado.

Finalmente llegó hasta allí, trepó por las resbaladizas rocas y se agachó junto a la chica que yacía en el suelo. Estaba viva; podía escuchar sus latidos débiles y erráticos y los ruidos roncos y estertóreos que hacía al respirar.

Estaba viva pero, a juzgar por sus heridas, no iba a estarlo mucho más tiempo.

La parte inferior de su cuerpo estaba retorcida en

un ángulo extraño y sus esbeltos miembros tenían varias fracturas abiertas, con el hueso al descubierto atravesando su piel desgarrada y pálida. La mitad de su rostro estaba cubierta de sangre, el líquido rojo manando desagradablemente de una profunda herida a un lado de su cráneo. Su camiseta de manga corta ocultaba la mayor parte de los daños de su torso, pero Zaron sospechaba que tenía una hemorragia interna debida a las fracturas en su caja torácica causadas por la caída.

Zaron contempló a la humana destrozada con un nudo en el estómago, sintiendo una mezcla entre lástima y una extraña desesperación. Ella era joven y, por lo que podía ver, bastante bonita. Cabello largo y rubio platino, piel clara, una complexión esbelta y bien proporcionada... De no haber estado al borde de la muerte, podría haberse sentido atraído por ella.

Pero estaba moribunda. Como mucho, le quedaban unos minutos de vida. Con lesiones tan extensas, era hasta sorprendente que le siguiera latiendo el corazón. Los seres humanos eran criaturas frágiles, fáciles de dañar y lentas en sanar. Dudaba que los médicos humanos pudieran curarla, ni aunque lograran llegar hasta allí a tiempo. La medicina krinar podría salvarla, por supuesto, pero Zaron no llevaba nada encima, y era poco probable que la chica sobreviviera al trayecto hasta su casa.

Levantó la mano y acarició con cuidado el lado intacto de su cara, pasándole los dedos por la barbilla. Su piel era suave y tersa, como la de un bebé. Una punzada de dolor le atravesó el pecho; en otras circunstancias, habría disfrutado mucho con ella.

De repente, de su garganta escapó un áspero ruidito, sobresaltando a Zaron. Y entonces, para su enorme sorpresa, sus ojos se abrieron.

Enmarcados por unas espesas pestañas de color castaño, eran de un penetrante azul verdoso y extraordinariamente hermosos.

Por un instante, se mostró desorientada, con esos ojos color aguamarina nublados por el dolor, pero entonces su visión se aclaró y lo miró directamente a la cara.

Ella sabía que estaba a punto de morir. Zaron pudo notarlo en su rostro. Ella lo sabía, y estaba luchando contra ello con cada célula de su ser.

Movió la boca y sus labios se abrieron en una súplica muda, y Zaron supo lo que tenía que hacer.

Extendió los brazos y cogió a la chica suavemente, acunándola contra su pecho.

Era casi seguro que no sobreviviría al trayecto, pero él no podía dejar que se fuera así.

Nadie que se aferrase tan ferozmente a la vida debería tener que morir sin luchar.

EL VIAJE PARECIÓ DURAR una eternidad, aunque Zaron corrió tan rápido como pudo, teniendo cuidado de no zarandear demasiado a la chica. La parte más difícil fue el río; luchar contra la corriente con un brazo mientras sostenía a la chica por encima del agua con el otro había supuesto un reto incluso para él.

Ella volvía a estar inconsciente. Él podía escuchar los roncos estertores de sus pulmones, y sabía que no duraría mucho más. Su rostro tenía una palidez mortal y su piel estaba helada y húmeda por la zambullida en el río.

Por fin, llegaron.

Zaron la llevó en brazos hasta el interior de su casa y la dejó con cuidado sobre su cama. Tras una firme orden de voz, una de las paredes se abrió y permitió que un *jansha*, un pequeño dispositivo cilíndrico de curación, flotara hacia él. Cogiéndolo del aire, Zaron lo puso en la cama antes de empezar a desvestir a la chica. No llevaba demasiada ropa, solo una camiseta y unos vaqueros cortados, y él se la arrancó rápidamente, sintiendo cómo se le encogía el corazón al ver los huesos que asomaban por la carne desgarrada.

Cogió el dispositivo y lo pasó por encima de su cuerpo desnudo, dejando que hiciera un diagnóstico de las lesiones. Tal como había supuesto, eran extensas. Además de los daños en sus órganos internos, tenía una lesión en la médula espinal. Aunque hubiese logrado sobrevivir, habría quedado paralizada de cintura para abajo.

También había otros daños. Huesos rotos, una herida en el cráneo, arañazos y moretones... todos parecían ser consecuencia de su accidente. Sin embargo, había señales de traumatismos anteriores. En algún momento se había roto la muñeca, y tenía tejido cicatricial en la pierna por algún otro percance. Además se había sometido a la primitiva atención dental humana, y algunos de sus dientes habían sido vaciados y rellenados con empastes no orgánicos.

Zaron solo lo dudó un instante antes de habilitar el modo de curación completa del jansha. Si hubiera tenido más tiempo y sus heridas no hubieran sido tan graves, podría haber calibrado el aparato para centrarse en lesiones específicas. Pero tal como estaba ella, su mejor oportunidad de supervivencia radicaba en un procedimiento de cuerpo entero.

El dispositivo vibró durante un segundo, liberando los nanocitos curativos y Zaron observó cómo la carne dañada de la muchacha comenzaba a remendarse, y cada una de sus células se regeneraba desde dentro.

CAPÍTULO TRES

*E*mily se despertó lentamente y fue cobrando conciencia del hecho de que se sentía bien.

En realidad, estupendamente bien.

No tenía ni frío ni calor, y la manta que la cubría era de exactamente el peso y el grosor adecuados. El colchón que tenía debajo también era increíblemente cómodo; era como si estuviera durmiendo encima de algo hecho a la medida de su cuerpo. También estaba sorprendentemente relajada. La omnipresente tensión en la parte posterior de su cuello había desaparecido por primera vez en meses.

Sus labios dibujaron una sonrisa de satisfacción y Emily se acurrucó más adentro bajo las sábanas. Debía de ser la noche en la que había dormido mejor en años. Apenas podía creer que eso hubiera sido posible en un pequeño y barato hostalito de un lugar remoto de Costa Rica.

Tenía que ser por el aire fresco y el ejercicio, decidió, todavía renuente a abrir los ojos. Todo ese senderismo debía de haberla agotado. *Senderismo...* Algo se removió en lo más profundo de su cerebro, algo inquietante.

¡La caída desde el puente! Emily ahogó una exclamación, se incorporó como un resorte, y abrió los ojos de golpe.

No estaba en el hostal.

Tampoco estaba muerta.

Por un instante, esos dos hechos parecían irreconciliables. Si había soñado todo ese horrible incidente, ¿no tendría que haberse despertado en el último lugar en el que recordaba haberse acostado? Y si no había sido un sueño, ¿dónde estaba ahora? ¿Por qué no estaba muerta, o al menos gravemente herida?

Con el corazón a cien, Emily miró a su alrededor, apretando la manta con gesto protector contra el pecho. Notó el suave tejido rozando su cuerpo, su cuerpo *desnudo*, y comprobar que no llevaba nada de ropa multiplicó su pánico.

¿Dónde demonios estaba?

No se trataba de un hospital, de eso estaba segura.

Estaba sentada en una enorme cama redonda que tenía un colchón con la textura más extraña que se había encontrado jamás. No era ni la tradicional de muelles ni la moderna de viscoelástica: parecía irse adaptando a la forma de su cuerpo. La sensación era tan fuerte que prácticamente podía notar cómo esa cosa se movía por debajo de ella.

Aparte de la cama, la habitación estaba totalmente vacía. Emily no podía siquiera averiguar la fuente de iluminación que lo bañaba todo con una suave luz. Las paredes, el suelo y el techo eran de color crema, igual que las sábanas del extraño lecho.

Tampoco había puertas ni ventanas.

¿Qué cojones?

Al sentirse como si estuviera hiperventilando, Emily intentó tomar bocanadas de aire profundas y relajantes. Tenía que haber una explicación para esto, una explicación racional. Solo tenía que averiguar cuál era.

Moviéndose con cautela, se deslizó hasta el borde de la cama y bajó los pies al suelo. El hecho de poder moverse con tanta facilidad, sin dolores ni molestias, era desconcertante. Si no se había imaginado lo de caerse desde ese puente ¿no tendría que tener al menos un par de huesos rotos? La alternativa, lo de que todo había sido un sueño muy vívido, no tenía mucho sentido a la vista de su ubicación actual.

Emily se puso de pie, quitó la manta de la cama y se envolvió con ella, intentando no ceder al pánico que revoloteaba por su mente, y parte de la pared frente a ella se disolvió.

Se *disolvió* literalmente, dejando entrar a un hombre en la habitación.

Alto y de complexión fuerte, entró por la abertura con tanta despreocupación como uno entraría por una puerta, y su cuerpo grande se movía con gracia y fluidez atléticas.

—Hola, Emily —dijo suavemente, con sus ojos oscuros clavados en ella—. No esperaba que te despertases tan pronto.

CAPÍTULO CUATRO

*E*mily se había quedado muda por la sorpresa, y lo único que podía hacer era mirarle fijamente.

El hombre frente a ella era impresionante.

No atractivo. No bien parecido. Ni siquiera guapo.

Absolutamente impresionante.

Su pelo negro y brillante era más largo en la parte de arriba y tan espeso que añadía centímetros a ya su ya imponente estatura. Su rostro era muy masculino y contaba con las facciones más perfectas que Emily había visto jamás. Pómulos altos, mandíbula fuerte, labios carnosos... era como si algún escultor hubiera decidido hacer una plantilla para un dios griego. Incluso su piel bronceada estaba impecable, como en una foto que hubiera sido aerografiada.

Parecía extranjero, exótico, y guapo hasta decir basta. Emily no tenía idea de qué raza o grupo étnico era, pero no había visto a nadie tan hermoso en su vida. Ni siquiera sabía que existieran hombres así.

Y él sabía su nombre.

En cuanto cayó en la cuenta de eso, se le disparó el ritmo cardíaco y fue consciente de la realidad de su situación. Daba igual el aspecto que tuviera ese hombre; lo que Emily necesitaba saber era dónde estaba y qué le había pasado.

—¿Quién eres? —preguntó, sujetando con más fuerza la manta contra ella—. ¿Qué sitio es este? ¿Cómo sabes mi nombre?

La mirada de él era oscura e impenetrable.

—Tu carnet de conducir estaba en tu cartera —dijo lentamente, con una voz profunda que hizo que un escalofrío le recorriera la espalda—. Contenía algo de información sobre ti, Emily Ross de Nueva York.

Emily parpadeó.

—Bien, vale. ¿Y resulta que tú tenías mi cartera porque...?

—Porque estaba en el bolsillo de tus shorts —dijo él, entrando más en la habitación. La pared tras él volvió a hacerse sólida, y la entrada desapareció como si nunca hubiera estado allí.

Emily sintió cómo se le erizaba el vello de la nuca.

—¿Qué demonios es este sitio? ¿Dónde estoy? —Pudo percibir el tono histérico de su voz, y se obligó a respirar hondo. En un tono un poco más tranquilo, preguntó—: ¿Qué me ha pasado?

—Siéntate, Emily. —El hombre hizo un gesto

señalando la cama—. Todavía necesitas descansar. Tu cuerpo ha sufrido un trauma grave.

Emily dio un paso hacia atrás, haciendo caso omiso de su sugerencia.

—¿Me estás diciendo que sí me caí del puente? —Se sentía como si estuviera en un episodio de *The Twilight Zone*—. ¿Es esto un hospital? ¿Eres médico?

Sus sensuales labios se curvaron en una leve sonrisa.

—No exactamente, pero podrías considerarme uno, más o menos.

—¿Es esto algún tipo de centro de investigación?

—No. —El hombre pareció vagamente divertido—. No es nada de eso.

—Bueno, ¿entonces qué es? —exigió Emily, frustrada—. ¿Y tú quién eres?

—Puedes llamarme Zaron. Él se acercó hasta la cama y se sentó en ella, estirando sus largas y musculosas piernas. Por primera vez, Emily se dio cuenta de que iba vestido de manera informal, con un par de vaqueros azules y una camiseta blanca sin mangas que dejaba al descubierto unos brazos gruesos, musculosos y bronceados. Calzaba un par de sandalias grises, y su único complemento era un reloj de extraño aspecto en la muñeca izquierda. Si era médico, decididamente no iba vestido como tal.

—Zaron —repitió, frunciendo el ceño—. ¿Es eso tu nombre o tu apellido?

Él se la quedó mirando con gesto inescrutable, y

Emily tragó saliva, dándose cuenta de que no tenía intención alguna de responderle.

—Bueno, Zaron —dijo ella por fin, poniendo énfasis en su extraño nombre—, ¿qué me ha sucedido? ¿Por qué estoy aquí?

—Te caíste del puente, Emily. —Su voz era tranquila, y su rostro perfecto carente de expresión alguna—. Te encontré y te traje aquí.

—De acuerdo, ajá... —Ella le lanzó una mirada incrédula—. ¿Y cómo es que me encuentro perfectamente bien?

—¿Tienes hambre?

—¿Qué? —Emily parpadeó, sorprendida por el cambio de tema.

—Te he preguntado si tienes hambre —repitió él pacientemente, mirándola con esos ojos oscuros y exóticamente bellos—. No has comido nada en dos días y todavía te estás recuperando. ¿Te gustaría comer algo? —Había algo en su mirada que a ella le recordaba a su gato George... una extraña intensidad que la hacía sentirse como un ratón con el que estaban a punto de jugar.

De repente, el símil le pareció muy adecuado, y extremadamente inquietante.

—Lo que me gustaría es tener algo que ponerme —dijo Emily con tono neutro, extremadamente consciente de que estaba con el culo al aire bajo la manta, y encerrada en una habitación con un hombre desconocido.

Un hombre enorme, muy musculoso.

Que probablemente la hubiera desnudado antes.

Empezaron a sudarle las palmas de las manos, y su pulso se aceleró aún más. Por primera vez, la magnitud de su vulnerabilidad se hizo presente para Emily. El hombre sentado en la cama no sólo era hermosísimo; también era grande. Mucho más grande, y sin duda mucho más fuerte, que la misma Emily. Con un metro setenta de estatura, ella estaba por encima de la media, pero Zaron le pasaba por lo menos una cabeza, y cada centímetro de su cuerpo de anchos hombros parecía recubierto por una gruesa capa de músculos duros como el acero.

Si decidiera hacerle daño, ella no podría mover un dedo para evitarlo.

Algo de lo que estaba pensando debía de haberse reflejado en su cara, porque él se puso en pie, estirando el cuerpo con un movimiento extrañamente lleno de elegancia.

—Por supuesto —dijo con voz suave—. Te traeré algo de ropa enseguida.

Y mientras Emily la miraba anonadada, la pared se disolvió de nuevo, permitiéndole salir por la abertura, e inmediatamente se re-solidificó, encerrándola a ella dentro.

EN CUANTO LA pared se cerró detrás de él, Zaron respiró hondo, y cerró las manos apretando los puños. Podía sentir los fuertes latidos de su corazón, todo el cuerpo tenso y la polla dura y henchida por el ansia. Daba gracias porque ella hubiera mantenido los ojos fijos en su rostro cuando él estaba saliendo de la habitación; si hubiera mirado más abajo, su natural recelo femenino se hubiera metamorfoseado en terror absoluto... y con razón.

La intensidad de su reacción física hacia ella era perturbadora. Incluso ahora, Zaron podía oler la leve dulzura de su aroma, y sus manos ansiaban tocarla otra vez, sentir la suavidad de su cremosa piel bajo los dedos. Había hecho uso de toda su fuerza de voluntad para salir, para alejarse de ella en vez de hacer lo que su cuerpo le exigía y enterrarse profundamente dentro de su carne sedosa.

Hacía años que no deseaba tanto a una mujer.

Ocho años, para ser exactos.

Al darse cuenta fue como si le hubieran dado un puñetazo en el estómago. Por un momento, los recuerdos amenazaron con consumir a Zaron otra vez y arrastrarlo hacia abajo, al pozo negro de la desesperación. Solo por pura fuerza de voluntad fue capaz de redirigir sus pensamientos hacia la chica humana... un tema mucho más seguro en el que centrarse.

Durante los últimos dos días, él se había ocupado de todo lo que ella necesitaba, asegurándose que estuviera limpia y cómoda mientras se recuperaba. La había bañado, le había lavado el pelo y la había vigilado mientras dormía. Llegados a ese punto, estaba más íntimamente familiarizado con su cuerpo que con el de la mayoría de las mujeres con las que había follado, pero sin embargo él aún era un extraño para ella.

Un extraño que apenas podía contener su lujuria.

No estaba seguro de cuándo su deseo de ayudar a la joven se había convertido en esta hambre profunda, incontrolable. Al principio, lo único que había visto era una criatura rota a la que reparar, un ser humano frágil que se aferraba a la vida con sorprendente determinación. Él había deseado curar sus heridas, poner fin a su sufrimiento, y el sexo había sido lo último que había tenido en mente.

En algún momento durante los últimos dos días, sin embargo, eso había cambiado. Mientras su cuerpo sanaba, él comenzó a ser consciente de la plenitud de sus pechos, la suavidad de sus labios, los hoyuelos sensuales en la base de su columna vertebral... Aunque delgada, su figura era deliciosamente femenina, y después de cierto tiempo, lo único en lo que era capaz de pensar era en tocarla, saborearla... follarla.

Era una locura. Aunque era hermosa, la joven no era para nada su tipo. Durante su estancia en la Tierra, Zaron había descubierto que le gustaban las morenas altas y elegantes que le recordaban a las mujeres krinar, y no las rubias de aspecto delicado con una gama de colores inconfundiblemente humanos. Ningún krinar tenía el pelo tan claro ni los ojos de ese chocante tono azulado; pero en ella, en Emily, esa combinación resultaba singularmente atractiva, y le recordaba a las ilustraciones de ángeles que había visto en los libros humanos. Entre los de su propia especie, su pequeña invitada era más que bonita.

Era francamente exquisita.

Al menos su polla parecía convencida de ese hecho.

Respirando hondo otra vez, Zaron obligó a sus puños a abrirse, decidido a recuperar la compostura. No tenía ni idea de por qué deseaba tanto a esa chica humana, pero la paciencia era clave en ese asunto. La paciencia y el autocontrol. No quería asustarla. Ya estaba confundida y llena de ansiedad por despertar en un lugar desconocido, en condiciones que ningún ser humano podría comprender fácilmente. Tendría que tener cuidado con ella, revelarle la verdad gradualmente para que no se asustara.

Él no quería que ella le tuviese miedo al venir a meterse en su cama.

Y ella vendría a él. De eso Zaron estaba seguro. Una rápida investigación sobre su invitada le había desvelado que estaba soltera y no tenía hijos, y que vivía sola en un pequeño estudio en el barrio neoyorkino de Manhattan. Ella estaba libre y Zaron la deseaba más que había deseado a ninguna otra mujer desde Larita.

La deseaba, y pretendía conseguirla.

Lo único que necesitaba era un poco de paciencia.

CAPÍTULO CINCO

*E*mily esperó a que Zaron regresara, dando golpecitos impacientes con el pie contra el suelo.

Después de que él saliera, se había acercado a la misma pared y la había tocado, intentando averiguar cómo funcionaba. Seguramente tenía que haber un mecanismo deslizante de algún tipo, y la pared sólo *parecía* estar disolviéndose.

Para su desencanto, no había encontrado nada, aunque sí percibió que el muro tenía una textura extraña. Al tocarlo con los dedos parecía estar caliente: caliente y suave, casi como si fuera un ser vivo. Se pasó un minuto acariciándolo antes de cansarse de hacerlo y sentarse en la cama a esperar a que volviera el extraño "más o menos" médico.

Por primera vez en su vida adulta, Emily no tenía ni idea de qué hacer. Ella siempre había sido la tranquila, la ingeniosa, la que podía abordar cualquier problema de forma ordenada y analítica y encontrar una solución viable. Esta situación, sin embargo, no era algo con lo que se hubiera encontrado jamás. No tenía ni idea de dónde estaba o de cómo había llegado hasta allí, ni siquiera de cómo era posible que estuviera viva. Todo le parecía surrealista, desde el hombre exóticamente hermoso con ese nombre que sonaba a extranjero, a la habitación, que le recordaba a un escenario sacado de la ciencia ficción.

¿Podría ser esto algún centro de investigación secreto del gobierno después de todo? Zaron lo había negado, pero, pensándolo bien, ¿qué motivos tendría para decirle la verdad? Podía ser que todo el edificio, fuera lo que fuese, fuera una ubicación clasificada, y que él pudiera meterse potencialmente en problemas si le contaba algo.

A Emily le resultó gracioso a cierto nivel el hecho de estar considerando teorías de la conspiración sobre laboratorios secretos del gobierno. Siempre había sido una persona racional y sensata, no alguien dado a dejarse llevar por alocadas fantasías. Ni siguiera de niña: ella no había creído nunca en Papá Noel ni en los fantasmas; su existencia nunca le había parecido lógica, ni mucho menos lo era ahora la de unos laboratorios secretos del gobierno en Costa Rica.

Pero ¿qué otra alternativa le quedaba? Las dudas corroían a Emily, exacerbando su impaciencia. No se le ocurría nada que explicara su situación actual, aparte de que su mente se estuviera imaginando todo el incidente. ¿Era posible? ¿Podía ser que se hubiera golpeado en la cabeza y estuviera inconsciente en un hospital con una lesión cerebral?

Antes de poder seguir ese hilo de pensamiento, la pared volvió a abrirse y Zaron entró en la habitación, moviéndose con la misma extraña elegancia que había notado antes.

—Aquí tienes —le dijo, entregándole un vestido de color rosa pálido y un par de sandalias blancas—. Puedes vestirte si quieres.

—Eh… gracias —dijo Emily vacilante, cogiendo las prendas que le ofrecía—. ¿Hay algún cuarto de baño que pueda utilizar?

—Por supuesto. —Él cruzó la habitación hacia la pared opuesta—. Vamos, déjame enseñártelo.

Emily le siguió, preguntándose dónde podría estar escondido el baño. Cuando se acercó a la pared, esta se disolvió de nuevo, creando un acceso a una pequeña habitación. Zaron entró, haciéndole un gesto para que se uniera a él.

—Esa es la taza —le dijo cuando ella entró en la habitación, señalando hacia un objeto cilíndrico blanco que había en la esquina—. Solo siéntate en ella, y se ocupará de ti. Luego puedes refrescarte en ese otro rincón. —Hizo un gesto hacia un pequeño saliente con pinta de lavabo—. Si necesitas ducharte más tarde, también puedo enseñarte cómo funciona.

Emily sintió cómo el rubor invadía su cara.

—Vale, gracias. Debería ser capaz de hacerlo yo sola a partir de aquí. ¿Podrías por favor salir otra vez? Solo necesito un minuto.

Las comisuras de su boca se elevaron dibujando una sonrisita.

—Claro —dijo, y con un movimiento suave, se fue, dejando a Emily sola otra vez.

En cuanto se cerró la pared, ella dejó caer la manta al suelo y se puso el vestido que le había proporcionado el hombre. Era un vestido de verano con tirantes finos. Para sorpresa de Emily, le quedaba perfectamente, y se adaptaba con suavidad a cada curva de su cuerpo. Incluso sus pechos se sentían cómodamente sujetos por el delgado pero robusto revestimiento del cuerpo del vestido. De nuevo, estaba hecho con algún material poco habitual. La textura era como la de la lana, pero con la sensación ligera del algodón. Las sandalias también se ajustaban bien a sus pies; era como si las hubieran hecho a medida. No había ropa interior, pero Emily decidió no ser tiquismiquis con eso por ahora. El solo hecho de llevar algo de ropa puesta ya era una gran mejora.

Luego, dirigió su atención al extraño inodoro. Era un cilindro hueco vertical con bordes redondeados. No había agua dentro, ni ningún mecanismo para tirar de la cadena a la vista. Zaron le había dicho que solo debía sentarse en él. Emily vaciló un instante, ponderándolo, y luego se subió la falda del vestido y se dejó caer en el cilindro, mentalmente encogiéndose de hombros.

Cuando una chica tenía que hacer pis, tenía que hacer pis.

Al terminar, sintió una cálida brisa bailoteando por su carne desnuda. Luego notó un cosquilleo fugaz en la piel, y Emily contuvo una exclamación y se levantó de un salto del cilindro. El cosquilleo se desvaneció de inmediato. Cuando miró dentro del cilindro vio que estaba impoluto, tan perfectamente limpio como había estado al principio. Al mismo tiempo, se dio cuenta de que ella también se sentía limpia y seca, a pesar no haber utilizado papel higiénico: otra cosa que faltaba en este extraño cuarto de baño.

Frunciendo el ceño y llena de confusión, Emily se acercó al objeto parecido a un lavabo de la otra esquina. No había grifos ni botones, así que agitó las manos frente a él, esperando que tuviera sensores de movimiento. Casi de inmediato, salió un chorro de líquido caliente, cubriendo sus manos con una sustancia agradablemente perfumada que se parecía vagamente al jabón. Antes de que Emily pudiera frotarse las palmas, la sustancia se evaporó, dejando sus manos limpias y secas.

Un desinfectante de manos de lujo. Qué bien.

Una vez solucionado lo más apremiante, Emily se acercó a la pared donde antes estaba la entrada. Al aproximarse, la entrada reapareció, como si hubiera percibido su llegada.

—Vale, bien —murmuró ella, pasando por la abertura antes de que tuviera la oportunidad de cerrarse de nuevo. En cuanto entró en el dormitorio, la puerta que daba al baño desapareció.

Emily se quedó mirando unos segundos, y luego meneó la cabeza. Necesitaba hablar con Zaron y obtener algunas respuestas pronto. Esto era ridículo.

Al ver un movimiento por el rabillo del ojo, se giró y vio que el acceso de salida de la habitación había vuelto a aparecer. Zaron estaba al otro lado.

—Ven —le dijo, indicándole que pasara por la abertura—. Me gustaría que almorzaras conmigo.

—Vale, claro. —Emily salió cautelosamente, esta vez mirando a los lados para ver si podía averiguar la forma en que funcionaba la pared. Para su decepción, tampoco había ningún mecanismo visible allí. Los bordes de la abertura eran lisos y pulidos, sin surcos ni ranuras que apuntaran a algún tipo de puertas correderas.

En cuanto estuvo al otro lado, la pared se volvió a cerrar, solidificándose justo frente a los ojos de Emily.

Increíble.

Emily se giró hacia Zaron y le lanzó una mirada fulminante, cargada de frustración.

—¿Cómo funciona esta cosa? —exigió, dando golpecitos a la pared—. ¿Qué clase de material es este?

Zaron la miró con calma.

—Te podría decir cómo se llama, pero eso no significaría nada para ti. En cuanto a cómo funciona, no soy diseñador y no sería capaz de darte una buena explicación.

¿Que no era diseñador? ¿Qué querría decir con eso?

—Bueno, ¿entonces qué eres?

Un atisbo de sonrisa apareció en sus labios magníficos.

—Soy lo que tú llamarías un biólogo, con una especialización adicional en edafología. Estudio todo tipo de criaturas vivas, así como el suelo que las nutre.

Emily parpadeó.

—Comprendo. —Así que él *era* un investigador de algún tipo—. Y este es tu laboratorio.

—No. —Él negó con la cabeza—. Este es mi hogar provisional.

¿Hogar? Emily echó una mirada incrédula a la estancia que la rodeaba. Lo mismo que el dormitorio del que acababa de salir, todo lo que la rodeaba estaba decorado en tonos marfil y crema, con una luz suave que provenía de alguna fuente indeterminada. No había ventanas ni puertas y el mobiliario volvía a ser el mínimo. Aparte de por un tablón blanco y largo en el medio que se asemejaba a un banco plano y algunas plantas en flor en las esquinas, la habitación estaba esencialmente vacía.

Frunciendo el ceño, Emily dio un paso hacia la tabla que parecía un banco. Estaba bastante segura de que sus ojos la engañaban porque...

—¿Está esa cosa flotando en el aire? —preguntó con incredulidad, arrodillándose para curiosear por debajo de la tabla—. ¿La sostienen algún tipo de imanes?

—Por supuesto que no —dijo Zaron, acercándose hasta ella—. Utiliza tecnología de campos de fuerza.

Todavía agachada a cuatro patas, Emily levantó la vista hacia él. Así, cerniéndose por encima de ella, parecía aún más grande... y poderosamente masculino. Un inoportuno ramalazo de miedo recorrió de arriba a abajo su espina dorsal.

—Tecnología de campos de fuerza —repitió lentamente, sintiendo como si hubiese caído por una madriguera de conejo de ciencia ficción—. ¿De qué estás hablando?

Él le lanzó una mirada fría y oscura.

—¿Por qué no comemos algo y te lo explico? —sugirió con amabilidad. Su tono era suave, pero Emily pudo notar la determinación de acero que encubría. Él no tenía ninguna intención de responder a sus preguntas ahora mismo.

—Muy bien —dijo ella con recelo, empezando a ponerse en pie—. Solo... —Y entonces casi soltó un grito, porque él tenía la mano en su codo, para ayudarla a levantarse. Su tacto era ligero, solícito, pero había algo posesivo en la forma de cogerla, en la manera en que sus dedos remolonearon sobre su brazo un par de segundos de más antes de soltarlo.

Con el corazón en la garganta, Emily dio un paso atrás y lo miró. Sin importar lo ilógico que fuera, se sentía marcada por su contacto, y la piel le hormigueaba allá donde él la había tocado. Él le sostenía la mirada también, con los ojos brillantes por alguna emoción no identificada. Por primera vez, Emily notó que sus iris no eran marrón oscuro como ella había pensado inicialmente, sino negros.

Sintiéndose completamente descolocada, Emily hizo lo que siempre había hecho en los momentos más difíciles de su vida. Recompuso su rostro en una falsa máscara, fingiendo alegría.

—Está bien —dijo con tono animado—. Vamos a comer y a charlar.

~

Divertido por el repentino entusiasmo de la muchacha por la comida, Zaron la llevó a la cocina.

Estaba encantado de haber tenido ocasión de tocarla de manera casual y no sexual. Era importante hacer que ella se acostumbrara a su contacto. En muchos sentidos, seducir a Emily iba a ser como domesticar a una criatura salvaje. Tendría que acercarse a ella lentamente y ganarse su confianza. Ella necesitaba creer que él no iba a hacerle daño; de lo contrario, se asustaría ante el primer indicio de intención sexual por su parte.

Lo bueno es que ella se había fijado en él. Era la primitiva conciencia femenina de percibir a un macho sano y atractivo. Puede que se hubiera sobresaltado al tocarla, pero también se había sentido sutilmente excitada. Lo había podido notar en la ligera dilatación de sus pupilas y el rápido aumento de su ritmo cardíaco. Su aroma femenino se había acentuado más, también. Si Zaron hubiera tocado los delicados pliegues de entre sus piernas, sin duda la habría encontrado caliente y húmeda, con su cuerpo instintivamente preparándose para el acto sexual.

Hacía mucho que su gente había descubierto su compatibilidad sexual con los *Homo sapiens*. Aunque el ADN de sus especies era demasiado diferente como para que ningún mestizaje fuese posible, los esfuerzos de los Ancianos habían conseguido que los seres humanos fueran muy similares a los krinar en cuanto a su apariencia externa y estructura corporal. Nadie sabía por qué los Ancianos habían elegido hacerlo de esa manera, pero el resultado final fue una especie a la que muchos krinar encontraban muy deseable como compañera de cama, especialmente teniendo en cuenta las cualidades afrodisíacas de la sangre humana.

Y esta humana en particular era más deseable que la mayoría, pensó Zaron, observando a Emily quedarse con los ojos como platos al ver la mesa y las sillas de la cocina. Igual que el sofá del cuarto de estar, se mantenían en su sitio por una suerte de campo de fuerza, dando la impresión de estar flotando en el aire. Para el humano típico del siglo veintiuno, tal tecnología debía de parecer algo mágico, aunque la mayoría de los humanos estaban suficientemente instruidos para no achacar cualquier cosa a lo sobrenatural.

Zaron seguía debatiéndose acerca de cuánto debía contarle a la chica. En los últimos dos días, mientras él la había estado cuidando, había pensado en la posibilidad de no revelarle nada, de fingir ser humano. Incluso había considerado llevarla de vuelta al puente y dejarla allí antes de que recuperara la conciencia. Así ella podría atribuir su supervivencia a un milagro o su caída a un sueño, lo que fuera más fácil de aceptar para su mente. Sin embargo, había dudado porque su creciente deseo hacia ella entraba en contradicción directa con su intención de evitar una situación potencialmente complicada... y entonces ella se había despertado, un par de horas antes de lo que él esperaba.

Ahora tenía entre manos a una humana recelosa y confusa, una humana que le estaba mirando con una expresión de frustración en sus ojos claros de aguamarina.

—Déjame adivinar —dijo, agitando la mano para señalar la mesa—. Más tecnología de campos de fuerza.

El regocijo de Zaron aumentó al notar el sarcasmo ligeramente velado en la pregunta de la chica.

—Sí, exactamente —dijo, y fue a sentarse en una de las sillas flotantes. El material inteligente se ajustó inmediatamente a su cuerpo, evaluando su postura con el fin de ofrecer el asiento más confortable posible.

—¿Quieres que me siente en eso? —su voz se elevó—. ¿En una tabla que flota en el aire?

—No te caerás, te lo prometo —dijo Zaron, sofocando sus ganas de sonreír mientras la chica se acercaba a la mesa con el mismo entusiasmo de alguien a punto de ser juzgado por asesinato—. Es bastante agradable, de hecho.

—Vale —murmuró ella, dejándose caer con cautela en el asiento. Entonces abrió mucho los ojos. Debía de haber sentido cómo la silla se movía para ajustarse a su cuerpo. Unos segundos después, estaba sentada con la espalda totalmente recostada en ella, y con una expresión de tremenda sorpresa.

Esta vez Zaron no pudo evitar soltar una risita. No se había esperado disfrutar de esta parte, pero así era.

Presentarle su mundo a esta pequeña humana iba a ser un placer en más de un sentido, pensó, observando cómo ella se retorcía intentando ver el respaldo de su asiento. Por supuesto, la silla inteligente se retorcía a la par que ella, y el respaldo desapareció justo cuando Emily intentó investigarlo.

Cuando volvió a mirar hacia él, la expresión de su rostro era algo indescriptible.

—En serio, ¿qué son estas cosas? —exigió, agarrándose al borde de la mesa con las manos— ¿Dónde estoy?

Zaron se echó a reír suavemente:

—Estás en mi casa, Emily —dijo, repitiendo pacientemente la información que ya le había dado—. Y estas *cosas* son mis muebles.

—¿Qué tipo de mueble hace algo así? Esta cosa *se ha movido*. Ha desaparecido frente a mis ojos.

—Sí, eso ha hecho —asintió Zaron—. Está diseñada para adaptarse a la forma de tu cuerpo y proporcionarte el máximo confort. Cuando te giraste, ya no estabas cómoda, así que se reajustó.

—Vale, está bien. —Cerró los ojos con fuerza y se masajeó las sientes con una expresión de dolor en el rostro.

Inmediatamente preocupado, Zaron estiró el brazo por encima de la mesa y le puso el dorso de la mano contra la frente.

—¿Te encuentras bien? —Los humanos eran increíblemente frágiles, y sus cuerpos débiles y propensos a todo tipo de enfermedades que eran completamente desconocidas para su gente. Dolores de cabeza, por ejemplo. Zaron nunca había tenido uno, excepto durante unos breves momentos después de darse un golpe, pero sabía que era una afección común entre los de la especie de Emily.

Al tocarla, ella se echó para atrás, abriendo mucho los ojos.

—Por supuesto —dijo con aquella misma falsa alegría—. Estoy estupendamente. —Cuando Zaron siguió mirándola con gesto de duda, ella añadió—: No, en serio, estoy bien. Estoy bastante segura de haber sufrido una caída de más de cien metros, pero me encuentro bien del todo.

Zaron decidió ignorar la última parte de su afirmación.

—Muy bien —dijo, apartándose—. Pero si tienes dolor de cabeza, avísame. Puedo solucionarlo.

Ella cogió aire lenta y profundamente, haciendo que la mirada de él se fijara en la suave turgencia de sus pechos.

—¿Solucionarlo? ¿Cómo? —preguntó, y Zaron se obligó a volver a centrarse en su cara.

Ahora no era buen momento de ceder a esa atracción.

—¿Ya me has curado antes? —insistió ella cuando Zaron no le respondió de inmediato—. ¿Cómo es que estoy perfectamente bien después de caer desde tan alto? —Sus ojos se abrieron mucho como si le hubiera venido algo a la cabeza—. Espera un momento, ¿qué día es hoy? ¿He estado en coma o algo?

—No, no has estado en coma —dijo Zaron, entendiendo su preocupación—. Hoy es jueves, 6 de junio.

—Así que he estado inconsciente dos días.

Zaron asintió:

—Sí, exactamente. —Le estaba entrando hambre, y estaba seguro de que a la chica también. Las explicaciones podían esperar. En krinar, pidió rápidamente una ensalada para los dos.

Emily frunció el ceño.

—¿Qué es lo que acabas de decir?

—He pedido algo de comer para nosotros —explicó Zaron—. Me temo que mi casa no está programada para responder a las órdenes en tu idioma.

—Ajá. —Ella lo miraba como si él estuviese loco—. Pero tu casa está programada para responder a órdenes en ese idioma, fuera el que fuese.

—El idioma en cuestión es el krinar —dijo Zaron, tomando por fin una decisión. Podía seguir manteniendo a la chica en la oscuridad, pero no era realmente necesario. Dado lo mucho que ella ya había visto, él no podría dejarla ir de todos modos... y ella igualmente iba a enterarse de la verdad muy pronto.

—Krinar. —Pareció confusa al repetir la palabra con un ligero acento estadounidense—. ¿De qué parte del mundo es eso?

—El krinar es el idioma que se habla en Krina —dijo Zaron, con suavidad, observando la cara de Emily—. Mi planeta de origen.

CAPÍTULO SEIS

*E*mily se quedó mirando atónita al magnífico hombre frente a ella, incapaz de creer lo que estaba escuchando.

—Espera... *¿qué?* ¿Acabas de decir tu *planeta* de origen?

Él asintió, con rostro tranquilo.

—Sí, Emily. Sé que esto va en contra de lo que tu sociedad acepta ahora mismo como la verdad. Si decides no creerme, no pasa nada. Querías entender por qué estás viva y por qué mi casa te parece extraña, y te estoy dando una explicación. Si no es lo que quieres escuchar, te invito a creer cualquier otra cosa.

Emily tragó saliva y su corazón comenzó a latir más rápido. Él no parecía estar bromeando. La estaba observando con esos ojos oscuros, y no había rastro de risa en su gesto.

O bien él estaba loco, o ella había se caído por esa madriguera de conejo después de todo.

—¿Me estás diciendo en serio que eres un alienígena?

—Desde tu perspectiva, supongo que sí lo soy —dijo él, pensativo—. Sin embargo, prefiero el término *krinar*.

—¿Un alienígena? ¿O sea, un ser extraterrestre? —Emily no se podía creer que esas palabras estuvieron saliendo de su boca. Esto tenía que ser un sueño extraordinariamente vívido. Sencillamente, tenía que ser eso. Era la única explicación racional para toda esa sucesión de acontecimientos. Debía de haberlo soñado todo, incluyendo su caída desde el puente, y ahora mismo estaba dormida en su habitación del hotel.

—Sí —respondió él con paciencia—. Soy de Krina, no de la Tierra, así que eso me convierte en un extraterrestre en lo que a ti respecta.

Vale, era oficial. Emily estaba soñando. ¿De qué otra manera podría estar ella sentada a una mesa flotante, en una silla flotante, frente a un hombre que era demasiado hermoso para ser real?

O demasiado hermoso para ser humano, susurró una vocecilla desde lo más profundo de su mente, haciendo correr un escalofrío por su espalda.

—De acuerdo —dijo ella después de un rato—, supongamos por un segundo que eso es verdad. Si eres de otro planeta, entonces, ¿cómo has llegado hasta aquí y cómo puede ser que parezcas humano? —"Deja que el hombre de tu sueño responda a *eso*", pensó. Tenía que haber límites para la capacidad de su mente de inventar en sus sueños explicaciones que sonaran racionales. En cualquier momento, Emily se despertaría y se preguntaría cómo era posible que hubiera soñado algo tan extraño.

Para su consternación, su pregunta pareció divertir al hombre.

—Como probablemente puedas adivinar, llegué en una nave —dijo él, y sus sensuales labios se curvaron en una leve sonrisa—. Es decir, en una nave espacial. En cuanto a cómo es que parezco humano: esa no es la pregunta correcta, Emily. Yo no parezco humano. —Hizo una pausa, observándola atentamente—. Eres tú quien se parece a un krinar.

Emily abrió la boca para preguntarle qué quería decir con eso, pero en ese momento, la pared a su derecha se abrió y un cuenco lleno de algo colorido salió flotando. Al llegar a la mesa, aterrizó frente a Emily. Inmediatamente después, le siguió un segundo cuenco, que se posó en la mesa delante de Zaron.

Emily clavó la vista en la mesa, luchando contra el impulso de frotarse los ojos. *Un sueño*, se dijo a sí misma. *Solo es un sueño.*

Los cuencos estaban llenos con algo que parecía ser una ensalada: una mezcla poco habitual de frutas y verduras cubiertas por una vinagreta de color verde claro. En el centro de cada cuenco, había un extraño utensilio parecido a unas pinzas en miniatura.

Recogiendo cautelosamente el utensilio, Emily empujó con él un pedacito de tomate.

—Esto no parece demasiado alienígena —dijo, lanzándole a Zaron una mirada escéptica.

—No lo es. Son todo frutas y verduras de la Tierra, como esta *Citrus sinensis*. Cogió un trozo de naranja con su propio utensilio, se puso la fruta en la boca y comenzó a comer con evidente deleite.

Emily lo miró fijamente.

—Bien, vale. Así que puedes comer nuestra comida.

Él tragó y asintió:

—Sin problemas. Algunas cosas están bastante ricas, de hecho —dijo, y después continuó comiendo con entusiasmo.

Todavía sujetando el utensilio, Emily lo observó unos segundos. Sentía que la madriguera de conejo se estaba expandiendo a su alrededor, absorbiéndola aún más profundamente. ¿Por qué no se despertaba? En general, ¿era normal que alguien que estaba soñando supiera que lo estaba y aun así no fuera capaz de despertarse?

Sin saber qué más podía hacer, comenzó a comerse la ensalada. Los frescos sabores explotaron en su lengua con una poco habitual, aunque deliciosa, combinación de verduras ácidas y frutas dulces. El aliño era a la vez ácido, picante y sabroso. Emily era incapaz de recordar haber comido antes algo así. Le gustaban las ensaladas, y esta era una de las mejores que había probado.

Este sueño era mucho más que realista, de largo.

Emily se tragó el bocado que había estado masticando y soltó el utensilio.

—No estoy soñando, ¿verdad? —preguntó con voz queda, mirando a Zaron.

—¿Creías que sí lo estabas? —Él inclinó la cabeza hacia un lado—. ¿Por eso has estado tan tranquila? Me preguntaba por qué sería. Todo lo que sé de tu especie me sugiere que tu reacción tendría que haber sido bastante más intensa.

A Emily le entraron muchas ganas de tener esa "reacción mucho más intensa" en ese mismo instante.

Se puso despacio de pie, y se alejó de la mesa, con los ojos clavados en Zaron. Podía escuchar el veloz golpeteo de sus propios latidos, y notaba cómo respiraba en pequeñas bocanadas rápidas. Se sentía como si en la habitación no hubiese bastante aire.

Si eso estaba sucediendo de verdad, si su mente no le estaba jugando una mala pasada, no había forma de explicar lo que había visto sin aventurarse en el reino de lo improbable.

—¿Puedes demostrarlo? —Preguntó con un tenue hilo de voz—. ¿Puedes probarme que eres de otro planeta?

Él se reclinó en su silla, con una media sonrisa jugueteando en sus labios.

—¿Cómo quieres que te lo demuestre, Emily? ¿No es suficiente el hecho de que estés sana y salva cuando tendrías que haber muerto por tus heridas? ¿Conoces algún tipo de medicina humana que pueda curar lesiones tan graves como esas?

Emily se humedeció los labios.

—¿Cómo estaba de grave? —Las palabras brotaron en un susurro apenas audible. Visualizó el puente y las grandes rocas de debajo, y se le revolvió el estómago.

Por primera vez, se dio cuenta de verdad del hecho de que estaba viva.

Estaba viva... cuando no cabía duda de que debería estar muerta.

—Sufriste múltiples fracturas óseas, así como graves lesiones en tus órganos internos —dijo Zaron, apartándose un espeso mechón de pelo de la frente—. También te habías roto la columna vertebral.

Emily sintió como si una tira de acero le estuviera estrujando la caja torácica, y se debatió por coger aire. Ahora lo recordaba todo: ese breve y terrible momento en que su cuerpo se estrelló contra las rocas. Recordó haber deseado una muerte instantánea y en vez de eso, experimentar la agonía.

Con los ojos ardiendo, levantó los brazos y los estudió como si nunca los hubiese visto antes. Tenía la piel lisa y pálida, completamente inmaculada. No había rastros de lesiones de ningún tipo, ni siquiera un moretón o un rasguño.

Estaba viva.

Ella. Estaba. Viva.

Cuando fue plenamente consciente de eso por fin, Emily empezó a temblar. Podría haber muerto. Tendría que haber muerto. Había estado segura de que iba a morir.

Y de no haber sido por el hombre sentado a la mesa, lo habría hecho.

Al levantar la vista hacia él, vio que seguía mirándola con la misma expresión de fría diversión.

—Me salvaste... —dijo con un hilo de voz, impresionada—. Me salvaste la vida.

Él asintió, poniéndose de pie con elegancia.

—Sí —dijo, acercándose a ella con la gracia de un depredador—. Lo hice.

Se detuvo a menos de treinta centímetros de ella, levantó la mano y rozó ligeramente el contorno de su barbilla con el dorso de sus dedos.

Emily contuvo una exclamación, sorprendida por la inesperada caricia con aire protector. Tenerlo tan cerca era abrumador, lo que se sumaba a su confusión interna. Su piel se estremeció ante su contacto, sintió escalofríos que le recorrían la espalda y todo su cuerpo tembló por la impresión.

El hombre que acababa de tocarla, el hombre que le había salvado la vida, afirmaba ser de otro planeta.

Con el corazón latiendo con fuerza, Emily dio un paso atrás.

—¿Por qué me salvaste? —susurró, mirándolo fijamente—. ¿Qué quieres de mí?

—No tienes nada que temer, Emily. —Su voz era suave y tranquilizadora, pero ella volvió a tener la inquietante sensación que era como un felino grande jugando con su presa—. No voy a hacerte daño.

Ella pugnó por tragar saliva, y se alejó un paso más hacia atrás. No estaba segura de si le creía... de si creía algo de todo aquello. ¿Cómo podían existir alienígenas humanoides? Esa idea estaba al mismo nivel que el Yeti y las sirenas. Unas instalaciones secretas del gobierno eran un escenario mucho más plausible, excepto porque eso no explicaba cómo Emily podía haberse curado tan rápido de su caída. Ese tipo de tecnología médica no habría podido permanecer siendo confidencial durante demasiado tiempo.

No tenía otra elección que aceptar la posibilidad de que él estuviera diciendo la verdad, y si ese era el caso, entonces ella se encontraba ahora mismo en presencia de un auténtico extraterrestre de carne y hueso.

Un extraterrestre que le había salvado la vida.

Un ser de otro planeta que la observaba igual que un león hambriento acecha a una gacela.

CAPÍTULO SIETE

Zaron se quedó mirando cómo Emily se apartaba de él con unos ojos como platos, enormes en su pálido rostro. Podía notar el ligero temblor de sus miembros, y el impulso de atraerla hacia sí, de abrazarla, era tan fuerte que apenas podía mantenerlo bajo control. La fugaz caricia de antes solo había servido para abrirle el apetito.

La deseaba. Quería tocarla, sentir el tacto de satén de su piel. Quería arrancarle la ropa y separarle los muslos, sosteniéndola así, abierta de piernas, mientras entraba dentro de ella. Quería acunarla contra él, follársela como un salvaje... y luego rasgar con los dientes la tierna piel de su garganta y saborear la caliente y cobriza exquisitez de su sangre.

Al pensarlo se le hizo la boca agua.

—¿Por qué me has dicho que me parezco a un krinar? —La titubeante pregunta interrumpió sus reflexiones, penetrando en la bruma de lujuria que parecía envolver su cerebro en presencia de ella. Ella se había quedado en la otra punta de la habitación y lo observaba recelosa. Él se dio cuenta de que se sentía más segura si había cierto espacio entre ellos; no sabía lo fácil que le resultaría atravesar esa distancia de un solo salto—. En vez de decir que tú pareces humano, quiero decir —aclaró.

Zaron respiró hondo para tranquilizarse, y se obligó a no avanzar y a darle el espacio que necesitaba. Era natural que ella estuviera asustada y abrumada; después de todo, los humanos aún no sabían nada de los krinar.

—Porque somos la especie inteligente original —dijo, respondiendo a su pregunta—. Los tuyos fueron creados a nuestra imagen, no al revés.

La lengua de la chica pasó brevemente por sus labios en un gesto nervioso que envió un relámpago de calor directamente a la ingle de Zaron.

—¿A vuestra imagen? ¿De qué estás hablando?

—Estoy hablando del hecho de que nosotros creamos a vuestra especie... a todas las especies de este planeta, en realidad. —Zaron hizo una pausa, dejando que ella lo asimilara—. De no haber sido por nosotros, no existiría la vida en la Tierra.

Ella abrió mucho los ojos, con la incredulidad atravesándole el rostro.

—¿Qué? ¿Estás diciendo que vosotros nos *hicisteis*? ¿Como en un laboratorio o algo así?

—No, no en un laboratorio —dijo Zaron. Estuvo a punto de lanzarse a darle una larga explicación científica, pero se contuvo a tiempo—. Lo que hicimos fue colocar un poco de ADN aquí hace un par de miles de millones de años —dijo, en vez de eso—. Luego estuvimos dándoos empujoncitos a lo largo de toda vuestra evolución, colaborando a que con el tiempo surgiera una especie parecida a los krinar.

Esa era una simplificación excesivamente grande, pero no creía que Emily necesitara conocer cada sutileza evolutiva en este punto.

Y aún solo con eso, Emily se quedó abriendo y cerrando la boca sin emitir ningún sonido. Zaron prácticamente era capaz de ver cómo las ruedecitas de su ágil cerebro giraban dentro de ese pequeño y adorable cráneo. Ella no estaba segura de si podía confiar en él o no, y su primer instinto era rechazar todo lo que no encajara en su actual visión del mundo. Pero no podía negar haber visto lo que había visto ese día.

—¿Un par de *miles de millones* de años? —preguntó con la vista clavada en él—. ¿Me estás diciendo que tu civilización es así de antigua?

Zaron asintió:

—Sí, hemos andado por ahí desde hace muchísimo tiempo. Nuestro planeta es mucho más viejo que el tuyo.

Emily inhaló una trémula bocanada de aire.

—Comprendo. —Levantó las manos y se frotó las sienes de nuevo, como si tuviera dolor de cabeza.

Zaron entornó los ojos. No le gustaba la idea de que ella sintiera dolor... no si podía evitarlo. Era algo extraño, pero a cierto nivel sentía como si ella le perteneciera y asegurarse de su bienestar fuese responsabilidad suya. Dio unos pasos para cruzar la habitación y se detuvo frente a ella.

—Emily... ¿Necesitas que te traiga algún medicamento?

Ella bajó las manos y levantó la vista hacia él. Con esta luz, sus ojos de gruesas pestañas parecían más verdes que azules.

—No, Gracias. Me encuentro perfectamente bien. Es solo que hay mucho que procesar.

—Por supuesto. —Zaron volvió a sentir el impulso de abrazarla, esta vez para consolarla. Por desgracia, ella aún no estaba preparada para ese tipo de intimidad, y era más probable que cualquier movimiento que él hiciera en ese sentido la asustara en vez de reducir su ansiedad. Se conformó con mostrarle una sonrisa tranquilizadora—. Lo entiendo.

—Sigo estando en Costa Rica, ¿verdad? —preguntó ella, y sus delicadas cejas se juntaron como si se le acabara de ocurrir la idea— No estaré en alguna parte de tu nave, ¿verdad?

—No, no lo estás... y sí, seguimos en Costa Rica. Estamos a solo unos veinte kilómetros más o menos del puente. Como te he dicho, por ahora esta es mi casa.

La frente de ella se alisó, y una leve sonrisa apareció en sus labios.

—Oh, ya veo. —Pareció aliviada, y Zaron reprimió su propia sonrisa, sabiendo que su pregunta probablemente estaba inspirada en el estereotipo de abducciones alienígenas de su cultura.

Observando a la chica, Zaron se dio cuenta de que no se había sentido tan alegre en años. No había pasado mucho tiempo con un humano antes, y no esperaba encontrarlo tan agradable. Por su carnet de conducir, sabía que Emily tenía veinticuatro años, poco más que una adolescente en comparación con sus más de seiscientos años. Sin embargo, ella parecía más madura que una krinar de la misma edad, probablemente porque su especie generalmente alcanzaba la edad adulta por entonces.

De repente cayó en la cuenta de que durante la última hora no había pensado en Larita ni una sola vez. Ese pensamiento vino acompañado por una aguda punzada de dolor, e inmediatamente lo apartó de su mente. Le gustaba cómo se sentía en compañía de esta chica humana, y tenía la intención de aferrarse a esa sensación.

Emily se aclaró la garganta, atrayendo su atención hacia ella.

—Zaron —dijo tranquilamente, sosteniéndole la mirada—, todavía no te he dado las gracias por curarme. Recuerdo esa caída, y sé que tendría que haber muerto... —Tragó saliva y su voz se tornó más ronca—, y ni siquiera puedo empezar a agradecértelo por hacer lo que sea que hiciste...

—No pasa nada, Emily —la interrumpió Zaron, notando que estaba al borde del llanto—. Solo estoy encantado de que estés viva.

Ella tragó saliva de nuevo, y luego le dirigió una sonrisa irónica y trémula:

—Lo siento, no quería emocionarme así contigo. Supongo que incluso los extraterrestres se ponen aprensivos cuando una chica está a punto de llorar, eh.

—No tienes ni idea —Zaron dijo secamente. Odiaba ver las lágrimas de una mujer; lo hacían sentir impotente. Siempre que Larita lloraba él removía cielo y tierra para arreglar lo que fuera que la estuviera molestando. Emily no parecía propensa a llorar, y eso le gustaba. La belleza angelical de la muchacha humana escondía un interior de acero que no podía evitar admirar.

La sonrisa de Emily se hizo más grande, iluminando toda su cara.

—Bueno, en ese caso, no lloraré. Simplemente te diré "gracias", y ya está.

Zaron se echó a reír.

—Bien, mucho mejor así...

Una suave vibración en su muñeca lo sobresaltó, interrumpiéndole en la mitad de la frase. Al mirar el dispositivo informático que llevaba en el brazo, Zaron vio que había un mensaje urgente esperándole.

—Perdona —dijo, dirigiéndole a Emily una mirada de disculpa—. Ahora mismo vengo.

Antes de que ella pudiera responder, se alejó rápidamente hacia su estudio.

Una solicitud de reunión del Consejo siempre tenía que ser atendida con prontitud.

~

Con el corazón acelerado, Emily vio cómo Zaron desaparecía al entrar en la otra habitación. Por un solo segundo, había sentido el comienzo de una auténtica conexión, una conexión que era tanto emocionante como desconcertante.

Él la ponía nerviosa, y sin embargo, ella se sentía atraída hacia él. Mientras hablaban, se encontraba preguntándose cómo sería trazar las líneas rectas de sus cejas con la yema de los dedos y sentir la textura de su pelo espeso y brillante. Al tenerlo de pie tan cerca, había sido súper consciente de su cuerpo grande y musculoso, de su pura perfección masculina.

Era ridículo. Él era guapísimo, sí, pero según él mismo había admitido, no era humano. Era un krinar, un alienígena de una civilización de muchos miles de millones de años de antigüedad.

Una civilización que supuestamente había creado la vida en la Tierra.

Emily cerró los ojos con fuerza y volvió a frotarse las sienes. Cuando le había dicho a Zaron que había mucho que procesar, no estaba bromeando. Sentía como si su cerebro estuviera a punto de estallar, y sus pensamientos eran un torbellino. No tenía exactamente un dolor de cabeza, pero notaba una banda de tensión muy definida rodeándole la frente.

Emily suspiró, abrió los ojos, volvió hasta la mesa y se sentó en una de las sillas flotantes. Cuando el objeto se movió para adaptarse a la forma de su cuerpo, ella se relajó adrede, permitiéndole que hiciera su trabajo. Se estaba acostumbrando a parte de la tecnología de Zaron, al menos a la más doméstica y básica.

¿Pero cómo serán de avanzados? se preguntó, mientras una parte de su tensión desaparecía gracias a la silla, que comenzó a darle un masaje vibratorio para relajarle los músculos. Estaba claro que Zaron había podido venir hasta la Tierra, así que debían de dominar los viajes interestelares. ¿Tal vez viajes a velocidad superior a la de la luz? Según las teorías científicas actuales, tal cosa era imposible, pero también lo era la curación de heridas como las que Emily debió de haber sufrido en su caída. La medicina krinar estaba tan adelantada con respecto a lo que Emily conocía que ni siquiera podía imaginarse qué otras cosas serían capaces de hacer. ¿Teletransporte, tal vez? Había tantas posibilidades tecnológicas geniales que le empezó a dar vueltas la cabeza.

Emily siempre había sentido interés por la ciencia: leía a menudo artículos acerca de los nuevos descubrimientos y veía documentales sobre naturaleza en la televisión. A veces incluso deseaba haber elegido la biología o la astrofísica como campos de estudio. Pero no lo había hecho. En vez de eso, se había metido en las finanzas, tentada por la promesa de ganar mucho dinero en Wall Street. Después de haber crecido en hogares de acogida, Emily ansiaba la seguridad y la estabilidad financiera, y la banca le había parecido la forma perfecta de lograrlas rápidamente. Para tener éxito en la mayoría de los campos científicos, uno necesitaba un título de posgrado: un doctorado o al menos un Máster. Pero para convertirse en analista de banca de inversión, cuatro años en una universidad de prestigio, un par de prácticas de verano y la voluntad de trabajar más de ochenta horas a la semana eran más que suficiente. A la edad de veinticuatro años, Emily había estado bien encaminada para alcanzar su objetivo de seguridad financiera, con su cuenta de ahorros en buen estado y creciendo, al menos hasta que el mercado de valores había experimentado su última caída.

Ahora sus ahorros se habían reducido a la mitad, y ella había perdido el trabajo que había absorbido su vida entera durante los últimos dos años. Emily esperó a que la habitual amargura la inundara al pensarlo, pero todo lo que sintió fue una leve punzada de decepción. Por primera vez desde los recortes de plantilla, no estaba preocupada por su futuro. Tenía cosas mucho más importantes en que pensar, como el hecho de que un alienígena le había salvado la vida.

Formular ese pensamiento era una locura tan grande que casi la hizo echarse a reír a carcajadas. Por un momento, volvió a tener esa vertiginosa sensación de ser Alicia en el País de las maravillas, pero entonces respiró hondo unas cuantas veces y recobró el control de sí misma. Necesitaba ser capaz de pensar sin ponerse histérica, porque si las afirmaciones de Zaron eran verdad, las implicaciones eran simplemente para caerse de espaldas.

Había otra especie inteligente allá fuera, una especie

mucho más avanzada que la humana. Una especie que se suponía que había creado indirectamente a los humanos. ¿Qué es lo que querían? ¿Por qué estaba Zaron aquí, viviendo en una jungla costarricense? ¿Por qué se había molestado en salvar la vida de Emily?

Además, ¿por qué nadie sabía nada de los krinar? Si el pueblo de Zaron fuese el verdadero creador de la humanidad, ¿no deberían los humanos haber sabido algo sobre ellos hacía mucho tiempo?

Una sensación de frío se extendió por el cuerpo de Emily mientras inhalaba una temblorosa bocanada de aire, luego otra, y otra más. Empezaba a notar una opresión en el pecho otra vez.

Sólo había una respuesta a esa pregunta.

Nadie sabía nada de los krinar porque ellos no querían revelarles su existencia a los humanos.

Sin embargo, Zaron se había arriesgado a dejar que Emily viera su casa y a contarle qué era y de dónde venía. No parecía preocupado porque ella pudiera acudir a los medios de comunicación con esa información, ni de haber comprometido potencialmente lo que debían de ser miles de años de secretismo por parte de su especie.

Levantándose lentamente, Emily miró la pared color marfil, agarrándose sin darse cuenta con fuerza de la mesa.

¿Le estaba diciendo Zaron todo esto porque no iba a dejar que ella se fuera?

CAPÍTULO OCHO

Al entrar en su estudio, Zaron activó el modo de reunión de su ordenador y cerró los ojos un segundo. Cuando volvió a abrirlos, estaba dentro de una gran sala blanca: la cámara de reuniones del Consejo en Krina. No estaba allí físicamente, por supuesto, pero la simulación era lo bastante real como para poder ver, sentir, tocar y olerlo todo, casi como si estuviera allí en persona.

Sólo había tres consejeros esperándole: Korum, Arus y Saret. Zaron supo entonces que no era una reunión formal; eso habría requerido la presencia de los 15 miembros del Consejo. Inclinó la cabeza en un gesto de respeto y se quedó esperando para ver por qué le habían convocado.

Los tres hombres que se encontraban frente a él estaban entre los más influyentes de Krina, ya que cada uno de ellos llevaba en el Consejo desde antes de que Zaron naciera. El Consejo, el órgano formal de gobierno de Krina, solo respondía ante los Ancianos, los nueve Krinar más antiguos que existían. Y puesto que los Ancianos rara vez interferían con nada, eso significaba que el Consejo disfrutaba de un poder casi ilimitado cuando se trataba de aprobar leyes y defender el orden en su sociedad.

Hasta hacía dos años, Zaron solo se había encontrado con alguno de los Consejeros en eventos sociales, de manera ocasional. Pero desde que el Consejo se había interesado por su investigación había llegado a conocer a la mayoría de sus miembros.

—Es un placer verte, Zaron —dijo Arus, dando un paso adelante—. Gracias por responder tan rápido. Estamos a punto de partir y queremos ponernos un poco al día contigo para saber si has hecho más progresos en la selección de las ubicaciones. —Su expresión era agradable y mostraba cierto interés, lo cual estaba calculado para hacer que uno se sintiera cómodo. Con experiencia en estudios sociales, Arus era el político consumado del grupo, apreciado y respetado por casi todos, sin exceptuar a Zaron. Fue Arus quien se le acercó dos años atrás para ofrecerle dirigir los trabajos destinados al asentamiento, sacando a Zaron de la depresión sombría que lo había consumido desde la muerte de Larita.

—Sí, he hecho algunos —respondió Zaron—. Creo que la localización más prometedora es la de la región de Guanacaste en Costa Rica. —Un movimiento de su muñeca hizo aparecer un detallado mapa tridimensional de la Tierra, y él hizo zoom en al lugar al que se refería—. El clima es bastante similar al de algunas regiones de Krina, y yo debería poder ser capaz de adaptar el suelo lo suficiente para que sea acogedor para muchas de nuestras plantas comestibles.

—¿Qué hay de los otros nueve Centros? —Fue Korum el que habló esta vez, y sus particulares ojos de color ambarino observaron a Zaron con una inteligencia fría y penetrante. De los tres miembros del Consejo presentes, él era, con diferencia, el más intimidante, con una reputación de crueldad que sobrepasaba los límites de la ambición habitual. También era la fuerza motora que impulsaba la inminente invasión.

—Tengo seleccionadas siete de las ubicaciones —le dijo Zaron—. Las dos restantes estarán listas en las próximas semanas. Deberían localizarse en los Estados Unidos, para que tengamos presencia allí. Lo he reducido a Florida, Arizona y Nuevo México, pero habrá que explorar cada uno de esos lugares con más detalle antes de que hagamos la elección final.

—Estupendo. —Arus le dirigió una sonrisa de aprobación—. Has hecho bastantes progresos. Sospecho que, al fin y al cabo, durante los primeros meses pasaremos la mayor parte del tiempo en las naves, hasta que la población humana haya tenido ocasión de acostumbrarse a nuestra presencia.

—¿Esperáis que haya mucha agitación? —inquirió Zaron, tratando de imaginarse cómo se desarrollaría todo. Dada la reacción de Emily ante sus revelaciones, sospechaba que a muchos humanos les sería difícil lidiar con algo que quedaba muy lejos de lo que aceptaban como su sistema de creencias.

—Espero que no demasiada —respondió Saret, interviniendo por primera vez. Considerado el mejor experto en temas de la mente de Krina, era tranquilo y generalmente relajado y tendía a pasar a un segundo plano cuando estaba junto a las personalidades más carismáticas del Consejo—. Preveo que algunos estarán muy alterados cuando lleguemos, pero con suerte, una vez que les expliquemos todo...

—Se ajustarán. —Korum sonaba impaciente—. No tendrán ninguna otra opción más que hacerlo. Además, por lo que he observado, su especie es bastante adaptable.

Arus frunció el ceño en dirección a Korum y luego se volvió hacia Zaron.

—Gracias por ponernos al día. Esto era exactamente lo que esperábamos escuchar. ¿Hay algo más de lo que deberíamos estar informados en este punto?

—No —dijo Zaron, aunque por alguna extraña razón, pensó en Emily. El Consejo no estaría interesado en algo tan trivial como que una muchacha humana estuviera en su casa, por lo que no tenía sentido informarles sobre eso.

—En ese caso nos veremos en la Tierra —dijo Arus, y la habitación se volvió borrosa alrededor de Zaron, haciéndole cerrar los ojos.

Cuando los abrió, el entorno virtual de la reunión

había desaparecido, y él se encontraba de pie en medio de su propio estudio.

~

Para cuando Zaron regresó, Emily era un manojo de nervios. Había vuelto a la habitación que ella asumía que hacía las veces de sala de estar, la que tenía la tabla larga y flotante, que se convirtió en el sofá más cómodo que se pueda imaginar cuando se sentó en ella. Se quedó sentada allí unos minutos, reflexionando sobre su situación, y luego se levantó a buscar una salida, demasiado nerviosa para estarse quieta. Pasando las manos por las paredes, trató de encontrar algo, cualquier cosa, que indicara la presencia de una puerta, pero las paredes eran frustrantemente lisas, suaves y cálidas bajo sus dedos.

Emily abandonó esa tarea inútil y empezó a pasearse por la habitación.

Por lo que sabía, si Zaron quería mantener en secreto la existencia de su gente, entonces solo tenía tres opciones en cuanto a Emily. Podía dejarla marchar y confiar en ella y en que no hablaría; podía manipular su memoria (asumiendo que tuvieran ese tipo de tecnología); o podía hacer algo que impidiera que se lo contara a nadie, como llevársela a su planeta con él al marcharse. En teoría, podría incluso matarla, pero eso no tendría mucho sentido, dado que se había tomado todas esas molestias para salvarle la vida.

Ella esperaba encarecidamente que él se inclinara

hacia la opción "confiar en ella".

—Discúlpame. —La voz profunda de Zaron interrumpió los pensamientos de Emily, haciéndola volverse de golpe, sorprendida. A pesar de su tamaño, su salvador era increíblemente silencioso al caminar. Ya estaba a pocos metros de distancia, y ella ni siquiera lo había oído entrar.

—Oh, no hay problema. —Emily le mostró una sonrisa abiertamente alegre para ocultar su nerviosismo—. Estoy segura de que tienes un montón de cosas importantes que hacer y probablemente te estoy distrayendo de ellas. Si no te importa, seguiré mi camino... —Su voz se fue apagando cuando la expresión de Zaron se oscureció.

—No me estás distrayendo. —Él se acercó a ella, caminando sin hacer un solo ruido. Por primera vez, le pareció que había algo que no era humano del todo en la forma en que se movía, algo que la hacía pensar en un carnívoro acechando a su presa...—. Todavía necesitas recuperarte, Emily, y es un placer tenerte como invitada.

—Oh no, me encuentro perfectamente bien —protestó ella, y se le disparó el pulso al darse cuenta de que él *no* se estaba inclinando hacia la opción de "confiar"—. Sea cual sea la medicina que usaste conmigo ha resultado ser algo increíble, y me encuentro mejor que nunca...

—Emily... —Zaron se detuvo a medio metro de distancia de ella, con sus ojos oscuros clavados en su cara—. Por favor, no te estreses. Tu cuerpo ha sufrido un trauma severo y necesitas tiempo para recuperarte del todo.

—¿Cuánto tiempo?

—Un par de semanas.

—¿Un par de semanas? —Emily lo miró fijamente, y su inquietud disminuyó solo un poco—. No puedo quedarme en Costa Rica tanto tiempo. Tengo que volver a casa; mis billetes de avión son para el sábado.

Zaron la estudió en silencio.

—Te conseguiré otros billetes —dijo después de un momento—. No debería ser problema.

—¿En serio? —Emily parpadeó— ¿Puedes comprarme billetes de avión? —¿Qué iba a hacer, comprarlos online con una tarjeta de crédito? ¿Tenían los alienígenas tarjetas de crédito? Se lo imaginó solicitando una MasterCard desde su nave espacial y se mordió el interior de la mejilla para sofocar un acceso de risa medio histérica.

—Por supuesto. —Él parecía perplejo por su pregunta—. El dinero humano no es algo que nos falte. Puedo comprarte lo que quieras, Emily.

Las ganas de reír desaparecieron sin dejar rastro.

—Eso es muy generoso por parte —dijo ella, tratando de mantener la calma—, pero me sentiría muy mal al pedirte que te gastaras tu dinero de esa forma. — Intentó sonreír de nuevo—. ¿Por qué no llamo a la compañía aérea y les pido que cambien la fecha de mi vuelo? Si crees que no estoy en forma para viajar, probablemente podría quedarme aquí un par de días extra. Solo necesitaría hacer las gestiones adecuadas...

—Emily... —Él dejó escapar un suspiro muy humano—. Como probablemente hayas adivinado, no puedo dejarte hacer eso.

A ella se le puso el corazón en la garganta.

—No le diría nada a nadie sobre ti... Lo juro, no lo haría. —Emily notaba que estaba balbuceando, pero no podía evitarlo—. Me salvaste la vida y no te traicionaría. Además, ¿quién iba a creerme? Nadie cree en los alienígenas...

—No importa —dijo él, interrumpiendo su incoherente súplica—. No tendrían que confiar en tu palabra. Lo único que tendrían que hacer es comparar tus antiguos registros dentales con los actuales.

—¿Mis registros dentales?

—Tu cuerpo ha sido sometido a un procedimiento de curación completa —dijo Zaron—. Eso significa que *todas* tus lesiones se han curado, incluyendo las causadas por vuestra odontología primitiva. Ahora no hay rastro en tus dientes de caries ni empastes, y hacer crecer esa clase de tejido vivo no es algo que vuestra ciencia pueda hacer todavía.

Mientras su pánico iba en aumento, Emily se pasó la lengua por los dientes en un esfuerzo por verificar lo que le estaba diciendo. Notó la boca sutilmente distinta, pero no sabía si solo se lo estaba imaginando.

—¿Tienes un espejo? —preguntó, tratando controlar su frenética respiración. ¿Qué más le había hecho el procedimiento? ¿Era ahora diferente de alguna manera?

Como única respuesta, él sonrió y dijo algo en su

propio idioma. Las palabras le sonaron ligeramente guturales en sus oídos.

—Aquí —dijo, señalando hacia la pared a su derecha—. Echa un vistazo.

El muro se había convertido en un espejo gigante, una transformación que apenas desconcertaba a Emily en ese punto. Ella se acercó hasta el espejo y abrió la boca del todo, intentando ver sus muelas de atrás, que habían sufrido unas cuantas caries fruto de su amor por los dulces en la infancia.

No había ni rastro de esas caries ni de los empastes. Sus dientes eran tan blancos y perfectos como si le hubieran puesto otros nuevos.

Zaron no había mentido. Su procedimiento había dejado un rastro indeleble, evidencia de que a Emily se le había hecho algo que la ciencia moderna no podía explicar.

Emily cerró la boca y se volvió hacia Zaron, que observaba lo que hacía ligeramente divertido.

—¿Hay algo más? —preguntó ella con tono neutro—. ¿Estoy diferente en otros aspectos?

Los labios de él dibujaron una leve sonrisa.

—No, Emily. A menos que cuentes como diferencias que te falten unas pocas cicatrices.

Ella se levantó la falda de su vestido un par de centímetros y echó un vistazo a su muslo izquierdo. Uno de sus hermanos adoptivos la había empujado contra un cubo de basura cuando tenía doce años, y un vidrio roto le había hecho un corte en una pierna. La cicatriz resultante había causado que su yo adolescente tuviera tal complejo que había dejado de usar shorts durante cinco años. Solo siendo ya adulta había comenzado Emily a aceptarla como parte de su cuerpo... y ahora esa cicatriz se había esfumado.

Se había esfumado del todo. Borrada por tecnología alienígena.

Anonadada, Emily levantó los ojos para encontrarse con la mirada de Zaron desde el otro lado de la habitación.

—Ya no está. Eso y mis empastes... se han ido.

Él asintió:

—Así es.

—¿Entonces qué planeas hacer conmigo ahora? —Hizo lo que pudo por no dar rienda suelta a su terror—. ¿Me vas a llevar a tu planeta?

—No, claro que no. —Él volvía a parecer divertido—. Ya te lo he dicho, solo necesitarás quedarte aquí un par de semanas. Diecisiete días, para ser más exactos.

—¿Por qué? ¿Qué va a cambiar en diecisiete días? —Emily todavía tendría sus dientes perfectos y su cuerpo libre de cicatrices. Si no confiaba en ella ahora, ¿por qué creía que podía confiar en ella entonces?

—Dentro de diecisiete días, no importará si haces pública tu historia —le dijo él, cruzando la habitación para reunirse con ella—. Ni siquiera importará si vuestros periódicos te creen. —Hizo un segundo de pausa sin dejar de mirarla y luego dijo con suavidad—: Verás, Emily, para entonces mi gente ya habrá llegado.

CAPÍTULO NUEVE

Zaron observó cómo las pupilas de Emily se dilataban y su cara se tornaba todavía más pálida.

—¿Qué? —susurró ella—. ¿Qué quieres decir con que tu gente habrá llegado?

—Estamos preparándonos para conocer formalmente a tu especie. —Zaron se apoyó contra la pared de espejos—. En diecisiete días, nos pondremos en contacto con vuestros líderes... y en ese momento, podrás regresar a tu vida normal si lo deseas.

—Vais a revelarnos vuestra existencia.

—Sí —confirmó Zaron—. Así que ya ves que no tienes nada de qué preocuparte. Puedes quedarte aquí como mi invitada y recuperarte un poco más.

Ella respiró hondo.

—De acuerdo, como tu invitada. Hasta que llegue tu gente. Hasta que todos se enteren de que existen los alienígenas. Entendido. —Ella sonaba como si estuviera en estado de shock, y Zaron quería acercársela y acunarla para calmar su ansiedad... y luego llevársela hasta la cama y follársela. Esa curiosa mezcla de instinto de protección y lujuria que despertaba en él era diferente de cualquier cosa que él hubiera experimentado antes. Ni siquiera con Larita...

No. Interrumpió esa línea de pensamiento antes de que fuera más allá. Era ridículo comparar sus sentimientos por su pareja con la primitiva atracción física que estaba experimentando hacia esta humana. Las dos cosas no tenían nada en común. Era lo mismo que si intentara reemplazar a Larita por una mascota doméstica, como algunos humanos trataban de hacer con sus seres queridos.

"Sin embargo, para ser justos, Emily sería una mascota muy follable", pensó ácidamente, y su mirada descendió hasta la deliciosa turgencia de sus pechos por debajo de la fina tela de su vestido.

—¿Por qué ahora? —Su voz le despertó de golpe de una fantasía en la que él le estaba bajando la parte de arriba del vestido y sosteniendo esos suaves montículos blancos en sus manos. Levantando a regañadientes los ojos hacia su rostro, vio que una parte de su conmoción se había desvanecido—. ¿Por qué habéis decidido revelar vuestra existencia ahora?

—Porque es la hora —respondió Zaron—. Porque creemos que estáis preparados. —Y porque el Consejo estaba preocupado por el devastador impacto que los humanos estaban causando en su planeta, pero eso no era algo que tuviera intención de contarle a Emily en ese momento.

Ella lo miró fijamente.

—Comprendo. Entonces, ¿simplemente vais a presentaros aquí en vuestras naves espaciales y decir: "hola, aquí estamos"?

Una breve sonrisa bailó en sus labios.

—Sí, más o menos —Iban a pasar muchas más cosas, pero ella tampoco necesitaba saberlo todavía.

—Bueno, vale, si eso es así, entonces entiendo tu dilema acerca de la elección del momento oportuno —le dijo despacio—, y te estoy extremadamente agradecida por todo lo que has hecho por mí. Pero yo también tengo un problema. No puedo ser tu invitada tanto tiempo porque tengo obligaciones en casa. —Cogió aire y prosiguió—: Tengo una entrevista de trabajo la semana que viene. Una entrevista muy importante que no me puedo perder de ninguna manera. También tengo un gato que me está cuidando una amiga, que se preocupará si no regreso el sábado.

—¿Tu gato? —Zaron frunció el ceño, confuso. Había estudiado la especie *Felis catus* recientemente, y rara vez exhibían ese tipo de profundo apego a los humanos.

—No, claro que no. —Emily le dirigió una mirada exasperada—. Mi amiga.

Zaron no pudo evitar que eso le hiciera sonreír.

—Ah, eso tiene mucho más sentido.

Una sonrisa de respuesta aleteó brevemente por el rostro de Emily.

—Así es, ¿verdad? —Poniéndose seria, ella dijo—: Pero en serio, no tienes nada de qué preocuparte en lo que respecta a mí. No voy a decirle una palabra a nadie sobre lo que ha ocurrido... y huiré de los doctores y dentistas como de la peste durante los próximos diecisiete días, por si acaso pretenden examinarme en busca de procedimientos extraterrestres.

Zaron suspiró. Empezaba a darse cuenta de que convencer a Emily de que disfrutara de prolongar su estancia vacacional no iba a ser tan fácil como él había esperado. Ella tenía razón: probablemente no pasaría nada si la dejaba regresar a su vida normal en ese momento. Sin embargo, hasta que los krinar establecieran oficialmente contacto, estaba obligado por el mandato de no divulgación establecido por los Ancianos, y el mandato establecía que no se le permitía hacer nada que pudiera revelar la existencia de su especie a los humanos antes de la llegada de las naves.

También había otro factor: uno que Zaron era reacio a admitir incluso para a sí mismo. No quería dejar que Emily se fuera antes de saborearla... antes de satisfacer el hambre que ardía dentro de él.

No. Se decía a sí mismo que no era por eso. Simplemente estaba cumpliendo con el mandato, como debería hacer cualquier krinar respetuoso de la ley.

—Lo siento, Emily —dijo—. Entiendo que puede que no tengas la intención de contar nada, pero tengo que seguir las normas. Me temo que debo insistir en que te quedes aquí algún tiempo.

Su suave boca se puso tensa.

—Vale. Dos semanas y media... sin avisar a nadie de donde estoy ni de qué me ha ocurrido.

Zaron resopló, empezando a sentirse frustrado.

—Puedes enviarle un correo electrónico a tu amiga si lo deseas. —Debería ser bastante fácil controlar lo que decía el correo electrónico, especialmente si él era quien accedía a su cuenta de correo electrónico y enviaba él mismo el mensaje.

—Eso estaría bien, pero todavía tengo lo de esa entrevista... y es una entrevista a la que no puedo faltar ni puedo reprogramar —dijo Emily—. Es con el mayor fondo de cobertura de Nueva York, y es mi trabajo soñado. Llevo dos meses preparándome para esto, desde que me despidieron. En Evers Capital no aceptan excusas, y no me darán otra oportunidad si la fastidio. Bill Evers, el director del fondo, es conocido por poner el trabajo primero y todo lo demás después. Una vez tuvo un accidente de tráfico que lo dejó en coma, y el primer día en que salió de él, hizo que le llevaran a su oficina en silla de ruedas. —Había una nota de admiración en su voz, lo cual molestó a Zaron por alguna razón.

Él empezó a perder los estribos.

—Escúchame, Emily, tienes que entender una cosa —dijo, apartándose de la pared—. Estás viva porque te encontré y te traje hasta aquí. De no ser por mí, ahora mismo estarías volviendo a casa dentro de una bolsa para cadáveres...

Ella palideció, y todo el color se desvaneció de su rostro.

—... así que quizás quieras reflexionar sobre eso la próxima vez que te preocupes por perderte una entrevista. —Hizo una pausa, sintiéndose todavía inexplicablemente enfadado con ella. Cuando volvió a hablar, sus palabras brotaron más ásperas de lo que pretendía—. Eres mi invitada y lo seguirás siendo hasta que el mandato no esté ya vigente.

—Comprendo. —Su tono era tranquilo, pero había un brillo sospechoso en sus ojos mientras lo miraba—. Así que durante los próximos diecisiete días, soy tu prisionera.

Zaron entornó los ojos.

—Llámalo como te parezca.

Antes de decir o hacer nada de lo que pudiera arrepentirse después, se dio la vuelta y se alejó rápidamente hacia su estudio.

❧

Cuando se fue, Emily se apoyó contra la pared de espejo, abrazándose a sí misma con gesto protector. No sabía qué había causado la ira de Zaron, pero sabía que no era inteligente provocarle dada su situación. Tendría que haber aceptado su "hospitalidad" tal cual, en vez de discutir sobre ello.

Se dijo a sí misma que no era tan malo como podría haber sido, ignorando su estómago revuelto. Él solo la estaba reteniendo un par de semanas, no llevándosela a su planeta como ella se había temido al principio. En cierto modo, tenía razón: era una tontería preocuparse por una oportunidad de trabajo perdida cuando casi había muerto dos días atrás. Cuando Emily se había quedado colgando de aquel puente, su carrera había sido lo último que se le había pasado por la cabeza. Estaba agradecida de que Zaron hubiera decidido salvarla... incluso aunque dentro de ella reinaba la furia ante la idea que la mantuviera prisionera, de ser privada de libertad durante el tiempo que él considerara necesario.

Si había una cosa que Emily odiaba era estar confinada. Antes de entrar en el sistema de las casas de acogida, había estado viviendo con la hermana de su padre, una mujer con pocas habilidades sociales que no tenía ni idea de cómo lidiar con una niña de cuatro años que acababa de perder a sus padres. Cada vez que Emily se portaba mal, su tía la encerraba en su habitación como castigo, a veces durante varios días seguidos. Wendy Ross jamás la maltrató, estrictamente hablando: le llevaba comida a Emily y le daba juguetes con los que jugar, pero Emily todavía seguía odiando estar encerrada. Incluso ahora, la mera idea de ser retenida en algún lugar contra su voluntad era suficiente para hacerla sentir como un animal enjaulado: atrapada y furiosa.

No, no pienses demasiado en eso. Lo último que necesitaba era un ataque de su extraña fobia a los espacios interiores. Respirando para calmarse, Emily se acercó a la tabla-sofá y se sentó, dejando que el mueble alienígena acunara su cuerpo y la librara de su tensión. Si no se empecinaba en la idea de que estaba siendo mantenida prisionera, su situación podía verse de hecho como una oportunidad asombrosa: una ocasión de conocer a un ser inteligente de otra especie.

Una especie que todos los humanos iban pronto a conocer también.

La magnitud de lo que Zaron acababa de decirle era casi imposible de asimilar. En el cerebro de Emily se arremolinaban un millón de preguntas. ¿Por qué la gente de Zaron había decidido que los humanos estaban listos para el primer contacto? ¿Qué pasaría cuando aparecieran? No veía que todo el mundo fuera a recibirlos con los brazos abiertos, aunque las intenciones de los krinar fuesen pacíficas. ¿Cuáles eran sus intenciones, de todos modos? ¿Un simple encuentro para conocerse y saludarse o había algo más? ¿Y cómo reaccionaría el planeta a su llegada? ¿A la revelación de que los humanos no estaban solos y que habían sido creados por una antigua raza extraterrestre?

Una raza muy hermosa, muy humanoide.

Para su sorpresa, Emily se dio cuenta de que se sentía tremendamente atraída por Zaron. Había estado tan abrumada por todo lo que le había dicho que de alguna manera se le había escapado notar el gran impacto físico que él tenía en sus sentidos. Incluso ahora, solo de pensar en él, podía sentir cómo su piel se calentaba y la humedad se acumulaba entre sus muslos. La atracción que sentía hacia él era diferente a todo lo que había experimentado antes, y era algo tan potente como perturbador.

Zaron parecía un hombre humano, *bueno, estaba mucho mejor que un hombre humano,* pero no era humano. Si su raza realmente había evolucionado en un planeta diferente, tenía que haber algunas diferencias bastante significativas entre sus especies, y en este punto, Emily solo podía especular sobre cuáles podrían ser esas diferencias. No tenía sentido que se sintiese sexualmente atraída por él, pero a su cuerpo eso le daba igual. En lo que respectaba a sus hormonas, Zaron era la cosa más deliciosa con la que había tenido contacto jamás.

Genial. Eso era lo que le hacía falta ahora mismo: un caso grave del Síndrome de Estocolmo... y a causa de un alienígena, nada menos. Emily gimió mentalmente, y enterró la cara en las manos. Si su civilización era de verdad tan avanzada y antigua como le había dicho, entonces existía una gran posibilidad de que él la viera como poco más que un mono inteligente, como algo que estudiar y observar. Incluso le había dicho que era biólogo, recordó ella con una sensación de desazón en el estómago.

No, sentir lujuria hacia él era estúpido. Eran de especies diferentes, y aunque no lo fueran, este tipo de situación no se prestaba exactamente a derivar en una relación. Si Zaron no le había mentido, en diecisiete días ella se iría y probablemente no lo volvería a ver nunca más.

Todo lo que tenía que hacer hasta entonces era aferrarse a su cordura.

pretando la mandíbula con rabia, Zaron entró en su oficina y se sentó. Hizo aparecer una imagen tridimensional del paisaje local, superpuso el mapa de un posible Centro encima, y empezó a hacer los cálculos. Tenía mucho trabajo que hacer con antelación a la llegada del Consejo, pero lo único en lo que era capaz de pensar era en su ingrata huésped humana.

Él le había salvado la vida. *Salvado. La. Vida.* Sin él, Emily sería un cadáver putrefacto. ¿Y ella se resistía por tener que quedarse en su casa un par de semanas más? Hizo rechinar los dientes, y se inclinó hacia adelante en su silla. ¿Era la idea de estar con él tan repugnante para ella? ¿O solo estaba ansiosa por regresar para poder trabajar con ese as chiflado de los fondos de cobertura al que parecía adorar?

Al pensarlo, la ira de Zaron se hizo más intensa. Dio una orden seca a su dispositivo informático y accedió a los registros de Bill Evers, echando un rápido vistazo a toda la información disponible acerca de ese humano, desde artículos de periódicos hasta la dirección de su domicilio. Lo que vio no le resultó tranquilizador. El objeto de la admiración de Emily rondaba la mitad de la treintena y había progresado mucho en su sociedad durante su corta vida. También tenía un aspecto bastante decente para ser humano, con una estructura ósea regular, un cuerpo atlético de mediana estatura y el pelo de color castaño dorado.

¿Era por esto que Emily estaba tan decidida a conseguir trabajo en este fondo? se preguntaba Zaron, lleno de furia salvaje. ¿Deseaba a este humano como potencial compañero? Si era así, lo tenía jodido. Él no tenía intención de dejar que ningún otro hombre se le acercara... al menos, no hasta que hubiera tenido ocasión de saciarse con su delicioso y curvilíneo cuerpo.

Y se dio cuenta de que en eso residía el origen de su ira, mientras miraba sin verlo el mapa tridimensional que tenía delante. Daba igual lo mucho que Zaron intentara ser un científico racional y bien preparado, por encima de eso era un macho krinar, y estaba sintiéndose territorial con respecto a Emily. La deseaba, y no quería que nadie más la tuviera, ni que ella pensara siquiera en otro hombre. Su descarada admiración por Evers lo había enfurecido porque había conjurado el espectro de otro hombre en su vida, alguien a quien parecía respetar bastante.

No era lógico, pero así era. Zaron se sentía posesivo

hacia Emily...tan posesivo como se había sentido hacia Larita.

No. Todo su fuero interno rechazó instantáneamente esa conclusión. Esto era distinto. Puede que la bonita humana hubiese desatado sus primitivos instintos krinar, pero eso era solo porque Zaron sentía como si tuviera derecho a poseerla.

"Sí, de eso se trata", decidió. Él la había salvado, y ahora era como si ella le perteneciera, como si ya fuese suya. No tenía demasiado sentido, pero le daba igual.

Si quería conservar la cordura, necesitaba poseerla. Pronto.

CAPÍTULO ONCE

—¿Qué estás haciendo?

Al escuchar la ya conocida voz profunda a sus espaldas, Emily dio un respingo y se volvió, intentando no parecer culpable.

—Solo estoy examinando la textura de estas paredes —dijo en tono alegre.

—Ajá. —No parecía como si Zaron la creyera. Y entonces ella vio que no la creía, porque le dijo con amabilidad—: Emily, no van a abrirse para ti, da igual lo mucho que busques el mecanismo. Esta casa es inteligente, y está programada para responderme a mí, no a ti.

La boca de Emily se tensó.

—Vale, está bien. —Eso era lo que ella sospechaba. Se había pasado la última hora buscando diligentemente en todos los recovecos y rendijas de la sala de estar y el área de la cocina para encontrar una salida, y por lo que podía ver, no había ninguna.

A menos que Zaron hiciera lo que fuera que él hacía para que las paredes se abrieran, ella estaba atrapada.

Él atravesó la habitación y se detuvo a su lado.

—¿Por qué insistes en hacer todo esto tan difícil? —murmuró. Sus dedos le rozaron la mejilla, enviando un cálido escalofrío que la atravesó por completo—. Esto no tiene por qué ser una mala experiencia para ti, mi ángel. Por el contrario, puede ser bastante agradable... —Su gran mano le rodeó la mejilla, acariciándole suavemente el labio inferior con el pulgar—. Muy agradable, de hecho.

Sorprendida, Emily lo miró fijamente, con los latidos de su corazón latiendo como un tambor. No cabía duda alguna sobre lo que quería decir, sobre su ansia, sobre su mirada. ¿Le había leído la mente antes de algún modo? ¿Era capaz de leer la mente?

—Eh... —Su cerebro parecía haberse convertido en papilla, dejándola incapaz de hilar una frase coherente —. Eh... ¿qué...? ¿Qué estás...?

—No tienes que tener miedo, Emily —dijo en voz baja, acercándose más. No voy a hacerte daño. —Y mientras ella se quedaba allí parada, incrédula y aturdida, él inclinó la cabeza, capturándole la boca.

Sus labios eran suaves como el terciopelo; su aliento, cálido y ligeramente dulce. No parecía tener prisa por hacer el beso más profundo; era como si solo estuviera probándola, aprendiéndose el contorno y la textura de sus labios. Al mismo tiempo, sabía exactamente lo que hacía. No había vacilación alguna en sus actos, ni torpeza, ni incertidumbre. La besó como si lo hubiera hecho un millón de veces, y sus dedos se deslizaron por su cabello y la sujetaron suave pero inexorablemente.

Al principio, Emily estaba demasiado sorprendida para reaccionar, pero mientras él continuaba besándola con esa certera pericia, una languidez cálida y líquida comenzó a impregnar su cuerpo, originándose en lo más profundo de ella. Levantó inconscientemente las manos hasta su pecho, sus palmas presionaron contra la dura pared de músculos, le temblaron las piernas y se balanceó hacia él.

Al notar su respuesta, él profundizó en su beso, separándole los labios con la lengua y sumergiéndola en los cálidos recovecos de su boca. Todavía sosteniendo su cabeza con una mano, presionó su otra palma contra la parte baja de su espalda, tirando de ella para alinearla contra su poderoso cuerpo. Ella pudo sentir el contorno duro y grande de su erección apretada contra su vientre, y gimió, mientras su sexo se tensaba con un anhelo repentino e intenso.

En lo más hondo del pecho de él retumbó un grave rugido, y la mano que le cogía por el pelo se movió hacia abajo para agarrar el fino tirante de su vestido. Antes de que Emily pudiera darse plenamente cuenta de sus intenciones, escuchó el sonido de algo que se rasgaba, y luego sintió cómo la palma de su mano se posaba en uno de sus pechos, y los largos y fuertes dedos lo sostenían con una posesividad sorprendente mientras su pulgar le frotaba el erecto pezón y lo hacía arder.

En algún lugar en el fondo de la mente de Emily, empezaron a sonar timbres de alarma, atravesando la niebla del deseo.

—Espera, para —jadeó, volviendo la cabeza para rehuir su beso—. Zaron... ¡por favor, para!

El cuerpo de él se tensó y sujetó su pecho con más fuerza, apretando su carne hasta el punto en que casi dolía. Durante un espantoso segundo, Emily pensó que no iba a hacerle caso, pero luego él la soltó y dio un paso atrás, concediéndole un muy necesario espacio.

Emily temblaba de pies a cabeza, y trató de cubrir sus pechos desnudos con la tela desgarrada del vestido. ¿Cómo había podido hacer esto? ¿Cómo había sido capaz de dejar que un desconocido, no, que un *extraterrestre* desconocido, casi tuviera sexo con ella? ¿De alguna forma había perdido totalmente la razón y el sentido común?

El vestido no se mantenía en su sitio por sí mismo, y al final se dio por vencida. Sosteniendo con fuerza el destrozado tejido contra el torso, levantó la mirada para encontrarse con los ojos de Zaron, sintiéndose salvajemente desconcertada.

Él la estaba observando sin disimular su deseo, con los ojos brillantes y negros como la noche. Había un gran bulto dentro de sus shorts, y su musculoso cuerpo estaba prácticamente vibrando de tensión. Parecía estar haciendo uso de todo su autocontrol para no abalanzarse sobre ella.

El captor alienígena de Emily la deseaba.

Eso no era bueno. Nada bueno.

Emily dio un paso atrás, y su pánico se intensificó.

Las fosas nasales de Zaron se ensancharon al notar su retirada instintiva.

—No voy a forzarte —dijo con voz neutra—. No has de tener miedo de mí.

—Vale, está bien. —Emily se obligó a dejar de retroceder—. Mira, Zaron —Cogió aire—. No estoy segura de lo que tienes en mente para nosotros, pero esto es mala idea...

—¿Por qué? —Su negra mirada ardiente la atrapaba—. Tú me deseas. ¿O solo acabo de imaginarme tu reacción?

Emily tragó saliva.

—No, no te la has imaginado —admitió, con el rostro invadido por el rubor—. Pero eso no significa que quiera tener sexo contigo. Apenas te conozco y... y ni siquiera eres humano.

La boca de él adquirió repentinamente una mueca de diversión.

—¿Te da miedo que tenga tentáculos o un tercer brazo? Puedo asegurarte que tengo los mismos miembros que un hombre humano.

—Eso ya lo sé —dijo Emily rápidamente, aunque no había sabido tal cosa hasta entonces. Él *parecía* humano, pero eso no significaba necesariamente que su equipamiento funcionara de la misma manera. En cualquier caso, ella no estaba dispuesta a admitir sus dudas delante de él ahora mismo.

—Entonces, ¿cuál es el problema? —murmuró él, volviendo a recortar la distancia entre ellos—.

Disfrutarás de la experiencia, te lo prometo. —Estiró la mano para coger la de ella, y su gran palma cubrió el puño fuertemente cerrado que sujetaba el vestido en su sitio. Ella podía sentir el calor que emanaba de su cuerpo, distinguir su aroma masculino y limpio. Sus pezones se endurecieron de nuevo y su respiración se aceleró cuando una sensación de rendición se extendió por todo su cuerpo. Inconscientemente, dejó de sostener el vestido con tanta fuerza... y de repente, el suave tejido se estaba deslizando hacia abajo, dejándola desnuda de cintura para arriba.

Los ojos de Zaron parecieron oscurecerse aún más, y antes de que Emily pudiera reaccionar, sintió sus grandes manos rodeándole las nalgas, levantándola con sorprendente facilidad hasta que sus pechos quedaron al nivel de sus ojos. Con un suave gruñido, inclinó la cabeza y capturó un pezón rosado con la boca, chupándolo con fuerza. Emily ahogó una exclamación y sus manos se clavaron en los fuertes músculos de sus hombros mientras los dedos de sus pies se curvaban por el agudo e inesperado placer. La cálida humedad de su boca y la presión de su lengua intensificaron el ansia palpitante de entre sus piernas y ella gimió, frotándose sin pensar contra él para aliviar la tensión que se estaba acumulando dentro de ella.

—Sí, mi ángel, eso es —susurró el, y su aliento caliente se derramó sobre ella mientras la bajaba lentamente, dejándola sentir los contornos duros de su cuerpo al tiempo que su boca se movía para saborear la zona sensible donde se unían su cuello y su hombro.

Ella se estremeció sin poder evitarlo, superada por las sensaciones, y notó cómo sus dedos se deslizaban entre sus piernas mientras la sostenía en el aire con una mano. Empezó a rodearle el clítoris con el pulgar, lentamente, enloquecedoramente, aumentando con cada círculo la espiral de tensión de su interior. Un largo dedo entró en su húmeda vagina, y ella le escuchó gemir cunando sus músculos apretaron ese dedo y sus paredes internas se contrajeron ansiosamente contra el intruso. Podía sentir cómo su piel se calentaba, y luego notó su pulgar directamente sobre su clítoris, acariciándolo con un movimiento circular y rítmico. Emily gritó, sus caderas se sacudieron por el intenso latido de la sensación, y sintió como si su cuerpo se rompiera en un millón de pedazos.

Antes de poder recuperarse, la habitación se movió. Desorientada, se agarró a la camisa de Zaron y se dio cuenta de que la estaba bajando al suelo, retirando su mano de su sexo. Su espalda se encontró con la superficie fría y dura, y la súbita sensación la sacó de su sensual aturdimiento.

¿Qué estaba haciendo? Una alarma sonó en el cerebro de Emily cuando Zaron le levantó la falda del vestido, dejando al descubierto la parte inferior de su cuerpo. Tenía las rodillas encajadas entre sus piernas, manteniéndolas abiertas. Algo duro y suave rozó su muslo interno, y ella supo con repentina claridad que no había vuelta atrás, que en solo un momento él estaría dentro de ella.

No estaba preparada para eso. Cuando la boca de

Zaron volvió a descender sobre ella, Emily lo empujó con todas sus fuerzas y giró la cabeza hacia un lado.

—¡Para! Zaron, ¡para, por favor!

Él se quedó helado, inclinado sobre ella con la respiración entrecortada, y Emily dejó de moverse, deseando desesperadamente que él mantuviera su palabra de no forzarla. Podía sentir el calor palpitante de su erección a punto de entrar en su cuerpo, y le recorrió un escalofrío de temor entremezclado con excitación. Al volver despacio la cabeza, se encontró con su mirada, tratando de no entrar en pánico ante la violenta ansia reflejada allí.

—No quiero hacer esto —susurró, empujando con las manos contra su pecho en un gesto fútil. Podía sentir los músculos duros bajo sus dedos, y saber que jamás sería capaz de luchar contra él hizo que se le revolviera el estómago—. Zaron, suéltame, por favor.

CAPÍTULO DOCE

*E*lla *quería que parara.*

Estaba a un solo segundo de sumergirse en su calor resbaladizo y apretado, y Emily quería que parara.

Durante un instante, Zaron no estuvo seguro de si sería capaz de hacerlo. Ella yacía abierta de piernas debajo de él, con el cuerpo sonrosado por la excitación y su cálido aroma inflamándole los sentidos. Sus pechos deliciosamente redondeados estaban al descubierto, con los pezones erectos como bayas maduras, y su pulso palpitaba a un lado de su cuello, recordándole el éxtasis líquido que corría por sus venas. Podía sentir cómo sus delgados muslos temblaban contra sus piernas por la tensión. Un solo empujón, y ella sería suya. Con solo un movimiento hacia adelante, estaría profundamente dentro de ella, satisfaciendo la necesidad que le estaba desquiciando. Su polla estaba dolorosamente dura, deseando poseerla, y su cuerpo mantenía una guerra abierta contra su mente, mientras él luchaba sombríamente por controlarse.

Solo el miedo que había en los ojos de ella le permitió ganar la batalla. Puede que ella lo deseara físicamente, pero si continuaba ahora mismo, sería poco menos que una violación.

Con los dientes fuertemente apretados, Zaron se obligó a echarse a un lado. Se puso de pie, se volvió y reorganizó su ropa para esconder su abultada polla. No la miró. No podía... no, si quería mantener su palabra.

La oyó levantarse. Sus movimientos eran inestables, su respiración más rápida de lo normal. No sabía si eso se debía a la excitación o a la aprensión, pero no le importaba. Recomponiendo sus rasgos para crear una máscara de impasibilidad, Zaron se volvió hacia ella, deseando que su erección se desvaneciera.

Emily le estaba mirando con recelo, sujetando el vestido para cubrirse el pecho. Su pelo rubio estaba enmarañado, y caía por su espalda en una nube de pálidas ondas, y tenía los labios hinchados y enrojecidos por la presión de su boca. Con la piel resplandeciente y sonrosada por el orgasmo, estaba deliciosamente follable.

Totalmente comestible, de hecho.

Le costó todo su autocontrol decir con tono calmado:

—Lo siento si te he asustado, Emily. No era mi intención.

—¿Y cuál era tu intención entonces? —Su voz era

tan neutra como la de él, aunque su forma de agarrar el vestido traicionaba su nerviosismo—. ¿Qué quieres de mí, Zaron? ¿Es esto algún tipo de fantasía morbosa para ti, acostarte con una mujer a la que mantienes prisionera en tu casa? ¿Una mujer que ni siquiera es de tu propia especie? ¿Es por esto que me salvaste?

Según ella iba hablando, la lujuria de Zaron se transformaba lentamente en ira. El hecho de que había algo de verdad en lo que estaba diciendo solo espoleaba su furia.

—Bueno, sí —dijo él en con tono aterciopelado—. Eso es totalmente correcto, angelito. Te he salvado para poder follarte. ¿Preferirías que te hubiera dejado morir en esas rocas?

Ella sostuvo desafiante su mirada, pero un temblor leve, casi imperceptible, le recorrió la piel, haciendo que él lamentara sus duras palabras.

—No —dijo ella, sin apenas mover los labios—. Obviamente estoy agradecida de estar viva. ¿Es ese el pago que esperas de mí? ¿Sexo?

Repentinamente asqueado consigo mismo, Zaron negó con la cabeza.

—No. —Frustrado, se pasó la mano por el pelo. La pequeña humana lo había dejado hecho un lío—. No era eso lo que quería decir.

Sabiendo que cualquier otra cosa que dijera solo empeoraría la situación, caminó hacia la pared, haciendo que apareciera la entrada a la habitación de Emily.

—¿Por qué no descansas un rato? —sugirió,

señalando la abertura—. Tengo trabajo que hacer ahora mismo, y puedes echarte una siestecita antes de la cena.

—Sabía que los humanos necesitaban dormir mucho, y era posible que ella estuviera cansada ya.

Ella asintió, casi imperceptiblemente, y pasó junto a él para entrar en la habitación, teniendo cuidado en no mirarlo. Todavía se sujetaba el vestido roto contra el pecho con gesto protector, y su delicado aroma jugueteó con sus fosas nasales al pasar.

—Te conseguiré algo de ropa nueva —dijo Zaron con voz tensa, y se dirigió a su oficina antes de poder volver a agarrarla. Sacó su fabricador y creó unos cuantos vestidos más para ella, aprovechando ese rato para imaginarse metido en una cuba llena de agua helada, una imagen con la que esperaba poder volver a recuperar su autocontrol.

Cuando estuvo seguro de que no se abalanzaría sobre ella, entró en su habitación.

Emily estaba sentada en la cama, cruzando las delgadas piernas. De alguna manera, había logrado atar los tirantes rotos del vestido, y ahora este se mantenía en su sitio por sí mismo.

—Aquí tienes —dijo Zaron, abriendo una de las paredes para dejar a la vista un armario—. Esto será tuyo mientras estés aquí. Solo tienes que acercarte hasta él y se abrirá para ti. Colocó los vestidos en el armario y se volvió para mirarla.

—Gracias —dijo ella con voz queda, mirándolo con sus excepcionales ojos del color del mar—. ¿Tienes por casualidad algún libro que pueda leer? ¿Tal vez unas revistas?

Zaron se quedó pensando un instante. Luego soltó una sucinta orden en krinar, que hizo que la casa enviara desde la habitación de al lado una fina tablet flotando en su dirección. Él la cogió prestamente del aire, dio unas cuantas instrucciones en krinar que le permitieran a Emily controlarla en inglés, y luego se la pasó a ella.

—Esto debería de darte acceso a cualquier libro que desees —le explicó—. Solo dile lo que quieres leer y deberías poder obtenerlo.

—¿En serio? —Ella levantó la vista al coger la tablet —. ¿Es esto como un lector de libros electrónicos?

Él sonrió.

—Algo así. —Era una comparación tan acertada como cualquier otra, aunque el dispositivo que le había dado era mucho más avanzado—. También puedes ver la tele con él si quieres. Solamente dile lo que quieres ver, y te mostrará el video.

—Simplemente le hablo y funciona.

—Sí. —Él sabía que alguna tecnología humana funcionaba así también ahora mismo, así que el concepto no le resultaría a ella extraño. Para los krinar, los gestos y órdenes verbales eran la forma anticuada de hacer las cosas, pero Zaron seguía prefiriéndolos sin saber por qué. La otra alternativa era insertar un dispositivo informático en su cuerpo, lo cual le permitiría utilizar la mente para controlar la tecnología. Era algo que pensaba hacer en algún momento, pero todavía no se había puesto con ello.

—De acuerdo, entonces ¿qué tal si me pones *Avatar*? —dijo ella, mirando el dispositivo. Hablaba lentamente y en voz alta, como si se dirigiera a una persona sorda —. Por favor, muéstrame *Avatar*.

—Te ha entendido la primera vez —dijo Zaron, observando divertido como Emily abría mucho los ojos al ver aparecer una imagen tridimensional en la habitación —. Deberías poder verlo ahora si quieres.

—¡Hostia puta! —exclamó ella, dando un respingo cuando la imagen se expandió y llenó la mayoría del espacio junto a la pared—. ¡Esto es alucinante!

—Que lo disfrutes —dijo Zaron, sonriendo ante su entusiasmo—. Te veré en un par de horas.

Estaba bastante seguro de que ella no se percató de que él salía de la habitación, con su atención plenamente dirigida hacia el espectáculo que se desplegaba frente a ella. Tendría que meterla en una simulación pronto, pensó y sonrió, imaginándose su reacción ante *eso*.

CAPÍTULO TRECE

Una cosa era ver una película... y otra muy distinta era verla usando tecnología krinar. Emily había visto *Avatar* dos veces en el cine, las dos en un IMAX 3D, pero hoy sentía que la estaba experimentando por primera vez. Las imágenes eran tan reales, tan vívidas, que era como si estuviera allí en Pandora, con la acción ocurriendo a su alrededor mientras ella la observaba.

Las siguientes dos horas pasaron volando con Emily completamente absorta en la película. Fue un alivio dejar que su mente se centrara en algo que no fuera su demencial situación, aunque rápidamente cayó en la cuenta de que era posible que una película sobre alienígenas humanoides no hubiera sido la mejor elección para eso.

Cuando terminó la película, visitó nuevamente el extraño baño, maravillándose de cómo todas sus necesidades estaban previstas y la tecnología funcionaba de manera tan intuitiva que era casi como si la casa estuviera leyéndole la mente. Consiguió que de la protuberancia que hacía las veces de lavabo saliera agua, y se lavó la cara con ella; después miró a su alrededor buscando algo para hidratarse la piel. Inmediatamente, sintió una brisa cálida y suave en el rostro. Cuando la brisa cesó de soplar, descubrió que su piel ya no estaba seca y tensa; de hecho, era tan suave que parecía como si hubiese visitado un spa. Deseó tener un espejo, y tan pronto como comenzó a buscar uno, una de las paredes del baño brilló frente a sus ojos, transformándose en una superficie igual de reluciente que un espejo. Eso le puso los pelos de punta de verdad.

Emily se acercó más al espejo y estudió la imagen que se reflejaba allí. Era a la vez familiar y diferente. La anterior vez en que se había visto, Emily había estado demasiado abrumada para fijarse de verdad en su reflejo, así que ahora lo miró más de cerca.

Parecía como si el procedimiento de curación de Zaron hubiera hecho más que arreglar sus dientes y cicatrices. También había eliminado las sutiles marcas del estrés y la falta de sueño que habían hecho mella en su piel durante los últimos dos años. Ya no estaban ni los círculos oscuros que habían enmarcado sus ojos, ni las ligeras arrugas de tensión en torno a su boca. Parecía sana y bien descansada por primera vez en meses.

También tenía cara de haber sido besada a fondo.

Emily tragó saliva, se apartó del espejo y regresó a

su habitación. Ella no quería pensar en eso, pero ya no podía mantener las imágenes fuera de su mente. Lo que había ocurrido antes había sido salvaje, sexual... y profundamente perturbador.

Su captor extraterrestre la deseaba. Ya no había ninguna duda acerca de eso. Si no lo hubiera detenido, la habría poseído allí mismo, en el suelo. Su respiración se aceleró al recordar su poderoso cuerpo encima de ella, la fuerte presión de sus piernas al mantener sus muslos separados, el calor húmedo de su boca sobre sus pezones...

Emily gimió, se dejó caer en la cama y se tapó la cabeza con la suave manta.

Ella nunca había tenido relaciones sexuales ocasionales, ni siquiera en la universidad, donde prevalecía la cultura de los rollos de una noche. Siempre había sido demasiado cautelosa, demasiado cuidadosa. Demasiado consciente de las posibles consecuencias. Para ella, ese tipo de intimidad requería confianza, y ella no era alguien que confiara fácilmente en nadie. Ella y su ex novio, Jason, habían sido amigos durante un año antes de empezar a salir, y aun así, habían estado saliendo todo un mes antes de que ella por fin se acostara con él.

Sin embargo, casi había follado con un extraño, un alienígena extraño, en el suelo de su casa futurista, menos de un día después de conocerlo. Él ni siquiera se había puesto protección, recordó Emily con un escalofrío. ¿Podría haberla dejado embarazada o haberle contagiado alguna enfermedad? Después de pensarlo, decidió que esto último era poco probable, dado el avanzado estado de su tecnología médica, pero estaba menos segura de lo primero. Emily había dejado de tomar la píldora después de romper con Jason cuatro meses atrás, por lo que el embarazo ahora era una preocupación lógica para ella.

¿Qué pasaría la próxima vez que Zaron intentara seducirla? E iba a intentarlo, de eso estaba segura. ¿Sería capaz de detenerle? ¿Iba a *querer* detenerle? Nunca se había sentido tan atraída por ningún otro hombre, ni había sentido esa ansia tan desesperada y voraz jamás. El sexo siempre había sido algo que Emily disfrutaba practicando, pero lo que había experimentado hoy no era nada comparado con los tibios encuentros que había tenido con Jason. Esto era más bien una deflagración que casi la había abrasado viva.

Y ella había visto el mismo tipo de hambre incontrolable en sus ojos. De una u otra manera, él iba a poseerla.

Emily no estaba segura de si saber eso la excitaba o la aterrorizaba.

CAPÍTULO CATORCE

A la hora de la cena, Zaron pidió una amplia variedad de platos diseñados para agradar al paladar de Emily. El único tipo de alimentos que no incluyó fueron los productos de origen animal. Había probado la carne dos veces durante su estancia en la Tierra, pero no podía acostumbrarse a su desagradables sabor y textura. No tenía ni idea de cómo los humanos de las naciones desarrolladas se habían vuelto tan carnívoros en las últimas décadas; ciertamente no era algo que nadie en Krina hubiera anticipado. A fecha de hoy, le asombraba que la especie de Emily considerara normal comer carne cada día... hasta tres veces al día en ciertos casos extremos.

Cuando todo estuvo listo, fue a buscar a Emily.

Se la encontró tumbada boca abajo, leyendo algo en la tablet. Se había puesto un vestido blanco, sus pequeños pies estaban descalzos y sus deditos rosados se doblaban rítmicamente contra la manta mientras canturreaba algo para sí misma.

—Emily. —Pronunció su nombre con voz queda, no queriendo sobresaltarla, pero aun así ella dio un respingo, se volvió rápidamente y se sentó para mirarle —. La cena está lista.

—Vale, genial. —Se agachó, se puso las sandalias y se levantó—. Lo estoy deseando. —Su tono era despreocupado, pero Zaron notó que intentaba no mirarle a la cara. Se dio cuenta, amargamente divertido, de que ella estaba decidida a mantener la distancia entre ellos.

Se sentaron a la mesa, que ya estaba llena de platos.

—Guau, esta comida es más bien un festín —dijo ella asombrada, sirviéndose unos cuantos bocados de cada cosa en su plato—. ¿Siempre comes así?

—No —admitió Zaron, alcanzando una *Cucurbita pepo* rellena de *Pleurotus ostreatus* asado, o, como Emily probablemente lo llamaría, calabacín con champiñones ostra—. He pedido esto para ti. Quería asegurarme de que disfrutabas de la comida.

Ella pareció sorprenderse, pero enseguida apareció una radiante sonrisa en su rostro.

—Gracias. Pero no tenías que haberte molestado. Soy la menos quisquillosa que te puedas encontrar en cuanto a la comida.

—Oh.

Ella asintió:

—Podría comerme cualquier cosa. Solo dame algo comestible y allá voy.

—¿Por qué? ¿Has pasado hambre alguna vez? —preguntó Zaron con curiosidad. Según su permiso de conducir, ella vivía en los Estados Unidos, una de las naciones humanas más ricas.

Ella se encogió de hombros, aparentemente incómoda.

—Unas cuantas veces. Una de las casas de acogida donde viví tenía una política muy estricta de racionamiento de alimentos. Tenían doce niños viviendo con ellos, y siempre se estaban quedando sin fondos.

—Casas de acogida. —Zaron trató de recordar si alguna vez había oído hablar de esa institución humana en particular. Parecía implicar que ella había vivido alejada de su familia... algo que no había encontrado en la verificación de antecedentes básicos que le había hecho al principio.

Ella asintió pero no le explicó nada. En cambio, le preguntó:

—¿Cómo es que hablas inglés tan bien? Supongo que no será tu lengua materna.

—Tienes razón, no lo es. —Su intento de cambiar de tema fue más que evidente, pero Zaron decidió permitirlo e hizo una nota mental para investigar más tarde lo de las casas de acogida—. Tengo un pequeño implante que actúa como un dispositivo de traducción.

—¿Un implante? O sea, ¿en tu cerebro?

Zaron sonrió.

—Exactamente.

—Eso es increíble. —Ella parecía entusiasmada ahora—. ¿Hablas otros idiomas también?

—Sí, así es.

—¿Cuáles?

—Todos ellos.

Ella se quedó sin aliento, boquiabierta.

—¿Todos los idiomas que existen?

—Sí —confirmó Zaron, disfrutando de su reacción—. Todos los idiomas que existen actualmente y algunos que ya han desaparecido.

Ella dejó escapar el aire con un silbido.

—¡La leche...! —Sacudiendo la cabeza con un gesto de asombro, empezó a comer.

Durante los siguientes minutos, reinó un amigable silencio mientras arrasaban con los platos que estaban sobre la mesa. Zaron notó que Emily tomó una segunda porción de una ensalada hecha de bulbos *Beta vulgaris* y bayas secas de *Vitis vinifera*. No, una ensalada de remolacha y pasas, se corrigió mentalmente. A menudo le costaba desprenderse del uniforme de científico, pero era mejor usar nombres comunes para las plantas comestibles.

—Esto estaba alucinante —dijo Emily, apartando su plato vacío—. Parece que a tu gente le gusta comer bien.

—Pues sí. —Zaron le dirigió una larga sonrisa—. Solemos disfrutar de todos los aspectos de la vida al máximo, y gratificar los sentidos forma parte de eso en gran medida.

Un leve rubor iluminó sus pálidas mejillas.

—Comprendo.

La sonrisa de Zaron se desvaneció cuando su cuerpo reaccionó ante lo que veían sus ojos. Era capaz de afirmar que la joven estaba pensando en lo que había ocurrido antes; podía escuchar el rápido latido de su corazón y ver el pulso que palpitaba visiblemente en un lado de su cuello. La piel en esa zona sensible parecía suave, invitándole a que la tocara, y la necesidad de clavarle los dientes y saborear su sabrosa sangre era tan fuerte que Zaron casi estiró la mano para cogerla.

Como notando su ansia, Emily se removió en su asiento y se alejó un poco de la mesa. Su mano apretó el utensilio que estaba sujetando, y Zaron se obligó a relajar sus tensos músculos. No sabía por qué le era tan difícil contenerse en su presencia, pero no tenía intención de perder el control y saltar sobre ella como un salvaje. Ni siquiera había pasado un día entero desde que se había despertado, y estaba indudablemente abrumada por todo. Necesitaba darle más tiempo.

—Zaron —dijo ella con voz queda, con los ojos pegados a su rostro—, ¿puedes contarme más cosas de ti? ¿Qué haces exactamente aquí en la Tierra? ¿Cómo es tu gente?

Zaron consideró cual sería la mejor manera de responder a sus preguntas. El protocolo oficial de divulgación posterior a la llegada aún se estaba elaborando, pero sabía que el Consejo no tenía intención de revelarle mucho al público humano en general, por lo que necesitaba ir con cuidado.

—Ya te dije que estamos aquí para presentarnos formalmente ante tu especie por primera vez —le dijo—. En lo que respecta a cómo somos, eso es lo mismo que preguntarte cómo son los humanos. No es fácil enumerar todos los rasgos de uno mismo.

—¿Pero en qué te diferencias de mí? —insistió ella—. ¿Qué es lo que hace exactamente que un krinar no sea humano?

Zaron suspiró. Esto iba a ser complicado.

—Bueno, para empezar, los krinar vivimos más tiempo —dijo, centrándose primero en el hecho más inocente—. Mucho más tiempo, en realidad.

—¿Oh? ¿Cuánto más?

—Yo tengo seiscientos nueve años de edad —dijo Zaron, observándola mientras ella se quedaba boquiabierta por la impresión—. Así que mucho, mucho más.

—Seiscientos años —susurró ella, mirándole de arriba a abajo—. ¿Cómo es que pareces tan joven?

—Nosotros no envejecemos —le explicó Zaron, recostándose en su asiento—. No como hacen los humanos. Una vez alcanzamos la plena madurez, no cambiamos mucho a lo largo de nuestras vidas.

Los ojos de ella estaban abiertos como platos por la sorpresa.

—¿Sois inmortales?

—No, no inmortales, pero no morimos a causa de la

vejez. ¿Alguna vez has oído hablar del envejecimiento nulo?

Ella frunció el ceño, con aspecto de estarlo pensarlo.

—El término me suena. Me da la sensación de haberlo leído en algún sitio hace poco.

—Puede que tengas razón —dijo Zaron—. Ahora mismo vuestros científicos tienen algunas investigaciones en marcha al respecto. En esencia, un organismo con envejecimiento nulo no muestra una reducción en su capacidad de reproducirse ni un declive funcional debido a la edad. Hay varias especies de la Tierra que lo tienen, por lo que no es un fenómeno específico de los krinar. Tenéis al gusano platelminto, por ejemplo...

—Ah, sí —soltó ella, con los ojos recorriéndolo de nuevo de arriba a abajo—. Ahora recuerdo haber leído sobre ello. El artículo especulaba que puede que eso pase con las tortugas... que no envejezcan a medida que cumplen años.

Zaron asintió:

—Sí, exactamente. Los krinar somos así, también.

Ella respiró hondo y le sostuvo la mirada.

—Si eso es cierto, no es posible que seáis genéticamente muy parecidos a nosotros, ¿verdad?

—No, genéticamente no nos parecemos en absoluto —dijo Zaron, sonriendo. La chica era ágil de mente—. En lo que respecta al ADN, tienes más en común con un delfín que conmigo.

Ella le dirigió una mirada de incredulidad.

—Si eso es verdad, ¿por qué quieres practicar sexo conmigo? ¿Y cómo funciona exactamente algo así?

Zaron se echó a reír suavemente:

—Funciona bastante bien, te lo aseguro. —Se inclinó hacia adelante y se estiró sobre la mesa para coger su fina mano—. No puedo dejarte embarazada, mi ángel, pero puedo proporcionarte más placer que todo el que hayas experimentado en tu vida junto. —Le pasó lentamente el pulgar por el centro de la palma de la mano, presionando ligeramente los puntos donde podía sentir tensión. Las mujeres, humanas o krinar, eran altamente susceptibles al placer del mero contacto físico: eso era algo que había aprendido hacía siglos. El vínculo físico siempre comenzaba con el contacto básico de piel con piel, y un hombre inteligente se aseguraba de que hubiera mucho de eso.

Para su satisfacción, la piel de Emily se tornó rosada por la excitación, y su mano se removió nerviosamente entre las suyas. Zaron podía escuchar su respiración acelerada, y su propio cuerpo reaccionó con gran intensidad, haciendo que su polla se endureciera al instante. No queriendo poner demasiado a prueba su autocontrol, le soltó la mano, dejándola apartarla de su alcance.

—¿Por qué me llamas "mi ángel"? —preguntó ella con voz temblorosa—. ¿Tenéis ese concepto en tu planeta?

—No. —Zaron respiró hondo, aspirando su cálido aroma—. Ese es un invento exclusivamente humano.

Pero tu aspecto me recuerda a algunos cuadros de ángeles que he visto aquí en la Tierra.

Una sonrisa inesperada danzó en sus labios.

—¿Eres fan del arte religioso? Debo decir que nunca me hubiera esperado eso de un alienígena.

—Aprecio la belleza en todas sus formas —respondió Zaron, estudiando sus delicados rasgos—. Y tengo que decir que los humanos han logrado crear algunas cosas increíblemente hermosas durante su corta existencia.

—¿Y qué hay de los krinar? ¿Tiene tu raza arte, filosofía o música?

—Sí, las tres cosas. —Él le sonrió—. Algunos nos dedicamos toda nuestra vida a actividades creativas, mientras que otros simplemente hacen incursiones en ellas. Pero de cualquier manera, tales contribuciones son altamente valoradas: un artista es tan importante en nuestra sociedad como un diseñador o un científico.

Sus ojos se iluminaron de curiosidad.

—¿Valorados, cómo? ¿Mediante alguna compensación económica? En general, ¿cómo funciona vuestro sistema económico? ¿Qué utilizáis como moneda? ¿Tenéis algo parecido a la bolsa?

Zaron sonrió ante el aluvión de preguntas.

—Sí, lo tenemos, pero no tiene ni de lejos la misma importancia que aquí —dijo él, respondiendo a la última de sus preguntas—. La mayoría de las empresas están financiadas con fondos privados, y si un proyecto es lo suficientemente grande, el gobierno se involucra. La riqueza no es necesariamente algo por lo que luchamos; se consigue al alcanzar el éxito en el campo que hayamos elegido, ya que los principales expertos están bien pagados, tanto en el sector privado como por el gobierno.

—Entonces no tenéis capitalismo.

—No de la misma manera que vosotros. —Hizo una pausa, tratando de pensar en la mejor manera de explicárselo a ella—. Como somos tan longevos, y nuestra población es significativamente menor a la vuestra, de millones en vez de billones, nuestra sociedad funciona de una manera muy diferente a la vuestra. En ciertos aspectos, es más simple; en otros, es más complicada. Krina es actualmente una unidad socioeconómica cohesionada, con todo lo que eso implica.

Ella parecía estar fascinada.

—Así que todo el planeta es como un país.

—Más o menos. Tenemos un cuerpo de gobierno, el Consejo, y ellos toman decisiones que nos benefician en conjunto, en lugar de contentar a una región o facción específica.

—Bueno, eso es indudablemente diferente —reflexionó ella—. Nuestros políticos no tienen nada que ver con eso. ¿Cómo se eligen los miembros del Consejo? ¿Se les vota?

—No. —Zaron negó con la cabeza—. Los que están en el Consejo están allí porque se lo han ganado de alguna manera, porque sus contribuciones a la sociedad son más importantes que las de la mayoría.

Ella asintió, como si eso tuviera sentido para ella.

—¿Así que tenéis a las personas más inteligentes y exitosas dirigiendo tu planeta? Eso parece ser una mejora en relación a la manera en que nosotros hacemos las cosas.

—Para nosotros, funciona —dijo él, y estaba a punto de ahondar en el concepto de posición social cuando su ordenador de pulsera vibró suavemente, recordándole una reunión virtual que tenía a continuación. Se suponía que debía reunirse con un experto en defensa y con varios diseñadores para determinar el mejor diseño para los diez Centros. Molesto por la interrupción, Zaron consideró cancelar la reunión, pero no quería arriesgarse a que hubiera ningún retraso.

A regañadientes, se puso en pie.

—Lo siento, pero tengo que irme. Deberías descansar y dormir un poco. Tengo trabajo que hacer esta noche.

—Claro, lo comprendo. —Ella se levantó a su vez, le dedicó una fugaz sonrisa, y Zaron se dio cuenta de que estaba aliviada de que la cena terminara así. Probablemente habría estado preocupada de que él tratara de seducirla de nuevo, pensó con un repentino enfado... y era probable que lo hubiese hecho de no ser por esta reunión.

—Bien, entonces buenas noches —dijo ella, y despidiéndose con un ligero gesto de su mano, se encaminó hacia su habitación. Él oyó sus pasos ligeros y el sonido de cómo se quitaba los zapatos, y luego entró en su oficina, haciendo todo lo posible por concentrarse en algo más que la chica a la que quería follarse a lo bestia.

SOLA EN SU HABITACIÓN, Emily se acostó en la cómoda cama y cerró los ojos, intentando vaciar su mente lo suficiente para quedarse dormida.

Había vuelto a usar el baño futurista y hasta se dio una ducha allí, lo cual supuso una experiencia en sí, con el agua que le llegaba de todas direcciones a una presión y temperatura perfectas. Su piel y cabellos habían sido tratados con una variedad de jabones, champús y lociones deliciosamente perfumadas sin que ella tuviera que mover un dedo, y unos chorros de aire caliente la habían secado después. Para cuando terminó, cada una de las partes de su cuerpo se había quedado suntuosamente limpia, incluso su boca, que sentía fresca, como si acabara de cepillarse los dientes.

Sin embargo, ahora mismo su cerebro se negaba a relajarse, y su cabeza bullía con todas las cosas de las que se había enterado ese día. En solo unas horas, su mundo se había vuelto del revés, y no podía dejar de darle vueltas a las increíbles implicaciones de lo que le había contado Zaron.

La Tierra estaba a punto de entrar en contacto con una raza alienígena, una raza que poseía una tecnología y una medicina mucho más avanzadas de lo que la ciencia moderna podía imaginar. Una raza que, en esencia, había creado a los seres humanos.

Si Zaron decía la verdad, dentro de diecisiete días nada volvería a ser lo mismo. ¿Curarían los krinar el cáncer? ¿Podrían acabar con la pobreza y el hambre? ¿Poner fin a las guerras? Parecía como si la civilización de Zaron hubiera superado tales problemas. ¿Significaba eso que la humanidad ahora también lo haría? ¿Qué pretendían decir los suyos cuando aparecieran? ¿Cómo iban a mostrarse al público y cuáles serían las consecuencias una vez que lo hicieran? Se imaginó los exaltados titulares, la histeria de los fanáticos que creían en el fin del mundo...

Cuando se durmió por fin, sus sueños fueron una extraña mezcla de imágenes eróticas, escenas de la película *Independence Day*, leones hambrientos con ojos negros como el carbón y hojas de cálculo tridimensionales de Excel llenas de cuencos de fruta exótica.

CAPÍTULO QUINCE

A la mañana siguiente, Emily se despertó con la cabeza mucho más clara. Para su sorpresa, había dormido bien, bastante mejor de lo que cabía esperar dadas las circunstancias. Al parecer, su mente subconsciente no estaba particularmente preocupada ante la idea de que existieran los extraterrestres, ni de que alguien la estuviera reteniendo temporalmente contra su voluntad.

Se levantó, se puso la ropa que le había dado Zaron y utilizó el servicio. Luego se acercó a la pared, consciente de una sensación de inquietud en el estómago. Llamó dando unos golpes, mientras sus dedos retorcían nerviosamente la suave tela de su vestido.

La pared que había delante de ella se disolvió, creando una entrada hacia la sala de estar. Zaron estaba de pie al otro lado.

—Buenos días —dijo con voz suave, mirándola—. Espero que hayas dormido bien.

—Pues sí, gracias. —Emily hacía lo que podía por no mirarle fijamente, pero le fue imposible. Había conseguido de alguna manera olvidarse de lo guapísimo que era su captor... y de cómo su propio cuerpo reaccionaba ante él. Ya podía sentir cómo se le aceleraba el pulso y su vientre palpitaba con una súbita necesidad. Jamás había deseado así a un hombre, de esa forma tan instantánea, tan intensa. No había nada de racional en el calor que le recorría las venas; era lujuria animal, simple y llanamente. Su mente le decía que él no era humano, que todavía no sabía nada de él ni de su raza, pero eso a su cuerpo le daba igual.

Él llevaba una camiseta blanca y un par de shorts de color caqui... una vestimenta sencilla que de algún modo solo contribuía a enfatizar su oscura belleza masculina. Sus espesos cabellos estaban ligeramente despeinados, y sus anchos hombros ponían en tensión la fina tela de la camiseta, marcando claramente los músculos bien definidos de debajo de la ropa.

Emily tragó saliva y cruzó el umbral, intentando ignorar su pulso acelerado.

—¿Te apetece desayunar? —le ofreció Zaron, con un sutil brillo jocoso en sus ojos oscuros. Emily no tenía duda alguna de que él era consciente de su respuesta física hacia él, y de que lo estaba disfrutando enormemente.

—Eh, sí, claro. —Emily respiró hondo—. Pero primero, ¿podrías decirme por favor dónde están mis cosas? Dijiste que tenías mi cartera, ¿verdad? —Esa misma mañana se había dado cuenta de que no había visto ni su cartera ni su móvil desde que había despertado en aquel lugar, y eso le había hecho sentirse todavía más como una prisionera.

Zaron asintió y dijo algo en su idioma. Un segundo después, una de las paredes se abrió y un montoncito con sus pertenencias salió flotando. Él las cogió del aire, y se las entregó.

—Aquí tienes. Tu ropa estaba estropeada, pero aun así te la guardé. El dinero de tu cartera se mojó un poco, pero creo que no le ha pasado nada. Sin embargo, esta pequeña pieza de tecnología... —señaló su Smartphone— no ha sobrevivido a su chapuzón en el río.

Sujetando su ropa con una mano, Emily cogió su teléfono con la otra y trató de encenderlo. La pantalla permaneció apagada y ella percibió la humedad residual de la funda protectora. Zaron tenía razón: el teléfono había muerto. Por supuesto, si hubiera funcionado, dudaba que él se lo hubiera devuelto tan fácilmente.

A continuación comprobó la cartera. Para su alivio, su carnet de conducir, sus tarjetas de crédito y su dinero en efectivo seguían allí, aunque todavía un poco húmedos.

—No te he robado nada, si es eso lo que te preocupa —dijo Zaron con ironía mientras ella terminaba de revisar todos los departamentos.

—No he pensado que lo hubieras hecho. —Emily

levantó la vista hacia él—. Solo quería asegurarme de no haber perdido nada durante la caída. Gracias por devolverme esto.

—Por supuesto. Como te dije, eres mi invitada.

—Una invitada que no puede marcharse —dijo Emily, sosteniéndole la mirada.

Él entornó ligeramente los ojos, pero no respondió a su afirmación.

—Para desayunar, ¿qué tal una macedonia de frutas con aderezo de nueces de macadamia y frambuesa? —preguntó en vez de eso.

—Suena bien. —Emily dejó sus cosas sobre el sofá flotante y siguió a Zaron hasta la cocina. Se sentó en una de las sillas flotantes y escuchó cómo él hacía a la casa su pedido, o al menos eso es lo que ella asumió que él hizo cuando habló en krinar.

Emily cambió de postura y respiró hondo una vez, y luego otra, intentando mantener la calma. Podía notar la agitación inicial de esa sensación de estar enjaulada y de claustrofobia que sentía cada vez que estaba demasiado tiempo en un sitio cerrado, un sentimiento exacerbado por la conciencia de que esta vez estaba realmente encerrada, de que su libertad estaba controlada por otra persona. Lógicamente, comprendía que su reclusión era solo temporal, pero la lógica no tenía nada que ver con la sofocante opresión en su pecho.

Emily sabía por experiencia que la tensión solo empeoraría. La última vez que se había visto obligada a estar bajo techo más de un día entero fue hacía cuatro años, durante una tormenta invernal en Chicago. Cayó casi un metro veinte de nieve en el lapso de veintidós horas, y no le había sido posible abrir la puerta de la calle durante casi tres días. Emily, que por entonces estaba compartiendo una pequeña casa en Evanston con cuatro compañeros, se había vuelto tan claustrofóbica que había terminado saltando por la ventana de su habitación del primer piso a un montón de nieve: cualquier cosa para poder deshacerse de la asfixiante sensación de estar atrapada en un espacio cerrado durante un período prolongado de tiempo.

Desde que se había despertado en la casa de Zaron el día anterior, no había salido en absoluto.

No pienses en eso. Respira, y no pienses en eso.

—¿Qué sucede? —Zaron frunció el ceño, al parecer percibiendo su creciente incomodidad—. ¿Te encuentras mal? —Sentado frente a ella, le lanzó una mirada inquisitiva.

Emily se mordió el labio. Odiaba admitir cualquier debilidad, pero no podía permanecer allí dentro durante las siguientes dos semanas. Sencillamente, no era capaz.

—Me pasa una cosa —dijo después de un momento —. Me pongo rara si estoy demasiado tiempo en un espacio cerrado. Es una especie de claustrofobia. Puedo llevar bien los espacios reducidos, pero no si me quedo en ellos mucho tiempo.

Él enarcó las cejas, sorprendido.

—Estabas bien ayer.

Ella asintió:

—Por lo general, puedo pasar un día sin que empeore, pero luego necesito algo de aire fresco o empiezo a volverme loca. Cuando estoy en el trabajo, siempre me ofrezco voluntaria para hacer recados: ya sabes, ir a por el café, llevar paquetes a la oficina de correos, recoger el almuerzo para mi equipo... cualquier cosa que me permita salir del edificio unos minutos. No suele ser un gran problema, pero no puedo estar encerrada demasiado tiempo.

Zaron se recostó en la silla, mirando a Emily a través de sus párpados entornados.

—Comprendo. ¿Necesitas salir fuera ahora mismo o puedes esperar hasta después del desayuno?

Una ola de alivio la inundó, ahuyentando una parte de la sofocante opresión de su pecho.

—Puedo esperar —dijo ella, brindándole una sonrisa genuina—. No estoy demasiado mal todavía. —Se sintió casi mareada por la alegría.

No iba a mantenerla encerrada en casa después de todo.

Mientras ellos hablaban, su desayuno ya había aterrizado en la mesa.

—Podemos ir a nadar —dijo Zaron, alcanzándole un cuenco de frutas y nueces con una salsa de aspecto exótico—. Hay un bonito lago cerca de aquí.

—¿A nadar? Eso sería genial —dijo Emily, lanzándose vorazmente sobre la fruta. La macedonia estaba deliciosa, pero apenas fue capaz de notarlo por su impaciencia en salir fuera. Además de aliviar su claustrofobia, salir también le daría ocasión de buscar una vía de escape.

Si Zaron pensaba que aceptaría dócilmente perder la oportunidad de trabajo de su vida, le esperaba una sorpresa. Emily había trabajado demasiado duro para permitir que su carrera descarrilara tan fácilmente.

De una u otra manera, necesitaba volver a casa.

Después del desayuno, Zaron fabricó un traje de baño para Emily y unos shorts de natación para él. Adherirse al mandato de no divulgación significaba que todo lo que se ponía tenía que *parecer* al menos una vestimenta humana, por lo que buscó el diseño del bikini para Emily en el internet humano.

Al entrar en la habitación de Emily, Zaron le dio las dos piezas de tela, y luego salió para dejarla cambiarse. No le importaba la inminente excursión, pero su dolencia le causaba perplejidad. En cuanto la había visto esa mañana, había notado en ella una extraña tensión, y su ansiedad solo había ido empeorando a medida que avanzaba la mañana. Para cuando se sentaron a desayunar, Emily había tenido todo el aspecto de no sentirse a gusto en su propia piel y querer evadirse de ella. Él no creía que lo hubiese estado fingiendo; a menos que fuera una de las mejores actrices del mundo, su incomodidad había sido auténtica.

Un golpecito interrumpió los pensamientos de

Zaron. Dio una orden rápida, y la pared de la habitación de Emily se abrió, creando una puerta para ella.

Ella estaba allí de pie con el mismo vestido que antes, solo que con las tiras azules de su bikini asomando por debajo. Al verle a él semidesnudo, un rubor rosado se extendió por su cara y cuello, dándole a su piel pálida un brillo delicado.

—¿Lista para salir? —preguntó Zaron, reprimiendo una sonrisa por la forma en que ella intentaba mantener los ojos a la altura de su cara. Acababa de ponerse su propio bañador, y no se había molestado en ponerse una camisa. Su reacción femenina ante su cuerpo le agradó; cuanto más fuerte fuera la atracción, más fácil sería llevársela a la cama.

Emily asintió y lo siguió hacia la pared más alejada de la sala de estar. Cuando se acercaron, el material inteligente se deshizo, creando una abertura que conducía al exterior.

Al salir, Zaron inhaló profundamente, disfrutando del calor del sol en su piel expuesta. Ya era media mañana y el aire era cálido y húmedo, lleno del aroma de las bromelias y de los sonidos de múltiples seres vivos. Esta región de la Tierra le recordaba a su hogar, lo cual suponía la razón principal por la que había elegido esta ubicación para la principal colonia krinar.

Al volverse, vio a Emily a unos metros de distancia, mirando hacia la casa que tenían detrás de ellos.

—No es lo que esperabas, ¿verdad? —preguntó él, viendo la expresión de su cara.

A diferencia de la mayoría de las viviendas krinar o humanas, su residencia provisional no era en absoluto un edificio. Era una cueva de alta tecnología ubicada en lo profundo de una pequeña montaña. Con la abertura exterior sellada, era completamente invisible detrás de una gruesa pared de vegetación. A menos que alguien ya supiera que estaba allí, era imposible encontrarla, ya fuera desde el aire o a pie.

—No —respondió Emily, volviéndose hacia él—. No es lo que me esperaba en absoluto. ¿Es así porque estás tratando de mantenerte oculto?

—Sí. No quiero que detecten una estructura extraña en vuestra selva desde un avión o un helicóptero y decidan investigarla.

Emily le dirigió una mirada reflexiva, pero no le hizo más preguntas mientras caminaban por el bosque hacia el lago. Ahora que estaba afuera, Zaron podía sentir que su ansiedad se aliviaba, la mirada de animal acorralado desaparecía de su rostro. Por primera vez desde que la conocía, la joven humana parecía estar relajada y feliz, y sus suaves labios se curvaban en una sonrisa mientras observaba un *Sceloporus malachiticus*, un lagarto verde espinoso, que se escabullía desde una roca cercana.

—Pareces encontrarte bastante a gusto aquí para ser alguien que vive en la ciudad de Nueva York —comentó, notando la facilidad con la que se movía por la verde jungla. Parecía respetar la naturaleza sin temerla, caminando con cuidado pero con seguridad a través de la espesa hierba. Estaba a punto de advertirle sobre la dolorosa picadura de la *Paraponera clava*, pero ella evitó la colonia de hormigas bala antes de que él tuviera ocasión de hacerlo.

—*Estoy* cómoda aquí —dijo Emily, con una fugaz sonrisa—. Crecí en la zona semirural de Georgia, en realidad, y solo me mudé a Nueva York por trabajo. Era una niña muy de estar al aire libre, de las que trepan a los árboles y cazan insectos todo el día. De haber sido por mí, habría vivido en la cabaña de un árbol.

Zaron sonrió, imaginándose a una pequeña Emily correteando por el bosque. Si ahora tenía un aspecto angelical, solo podía imaginarse cómo debía de haber sido cuando era niña, con esos grandes ojos inteligentes y sus cabellos brillantes como el sol.

—¿Y tú? —preguntó ella al entrar en un pequeño claro—. ¿Cómo fue tu infancia? ¿Jugabas mucho al aire libre? Me imagino que tus ciudades son muy tecnológicas...

—Lo son —dijo Zaron—. Pero son diferentes de las tuyas. Tendemos a construir en armonía con el entorno natural, en lugar de por encima de él. De hecho, nuestros asentamientos se parecen más a esta jungla que a uno de tus pueblos.

—¿En serio? —ella le dirigió una mirada sorprendida—. Así que no hay rascacielos, ni carreteras, ni coches.

—No —negó él con la cabeza—. Nada por el estilo. Tenemos algunos edificios más grandes para acontecimientos públicos, pero no muchos. No nos gusta agruparnos como lo hacen los humanos, por lo que nuestros hogares tienden a estar dispersos, y no necesitamos carreteras porque caminamos o usamos transporte aéreo.

Zaron pudo ver que Emily estaba a punto de hacerle más preguntas, pero en ese momento llegaron a su destino.

Con aproximadamente tres kilómetros de largo y casi cinco de ancho, el lago era una masa de agua bastante grande, alimentada por diferentes arroyos de montaña que en esa época del año parecían más bien ríos. Ubicado en lo profundo del bosque, el lago estaba rodeado de muros de espesa vegetación y atraía todo tipo de vida silvestre: un lugar perfecto para un biólogo. Zaron solía venir aquí con frecuencia, tanto para disfrutar del agua como para estudiar la fauna local.

—Cuidado con ese árbol de manzanilla de la muerte —le dijo a Emily, y la cogió por el brazo para alejarla de la planta mientras descendían al agua—. La *Hippomane mancinella* es tremendamente venenosa, y no he traído ningún equipo médico conmigo.

La savia blanca y lechosa del árbol contenía unas potentes toxinas; solo refugiarse de la lluvia bajo sus hojas podía producir ampollas en la piel humana.

—Oh, gracias —murmuró ella, mirándolo antes de centrar su atención en el agua—. Me aseguraré de evitarlo de ahora en adelante. Su voz sonó un poco ahogada, y Zaron se dio cuenta de que todavía estaba sujetándola por el brazo. Su mano oscura contrastaba sorprendentemente contra su piel de marfil, y sus dedos casi rodeaban por completo el delgado brazo de ella.

Durante un instante, la tentación de acercársela de un tirón fue insoportable. El aire entre ellos pareció echar chispas y la atmósfera estaba cargada por la tensión sexual. Ella lo deseaba; podía olfatear su deseo, escuchar su rápido latido. ¿Por qué se resistía a lo inevitable? Seguramente Emily tenía que saber que iba a ser suya, que él no la dejaría ir sin antes sumergirse profundamente en su suave y tierna carne.

—¿Es seguro el lago para nadar? —Su voz era más aguda de lo normal, y sus palabras se escucharon más rápidas. Él notó que ella podía percibir hacia donde se encaminaban sus pensamientos, y que estaba haciendo todo lo posible por distraerlo de su deseo creciente—. ¿Hay algo peligroso en él?

—No —dijo Zaron, soltando a regañadientes su brazo—. No tienes nada de qué preocuparte. —Por mucho que él quisiera acelerar el asunto, ella todavía estaba demasiado agobiada. Se prometió a sí mismo que pronto la tendría. Pronto, pero no todavía.

Zaron se alejó de Emily, se quitó las sandalias y caminó por la estrecha franja de playa rocosa hacia el agua.

Un chapuzón en el refrescante lago era una perspectiva cada vez más atractiva, y necesaria por segundos.

CAPÍTULO DIECISÉIS

Apenas capaz de respirar, Emily observó cómo Zaron se metía en el agua, con el sol reflejándose en su espeso y brillante cabello. El corazón le palpitaba furiosamente en el pecho, y sentía demasiado calor, con la piel hormigueante por la sensación residual de su contacto.

Ella ya había sabido que él tenía un buen físico, por supuesto; su ropa había hecho poco por disimular sus poderosos músculos. Pero saberlo y verlo eran dos cosas muy distintas, como Emily había descubierto cuando salió de su habitación y lo vio allí, vestido con nada más que un traje de baño de color gris claro.

Su captor alienígena era devastadoramente, sobrehumanamente hermoso. Su piel suave y bronceada, sin siquiera un rastro de imperfección que la mancillara, acentuaba cada centímetro de su musculado torso. Los hombros anchos, la cintura delgada y las caderas estrechas dibujaban una sorprendente forma de V, y no había grasa en ninguna parte de su cuerpo musculoso. Desde el toque de vello oscuro de su pecho hasta la tableta de chocolate claramente definida en su liso abdomen, era un espécimen de macho increíblemente hermoso.

Caminando junto a él a través de la espesa selva, Emily apenas había podido apartar la vista de su cuerpo, y en el mismo instante en que la tocó de nuevo, sintió como si le hubieran prendido fuego. Sus fuertes dedos habían sostenido su brazo como una pinza de acero, evidentemente solo para protegerla del árbol venenoso, y su cuerpo había sufrido una llamarada de deseo, con una humedad cálida que inundaba su sexo.

¿Por qué seguía resistiéndose? susurró en su mente una insidiosa vocecilla. ¿Sería tan malo mandar a paseo sus reservas por una vez y divertirse? ¿Cuántas veces tenía una la ocasión de follarse a un hombre tan sexy? ¿Y qué importaba si no había futuro para ellos, si él era de una especie diferente y ella no volviera a verlo nunca más después de regresar a casa? Miles de mujeres se liaban con desconocidos durante algún viaje. Puede que la elección de pareja de Emily fuera algo más exótica, pero en última instancia, eso es todo lo que sería: un breve affaire vacacional con un hombre que era literalmente de fuera de este mundo.

No. Sacudiendo la cabeza, Emily se quitó el vestido, apartando de ella esos peligrosos pensamientos. Tenía que concentrarse en volver a encarrilar su vida y su carrera, y una aventura con un extraterrestre, un extraterrestre que la tenía prisionera, nada menos, era lo último que necesitaba.

Se quitó los zapatos de dos patadas y se acercó al agua, agradecida de que Zaron pareciera estar alejándose a nado de la orilla y sin prestarle atención. No tenía ni idea de a cuántos intentos de seducción más se podía resistir antes de rendirse, y tenía la fuerte sospecha de que estar juntos y medio desnudos no les conduciría precisamente a mantener la distancia apropiada.

"Solo un baño rápido", se prometió a sí misma, disfrutando del agua fría acariciando su piel. Solo un baño rápido para aclararse las ideas, y entonces podría comenzar pensar en cómo salir de esa situación.

El fondo del lago era tan rocoso como la orilla, y se le clavaba en los pies descalzos, pero no tuvo que caminar mucho antes de que el agua fuera lo bastante profunda como para nadar. Moviéndose tranquilamente por el agua, vio a Zaron nadando en la distancia.

A mucha distancia.

Su pulso se aceleró con repentina alegría. Él estaba tan lejos que ella apenas podía distinguir su cabeza oscura en el agua. De hecho, estaba casi en medio del lago. Debía de haberse quedado allí parada, mirando el agua, mucho más rato del que había supuesto.

Esta era la ocasión, su oportunidad de escapar antes de que pasaran los diecisiete días. Emily estaba en forma en lo que respectaba a correr, y tenía una idea aproximada de dónde se encontraban, porque había visto un lago que se parecía a este en el mapa que había consultado antes de hacer su excursión de senderismo. No podía estar a más de quince o veinte kilómetros de distancia de alguna población. Si conseguía una ventaja suficiente de salida sobre Zaron, había una alta probabilidad de que pudiera llegar a la civilización antes de que él pudiera alcanzarla... y de estar en casa a tiempo para su entrevista.

Con un ojo puesto en la oscura cabeza a lo lejos, salió del agua y se acercó despreocupadamente hacia sus sandalias, haciendo todo lo posible por fingir que solo estaba calentando. Se puso los zapatos y el vestido, lanzó una última mirada en dirección a Zaron, comprobando que todavía estaba en medio del lago... y echó a correr velozmente hacia la selva.

Zaron nadaba en las tranquilas aguas, disfrutando del relajante ejercicio, y sus músculos se movían y se estiraban con cada brazada lenta y deliberada. Consciente de la presencia cercana de Emily allí, hizo lo posible para ralentizar su ritmo al nivel del de un humano, pero no estaba del todo seguro de haberlo logrado. Incluso después de llevar seis meses en la Tierra, le resultaba difícil moverse como un *Homo sapiens*, otra razón por la que había decidido abandonar las ciudades humanas en favor de regiones más remotas.

Miró hacia la orilla y vio a Emily saliendo del lago.

Con su aguda vista krinar, podía distinguirlo todo, hasta las gotitas de agua que brillaban sobre su piel pálida. Se le cortó el aliento y su polla se endureció ante esa visión. Zaron se había resistido a mirarla antes a propósito, poco convencido de su autocontrol, y ahora veía que había hecho bien en evitar la tentación. Con solo un pequeño bikini azul, su huésped humana era una sinfonía de piernas largas y bien torneadas y curvas femeninas, con unos pechos turgentes y erguidos y una cinturita estrecha que conducía a su firme trasero con forma de corazón. Sus rubios cabellos recogidos descuidadamente en lo alto de su cabeza, parecían como un rayo de sol, y su piel era exóticamente luminosa en la distancia.

Incapaz de apartar los ojos, Zaron la observó con avidez mientras se inclinaba y se ponía primero las sandalias, y luego el vestido. Sus movimientos eran relajados, casi perezosos. *Engañosamente relajados*, pensó, notando la tensión de sus hombros. Ella se enderezó, echó un rápido vistazo en su dirección, con los ojos entrecerrados para protegerse de la brillante luz... y luego se echó a correr.

Estaba huyendo de él.

Movido puramente por instinto, Zaron se sumergió y atravesó el agua buceando con una velocidad feroz. Una virulenta e irracional cólera estalló por sus venas, sumándose a su deseo visceral de cazar a la presa a la fuga. ¿Cómo osaba correr? Él le había salvado la vida, y ella era *suya*: suya para follar, suya para tenerla con él todo el tiempo que quisiera.

Le costó menos de dos minutos llegar hasta la orilla. Al salir disparado del agua, cogió un rastro de su olor que desaparecía dentro de la selva. No había llegado demasiado lejos, pero aunque lo hubiese hecho, habría dado igual. Ningún humano podría jamás correr más que un krinar.

Con la mandíbula apretada en un gesto sombrío, Zaron se lanzó a la persecución.

CAPÍTULO DIECISIETE

Mientras corría por el bosque, Emily notó que su respiración se adaptaba a un ritmo constante, uno que sabía que le permitiría mantener la velocidad durante los siguientes kilómetros. Para su alivio, las sandalias de tiras que Zaron le había dado iban muy bien para sus pies, sin siquiera una pizca de la incomodidad y las rozaduras que normalmente se esperaba de tal calzado.

Aunque los últimos dos años habían sido duros y su trabajo consumía casi todas sus horas de vigilia, Emily había logrado por lo general correr cinco o diez kilómetros cada dos días. Eso no tenía punto de comparación con el riguroso régimen de ejercicio que había seguido en la universidad, pero era mejor que ser una vaga total... y ahora estaba extremadamente agradecida por esas carreritas. Podía notar cómo sus músculos se calentaban y se estiraban, cómo sus pulmones funcionaban con facilidad, y supo que sería capaz de seguir así por lo menos durante una hora. Para entonces, Zaron estaría muy por detrás de ella, asumiendo que se molestara siquiera en perseguirla una vez hubiera llegado hasta la orilla.

Si todo iba bien, no volvería a verle.

Ese pensamiento resultó ser extrañamente perturbador, así que lo apartó de su mente. Ya no había vuelta atrás. Para bien o para mal, se había escapado, y ahora necesitaba asegurarse de encontrar la civilización lo antes posible.

Solo un pie delante del otro, Emily. Un pie delante del otro.

Centrándose en la conocida frase de los corredores, saltó para evitar un tronco caído...y se dio de bruces contra un cuerpo increíblemente duro.

El impacto la dejó sin aliento. Trastrabillando hacia atrás, tropezó con el tronco y hubiera caído al suelo si unas fuertes manos no la hubieran cogido en ese momento. En un abrir y cerrar de ojos, Emily se encontró tumbada de espaldas en el suelo, con los brazos sujetos por encima de la cabeza y más de un metro ochenta de hombre musculoso y goteante despatarrado encima de ella.

Zaron. De alguna manera la había alcanzado.

Él respiraba con dificultad, y ella podía ver un pulso palpitando en su apretada mandíbula. Tenía el espeso y oscuro cabello aplastado contra la cabeza, y sus ojos negros brillaban como el carbón.

Tenía un aspecto salvaje... y absolutamente furioso.

—¿Dónde cojones crees que vas? —Su voz era el

gruñido de una fiera, sus dedos tornos de acero alrededor de sus muñecas—. No puedes huir de mí.

Sus pulmones finalmente empezaron a funcionar, y Emily aspiró ávidamente el aire, tratando de recuperar la sensatez. ¿Cómo había llegado Zaron tan rápido desde el centro del lago? Incluso los mejores nadadores olímpicos no podrían haber cubierto esa distancia en tan poco tiempo.

—¿Qué...? ¿Cómo has...? —No parecía capaz de articular más que unas pocas palabras que atravesaran el atronador golpeteo del corazón en sus oídos. Podía sentir cada centímetro de su cuerpo duro y semidesnudo, la humedad de su piel empapando su vestido, y su carne reaccionar al instante, con los pezones erigiéndose en firmes y tiesas montañitas.

—¿Cómo he qué? —Él bajó la cabeza hasta que sus rostros estuvieron a solo unos centímetros, y con su mirada ardiente atravesándola. El agua de su cabello le caía en la frente, y las gotitas parecían sorprendentemente frías en su piel sobrecalentada—. ¿Que cómo te he alcanzado?

Emily logró asentir.

—Siempre puedo atraparte. —Su voz se suavizó hasta convertirse en un susurro ronco, y un brillo más sensual y oscuro apareció en sus ojos—. No hay lugar en este planeta ni más allá en el que no pueda encontrarte, mi ángel... siempre que yo así lo desee.

Su corazón le dio un vuelco, y luego comenzó a galopar locamente en su pecho. Podía sentir una creciente dureza contra la pierna, y un calor que respondía a ello inundó su cuerpo, incluso cuando la conciencia más profunda de su propia vulnerabilidad hacía que su estómago se tensara.

—Suéltame —susurró, luchando contra él. Era como estar atrapada bajo una montaña, y la sensación de impotencia era tan aterradora como enloquecedora—. Zaron, suéltame...

La miró fijamente, con el músculo de su mandíbula palpitando y el ansia ardiente de su rostro envió una oleada de alarmada excitación a través de ella. Podía notar cómo se debatía por controlarse... y fue consciente del preciso momento en que perdió la batalla.

Con un gemido torturado, bajó la cabeza y le comió la boca.

No hubo nada de dulce y tierno en este beso; era una posesión cruda, carnal. Los labios y la lengua de Zaron estaban en todas partes, consumiéndola, robándole el aliento y su voluntad de resistirse. Su mano derecha le sujetaba sin esfuerzo ambas muñecas por encima de la cabeza, y la izquierda se deslizó por su cuerpo, agarrando la falda en su puño y levantándola. Dondequiera que sus dedos le rozaban la piel, su carne quedaba ardiendo, hambrienta de su contacto. Abrumada, Emily se arqueó contra él, sin saber si quería acercarse o empujarlo, y notó que él le abría los muslos desnudos con la rodilla mientras agarraba el bikini y se lo arrancaba. Ahora solo les separaba la tela mojada de sus shorts, y la fuerte presión de su erección empujaba contra su sexo desnudo.

De repente, sus manos quedaron libres. Jadeando, Emily agarró los hombros de Zaron, y le clavó los dedos en la piel mientras él comenzaba a balancear las caderas, frotándole con cada movimiento la dura polla contra el clítoris y lanzando oleadas de calor por todo su cuerpo. Él todavía la estaba besando, con unos besos profundos y embriagadores que le nublaban le mente, y en algún lugar en lo profundo de su vientre, comenzó a crecer una conocida tensión, mientras él le quitaba la parte superior del bikini y encerraba un pecho dentro de una de sus manos, masajeando con firmeza el suave peso por debajo de la tela delgada de su vestido.

Con la cabeza flotando, Emily gimió dentro de su boca, incapaz de centrarse en otra cosa que no fuera el mareante placer que la atravesaba. Todos sus miedos, todas sus dudas se evaporaron, calcinadas en el calor abrasador de su abrazo. Deslizó los dedos por su espesa cabellera y lo atrajo hacia ella, mientras sus caderas comenzaban a moverse respondiendo al ritmo.

Zaron gimió de nuevo, y ella percibió vagamente otro sonido de algo que se rompía. Se había arrancado los shorts, notó vagamente, y sintió la suave punta de su pene rozándole contra el interior del muslo. La tensión dentro de ella se intensificó, su interior palpitaba con volcánico deseo y levantó sus caderas hacia él, pidiendo inconscientemente más.

Cuando ella se movió, Zaron se tensó y levantó la cabeza para mirarla a los ojos, sosteniéndose sobre un codo. Su respiración era rápida e irregular y sus labios brillaban por los besos.

—¿Deseas esto? —susurró con la voz ronca por la lujuria. Él empujó sus caderas hacia adelante, presionando con la punta de su polla contra la suave hendidura de entre sus piernas—. ¿Lo quieres, Emily?

Sus ojos se clavaron en ella, exigiendo una respuesta, y ella asintió, incapaz de hacer otra cosa. Jamás había conocido un deseo tan acuciante, tan intenso que rozaba la agonía. No sería capaz de soportarlo si él paraba ahora, y la habitual vocecilla de su conciencia enmudeció cuando él le agarró un muslo con una fuerte mano, abriéndole más aún las piernas, y empezó a entrar en ella.

A pesar de su excitación, la penetración inicial no fue fácil. Él la tenía gruesa y larga, mucho más grande que ningún otro hombre con el que ella hubiera estado, y mientras él avanzaba más profundamente dentro de su carne complaciente, ella dejó escapar un grito por la presión punzante de su cuerpo al ceder. Emily se tensó, le cogió los brazos y sintió cómo a él le recorría un escalofrió, mientras sus músculos internos se apretaban alrededor de su verga enhiesta en un fútil intento de repeler la invasión.

Ante su grito de dolor, Zaron se detuvo, con su gran cuerpo temblando por el esfuerzo de mantenerse quieto, y Emily vio que sus ojos negros estaban vidriosos por el deseo. Sin embargo, cuando bajó la cabeza, rozándole la mejilla con los dedos, el gesto albergó una ternura sorprendente.

—¿Estás bien? —murmuró él, y su aliento cálido le

cubrió la oreja izquierda y lanzó escalofríos de placer por todo el cuerpo.

Cerrando los ojos, Emily le rodeó el cuello con los brazos y envolvió sus piernas alrededor de sus caderas. La incomodidad ya estaba pasando y la fiebre anterior estaba de vuelta.

—Sí —susurró, arqueándose para que entrara aún más profundo, y se estremeció de involuntario placer cuando el movimiento intensificó las sensaciones que emanaban de su interior.

Zaron se estremeció también, el último átomo de su autocontrol se desintegró, y empezó a moverse con fuerza, entrando en ella con una potencia castigadora. Jadeando, Emily se aferraba a él, sintiéndose como una astilla lanzada en medio de una tormenta. Su mundo se hizo diminuto y todos sus sentidos se centraron en él. Él tenía la piel resbaladiza por el agua y el sudor, y ella notaba cómo sus músculos se movían y flexionaban con la yema de los dedos. Podía notar su gruesa polla moviéndose en lo más profundo de ella, oler su cálido y almizclado aroma, y la tensión de su interior se elevó en espiral, centrándose en el haz de nervios del extremo de su sexo. Su piel se erizaba, los latidos de su corazón se disparaban… y de repente se corrió, con un grito ahogado que se escapó de su garganta cuando todo su cuerpo estalló con el orgasmo más poderoso de toda su vida.

Él la montó más allá de ese momento, con empentones duros y e implacables, sin darle tiempo a recuperarse, y para su sorpresa, ella notó cómo se acercaba otro clímax, y su carne sensibilizada no requería esta vez de la más mínima estimulación. Él se dio cuenta y aceleró el ritmo, apretando su ingle contra el clítoris de ella a cada movimiento, y Emily gritó cuando otro violento orgasmo la despedazó, dejándola destrozada y sin aliento a su paso.

Las convulsivas contracciones de su sexo parecieron desencadenar la liberación del propio Zaron, y ella notó cómo se tensaba, con un sonido áspero retumbando en su pecho, y se quedaba quieto, con solo su pelvis golpeteando con más fuerza contra ella. Emily sintió su polla palpitando en lo profundo de ella, su semilla brotando en cálidos chorros, y se aferró con fuerza a él, aturdida por la intensidad de lo que experimentaba.

Durante unos instantes se quedaron tumbados, inmóviles, con sus cuerpos pegajosos por el sudor, mientras recuperaban su respiración normal. Tenía todo el peso de Zaron encima de ella, y por primera vez se dio cuenta de que estaba en el suelo duro, y que las piedrecitas y las ramitas se le estaban clavando en la piel desnuda de la espalda. Cambiando ligeramente de postura, intentó ponerse más cómoda, y Zaron volvió a levantarse sobre los codos, liberándola de la mayor parte de su peso. Todavía tenía su sexo dentro, ahora ya no tan duro, y lo íntimo de esa postura hizo que las mejillas de Emily ardieran al encontrarse con su mirada.

—No irás a ninguna parte, ángel —le dijo en voz baja. Había algo diferente en la forma en que la miraba

ahora, algo oscuro y posesivo que antes no estaba allí
—. No hasta que yo te deje marchar. ¿Me entiendes?

La boca de Emily se tensó, pero ella asintió con un breve gesto. Ahora no era el momento de discutir: no con él enterrado profundamente en su carne, no mientras todavía estaba recuperándose de la impresión del placer devastador. Intentaría reorganizarse más tarde, descubrir una manera de escapar, pero por ahora tenía que apaciguarle, interpretar el papel de una sumisa cautiva. No podría resistirlo si él decidiera mantenerla encerrada después del incidente de hoy.

—Bien. —Zaron bajó la cabeza y la besó fugazmente en los labios, acariciándolos con los suyos, y salió con cuidado de su inflamada vagina. Se puso en pie y la ayudó a levantarse.

Emily había perdido el bikini, pero su vestido había logrado resistir de alguna manera, y la falda se deslizó en su sitio, cubriendo su trasero desnudo. Los shorts de Zaron, sin embargo, yacían destrozados en el suelo. A él no parecía preocuparle eso: se le veía igual de cómodo desnudo como cuando estaba vestido. Al ver sus pelotas balanceándose entre las piernas y su sexo brillando con la humedad combinada de ambos, se le secó la boca, dándose cuenta de que lo había tenido dentro de ella, de que era verdad que había mantenido relaciones sexuales con este hombre.

"Con este *alienígena*", la corrigió una vocecilla interna, y Emily tragó saliva, sin querer examinar ese hecho en demasiada profundidad. Notaba como si sus piernas estuvieran hechas de gelatina, pero dio un tembloroso paso hacia atrás, para poner algo de distancia entre ellos. Sin embargo, Zaron no se lo permitió, y su mano le apretó el brazo con más fuerza. Antes de que pudiera objetar, sintió cómo la levantaba del suelo y la recostaba cómodamente en sus brazos.

—Vámonos a casa —dijo él, mirándola mientras se dirigía hacia el bosque, llevándola con tanta facilidad como si ella no pesara nada—. Creo que ya hemos tenido suficiente aire fresco por hoy.

El camino de vuelta les llevó menos tiempo, y Zaron lo hizo con un ritmo rápido, atravesando con facilidad la selva que tan bien conocía. Emily objetó a que la llevara, diciendo que podía caminar bien por sí sola, pero él la ignoró, guiado por la necesidad de sentirla apretada firmemente contra su pecho. Ella no había logrado escapar y jamás lo conseguiría, pero él todavía se sentía reacio a soltarla y una extraña sensación le atenazaba cada vez que se acordaba de su intento de fuga.

A pesar de su ira inicial, Zaron entendía por qué lo había hecho. La joven humana estaba acostumbrada a su independencia, a tener el control de su propia vida. Sin duda, estaba exasperada porque le obligaba a seguir siendo su invitada. Él lo entendía e incluso simpatizaba con su dilema hasta cierto punto. Sin embargo, eso no cambiaba su convicción irracional y primitiva de que Emily le pertenecía, que de alguna manera ella era *suya*.

Acostarse con ella solo había conseguido reforzar esa sensación. Su cuerpo se había saciado temporalmente, pero él ya ansiaba más de ese placer adictivo, sediento de follarla una y otra vez. El hecho de haberse contenido de beber su sangre tampoco ayudaba. No había querido dejarse llevar al aire libre, pero ahora no podía dejar de pensar en el líquido afrodisíaco que corría por sus venas, y en cómo sería estar dentro de ella mientras sus dientes mordían su garganta y él probaba su sangre por primera vez.

—Eres más fuerte que un humano, ¿verdad? —La pregunta de Emily lo sacó de sus pensamientos, y le hizo mirarla. Ella se agarraba de su cuello con los brazos, sujetándose como si tuviera miedo de que él la dejara caer—. Has estado cargando conmigo durante casi un kilómetro y ni siquiera te falta el aliento —le explicó, mirando hacia él.

Zaron lo dudó un momento, y después decidió que podía revelar eso. Los humanos descubrirían enseguida ese dato sobre los krinar.

—Sí —confirmó, pasando por encima de un pequeño arbusto de *Lippia alba*—. Somos más fuertes que los de tu especie. Y más rápidos... que es la razón de que pudiera atraparte.

Él vio cómo su garganta se movía cuando ella tragó saliva.

—¿Cuánto más fuertes y rápidos?

—Lo suficiente para que ninguno de vuestros atletas nos suponga ningún desafío —le dijo, sin querer entrar en detalles. Podía aplastar todos los huesos del cuerpo humano sin apenas esfuerzo, pero Emily no necesitaba saber eso. Lo último que él quería era que ella le temiera. Él nunca le haría daño físicamente, pero era posible que ella no lo creyera, especialmente si conocía los orígenes depredadores de su especie y su predilección por la violencia.

Ella frunció el ceño ante su respuesta, pero antes de que pudiera hacerle más preguntas, llegaron a su morada.

Al acercarse a la entrada, Zaron atravesó la abertura, llevando a Emily hasta dentro como si fuera un botín de guerra. No fue hasta que la pared se selló firmemente detrás de él que finalmente la soltó, dejándola sobre sus pies. Sabía que probablemente estuviera actuando como un bárbaro, pero no le importaba. Si ella no quería ser su invitada, entonces sería su prisionera, con todo lo que eso implicaba. No tenía ningún reparo en tenerla prisionera, no después de que ella hubiera traicionado su confianza al tratar de huir.

En cuanto la soltó, ella se apartó de él y levantó la barbilla con gesto desafiante.

—Me gustaría ducharme —dijo mirándole con una expresión neutral. Sin embargo, Zaron detectó un pequeño temblor en sus manos. Emily estaba más angustiada de lo que parecía. ¿Se lamentaba por lo que había pasado entre ellos? ¿O todavía estaba tratando de mantenerlo a distancia, para fingir que nada había cambiado?

Fuera una cosa o la otra, Zaron no estaba dispuesto

a permitirlo. Ella lo había dejado entrar en su cuerpo, y ahora era suya. No había vuelta atrás para ella.

—Por supuesto —dijo—. Necesitas una ducha... y yo también.

Sin esperar su respuesta, se acercó a ella. Cogió la falda del vestido y se lo quitó por encima de la cabeza con un solo movimiento suave, dejándola allí de pie, totalmente desnuda.

Entonces la volvió a levantar en sus brazos y la llevó hasta su habitación, yendo directamente hacia el baño.

CAPÍTULO DIECIOCHO

aron se metió en el alto cubículo circular sujetando a Emily contra el pecho y ordenó con una breve frase que comenzara a salir el agua.

—Puedes bajarme, ¿sabes? —dijo ella secamente cuando el agua empezó a caer sobre sus cuerpos—. Puedo sostenerme sobre mis propios pies... y obviamente aquí no tengo donde escapar.

La comisura de los labios de Zaron se elevó dibujando una sonrisa. Definitivamente estaba actuando como un bárbaro.

—Vale. Si lo deseas. —La colocó con cuidado sobre el suelo resbaladizo y dejó que la ducha inteligente le aplicara líquidos limpiadores en el pelo y la piel, mientras él recibía el mismo tratamiento.

No tenía ni idea de por qué le resultaba tan difícil mantener las manos apartadas de Emily, pero apenas podía soportar no tocarla. Tampoco era una necesidad puramente física, aunque su cuerpo volvía a empezar a agitarse ante su proximidad. No, esta compulsión era más profunda, y al darse cuenta sintió un escalofrío interior. Quería mantenerla cerca, sentirla junto a él en todo momento... para abrazarla y poseerla.

Igual que había deseado a Larita.

Esta vez, el dolor desgarrador de su pecho era demasiado punzante como para ignorarlo, y Zaron se apartó de Emily, sin querer que ella viera el sufrimiento reflejado en su rostro. Era imposible que pudiese desear a una humana de la misma forma en que había deseado a Larita. Larita había sido toda su vida durante más de cuarenta años, y el hecho de que incluso pudiera dejar que Emily compartiera un mismo pensamiento con ella le parecía como una traición a su memoria.

Y sin embargo... no podía recordar la última ocasión en que se había sentido tan vivo. Por primera vez desde la muerte de Larita, los pensamientos oscuros no consumían cada momento de vigilia de Zaron, y su ira y su dolor se atenuaban en presencia de Emily. Él había sonreído y se había reído más en los dos últimos días que en todo el año anterior, y el sexo con Emily había sido tan intenso y satisfactorio como el que había experimentado con su pareja tiempo atrás.

No tenía sentido, pero no podía negarlo más.

Por primera vez en años, Zaron se sentía como su antiguo yo, y Emily era el motivo.

Se volvió hacia ella y la observó inclinarse hacia el chorro de agua, con los ojos cerrados y el cabello mojado serpenteando por su esbelta espalda. Al verla de perfil fue consciente de su nariz pequeña y recta y de las líneas puras de su barbilla y su mandíbula. Su boca parecía suave y exuberante, inflamada por su encuentro anterior, y cuando bajó la mirada por su cuerpo, su polla se engrosó y se endureció, respondiendo a la sensual visión que tenía frente a sí.

No sabía por qué esta chica humana en particular causaba esa clase de efecto sobre él, pero mientras el calor bullía bajo su piel, decidió que no iba a perder más el tiempo preocupándose por eso. Iba a disponer de su pequeña prisionera durante otros dieciséis días, y tenía la intención de disfrutar de cada uno de ellos.

Dio un paso en dirección a Emily, la atrajo contra su cuerpo excitado, y capturó su ahogada exclamación de sorpresa con la boca.

Ella sabía a dulce, y su aliento tras la limpieza tenía un ligero regusto mentolado. Sus labios se aferraron a él, respondiendo a su beso, y sus dedos se le hundieron en la carne musculosa de los brazos, clavándole sus frágiles uñas en la piel. Podía sentir sus pechos desnudos presionando contra su pecho con los pezones como pequeños y duros guijarros, y sus pelotas se apretaron cuando la sangre se desplazó en tromba hasta su ingle. Gimiendo, Zaron la apoyó contra la pared del cubículo, y deslizó la mano hacia abajo por su cuerpo hacia la suave y tentadora abertura entre sus piernas.

Ella ya estaba mojada, lista para él, y Zaron sintió que su deseo se intensificaba cuando ella corcoveó contra sus dedos con un ronco gemido que escapó de lo profundo de su garganta. Le apretó el clítoris con el pulgar y empujó su dedo corazón dentro de su pequeña y resbaladiza vagina, buscando el punto sensible de su interior.

—Sí, eso es —murmuró él, levantando la cabeza para mirar su cara sonrojada—. Córrete para mí, ángel mío... —Podía sentir su zona suave y esponjosa con la yema del dedo, y al presionarla ligeramente, su cuerpo se contrajo en torno a su dedo, apretándolo tan fuerte que el pene respondió dando un salto.

Ahora Emily estaba jadeando y lo miraba con las pupilas dilatadas, y él aumentó la presión en ese punto suave del interior, mientras dibujaba círculos alrededor de su clítoris con el pulgar. Ella gritó, su cuerpo se sacudió contra él, y él sintió que comenzaba su orgasmo, y que sus paredes internas ondulaban alrededor de su dedo en un movimiento sinuoso y cimbreante.

Incapaz de esperar más, Zaron sacó el dedo y la cogió por la parte de atrás de los muslos, levantándola del suelo y abriéndole las piernas. Sin más preliminares, alineó la punta de su polla con la entrada a su vagina y la metió dentro.

Como la vez anterior, sentirla fue mareante, embriagador. La sentía increíblemente apretada en torno a su polla y su suave carne lo estrujaba, abrazándolo mientras avanzaba. Podía oler el dulce almizcle de su excitación, escuchar los rápidos latidos de su corazón, y sus ojos descendieron hasta a su cuello, atraídos por el pulso que palpitaba debajo de su piel pálida, casi translúcida. Un hambre antiguo y animal se apoderó de él, un ansia depredadora que ninguna manipulación genética había sido capaz de reprimir, y bajó lentamente la cabeza, acariciando con sus labios la delicada columna de su garganta. Ella gimió y arqueó el cuello hacia atrás, y su ansia se tornó insoportable. Zaron sostuvo a Emily con la mano izquierda y la agarró por el pelo con la derecha, obligándola a quedarse inmóvil. Luego, con un movimiento brusco, hincó los bordes afilados de sus dientes superiores en su piel y presionó su boca contra la herida que le había hecho.

La sangre, caliente y cobriza, brotó sobre su lengua, con un sabor intenso y singularmente apetitoso. Emily gritó ante el repentino dolor, tensándose entre sus brazos, pero entonces él notó cómo las propiedades narcóticas de su saliva surtían efecto en ella. Su cuerpo se derritió contra él, con su sexo contrayéndose y palpitando en torno a su polla, y él supo que ella estaba embargada por la misma ola de placer que se apoderaba de él. El éxtasis, feroz y efervescente, chispeaba en las terminaciones nerviosas de Zaron, agudizando todos sus sentidos hasta que creyó que iba a explotar por lo abrumador de sus sensaciones. Todo era más brillante, más sensual, más intenso, y sintió que cualquier pensamiento racional se desvanecía y que su cuerpo tomaba el control, con el sabor de la sangre de ella amplificando su lujuria hasta un grado intolerable.

No estaba seguro de cuánto tiempo había pasado

follándola contra la pared de aquella ducha, ni en qué momento había conseguido llevarla hasta la cama. Lo único que sabía es que ambos se habían corrido, una y otra vez, en un violento frenesí orgásmico que parecía no tener fin.

Hasta que Emily se desmayó en sus brazos, Zaron no había encontrado las fuerzas para poder parar, con el cuerpo saciado y sin embargo clamando más.

CAPÍTULO DIECINUEVE

Según iba recuperando gradualmente la consciencia, Emily fue dándose cuenta de una sorprendente variedad de molestias y dolores. Todos los músculos de su cuerpo estaban doloridos, como si hubiese estado haciendo ejercicio de una manera intensa. Cuando abrió los ojos y se movió ligeramente en la cama, se dio cuenta de que las molestias eran más profundas y de que notaba el sexo inflamado y sensible por el uso excesivo.

También estaba desnuda debajo de la manta.

A medida que aumentaban los latidos de su corazón, Emily buscaba frenéticamente en su memoria, tratando de darle sentido a todo. Recordó la salida al lago, seguida por su intento fallido de escapar, un intento que había desembocado en el sexo más increíble de toda su vida. También recordaba vívidamente que se había duchado con Zaron y la forma en que él se había lanzado a por ella de nuevo, abrumando sus sentidos y su voluntad de resistirse antes de que ella tuviera la oportunidad de recuperarse de su primer encuentro.

Llegada a ese punto, sin embargo, todo parecía volverse borroso en su mente. Lo único que era capaz de recordar era un revoltijo de sensaciones que nunca había experimentado antes, y un placer tan intenso que rayaba en el dolor.

Hostia puta. Se había acostado con un alienígena. Un alienígena que la tenía retenida en su casa. Emily ni siquiera podía comenzar a procesar las implicaciones de eso, así que dejó aparcado ese pensamiento para un análisis posterior.

Frunciendo el ceño, se sentó y miró a su alrededor. Estaba sola de nuevo, sin rastro de Zaron. ¿Qué había sucedido el día anterior? ¿Por qué se sentía así?

Emily se levantó lentamente de la cama y se dirigió al baño, reprimiendo un gemido ante el dolor en lo más hondo de entre sus muslos. Jamás se había sentido tan dolorida después del sexo, ni siquiera tras su primera vez. Miró hacia abajo y advirtió unas débiles marcas y moretones en su piel. ¿Era diferente el sexo con un varón de la especie de Zaron después de todo? Un escalofrío la recorrió al pensarlo, incluso cuando su interior se acaloró ante las sensaciones recordadas.

No, no lo pienses ahora. Forzando a su mente a olvidarse de ese tema, Emily se ocupó de sus necesidades básicas y se lavó las manos. Justo cuando estaba a punto de entrar en la ducha, oyó a alguien entrar en la habitación.

Se volvió y vio ante ella al hombre que se había convertido en su amante. Se sintió extrañamente consciente de su desnudez. Nunca había sido particularmente tímida con sus novios, pero de alguna manera esto era diferente. Ni Jason ni Tom la habían mirado nunca del modo en que Zaron la estaba mirando ahora: con un hambre profundamente posesiva que hacía que su sexo palpitara en respuesta. Era una mirada que la hacía visceralmente consciente de su cuerpo, de su feminidad.

—Ya te has levantado —murmuró él con los ojos brillantes, mientras se aproximaba a ella. Vestido con una camiseta azul claro y un par de vaqueros ajustados que remarcaban sus poderosos muslos, estaba tan impresionante como siempre, devastándole los sentidos con su sola presencia.

Era verdad, había tenido sexo con esta hermosísima criatura.

—Sí, me desperté hace un ratito —logró contestar Emily con voz ligeramente ronca. Se aclaró la garganta y trató de concentrarse en lo mundano—. ¿Qué hora es?

—Acaban de dar las nueve de la mañana —dijo Zaron, y en su rostro apareció un ligero ceño al recorrer su cuerpo con la mirada, deteniéndose en las marcas con forma de dedos de sus muslos. En un segundo, estaba frente a ella, cogiéndola por los brazos mientras la volvía hacia un lado y hacia otro, inspeccionando a fondo cada centímetro de su piel.

—¡Eh! —Emily trató de escabullirse—. ¿Qué estás

haciendo? —Había intentado con todas sus fuerzas fingir que esta era una mañana normal del día después, para que pudieran ahorrarse cualquier incomodidad innecesaria, pero Zaron parecía decidido a arruinar sus esfuerzos.

Haciendo caso omiso de su poco eficaz resistencia, le soltó los brazos y se agachó delante de ella, pasando suavemente las manos por sus muslos. Cuando se puso de pie de nuevo, la ira en su rostro casi la hizo encogerse de miedo.

—Te he hecho daño —dijo él, con la voz rezumando autodesprecio, y ella se dio cuenta de que estaba enfadado consigo mismo, y no con ella—. Joder, Emily, no me di cuenta de que te había marcado así. Sabía que los humanos eran frágiles, pero no pensé... —Se detuvo para continuar, y su pecho se elevó cuando él respiró hondo para para tranquilizarse. Cuando volvió a hablar, su tono era ligeramente más suave—. ¿Te duele, mi ángel? —preguntó, manteniéndola presa de su mirada.

Emily sintió cómo el rubor la inundaba hasta las raíces del pelo.

—Estoy un poco dolorida —admitió a regañadientes. Ella no quería que él pensara en ella como en una frágil humana. Siempre se había enorgullecido de ser fuerte y de estar en forma; incluso de pequeña había disfrutado de los deportes y de otras actividades físicamente desafiantes, prefiriendo los juegos más activos de los niños a jugar con muñecas. Ella no era ninguna damisela delicada a la que hubiese que tratar con guantes de seda—. No es gran cosa —añadió, al ver la expresión en el rostro de Zaron—. Nada que una ducha caliente no pueda solucionar.

Él apretó los labios, pero no dijo nada. Se dio la vuelta y salió de la habitación, moviéndose tan deprisa que Emily parpadeó sorprendida.

Encogiéndose de hombros ante su inexplicable comportamiento, se metió en la ducha.

Antes de que el agua tuviera la oportunidad de empezar a brotar, Zaron reapareció con un pequeño objeto plateado con forma de tubo.

—Quédate quieta, por favor —le ordenó, arrodillándose frente a ella.

Perpleja, Emily se lo quedó mirando mientras él movía el objeto sobre su cuerpo, centrándose en las áreas que exhibían moretones. El pequeño dispositivo irradiaba una luz roja, una luz que le causaba una sensación agradablemente cálida en su magullada piel. Para su asombro, las marcas se desvanecieron casi de inmediato, desapareciendo sin dejar rastro.

—Guau —soltó ella, flexionando la rodilla derecha y moviendo el pie. Los dolores musculares también se habían desvanecido—. Zaron, ¿es así como funciona siempre tu tecnología de curación?

Él asintió, levantando la vista hacia ella.

—Sí. Funciona con nanocitos, no sé si estarás familiarizada con ese concepto.

—¿Nanocitos? ¿Lo de la nanotecnología madura? —Emily había leído sobre eso mientras investigaba una startup tecnológica, y por lo que ella entendía, las posibilidades de tal tecnología eran prácticamente ilimitadas. Las nanomáquinas eran robots increíblemente pequeños que podían programarse para funcionar de varias maneras diferentes, algo sobre lo cual la ciencia moderna solo podía teorizar en ese punto—. Espera un minuto... ¿estás metiendo esos nanocitos en mi cuerpo?

—Sí, exactamente. —Parecía complacido de que ella lo hubiera comprendido tan rápido—. Eso es lo que está curando tus lesiones —le explicó, moviendo el objeto hacia su pelvis. Antes de que ella se diera cuenta de sus intenciones, él colocó la mano entre sus piernas y dirigió el haz de luz directamente hacia su dolorosa vagina. Hubo una breve sensación de hormigueo, y luego la dolorosa sensibilidad interna desapareció.

—Ahora puedes darte tu ducha —dijo Zaron con satisfacción, poniéndose de pie. Inclinando su cabeza, le rozó la boca con los labios en un beso rápido e íntimo, y luego dio un paso atrás—. De hecho, será mejor que te duches antes de que me deje llevar de nuevo —dijo con voz ronca y salió de la habitación, cerrando la pared tras de él.

Emily se duchó en piloto automático, mientras sus pensamientos saltaban en una docena de direcciones diferentes. Estaba tan fascinada como horrorizada ante la idea de que diminutas máquinas alienígenas le corrieran por el cuerpo. ¿Era así cómo la había curado la otra vez? Tenía sentido. Igual que un cirujano podía coser una herida, una máquina de tamaño nanométrico podía en teoría reparar los daños a nivel celular. No, no solo en teoría, se corrigió a sí misma. Lo podía hacer de verdad. El hecho de que ella se sintiera perfectamente bien era una prueba de ello.

Emily salió de la ducha y dejó que los chorros de aire caliente la secaran; luego se dirigió al dormitorio para vestirse. Fue solo al ponerse las sandalias cuando cayó en la cuenta de algo.

Todavía no sabía por qué había necesitado que la curara en primer lugar. Sus recuerdos de la noche anterior eran tan borrosos como si la hubiesen drogado.

CAPÍTULO VEINTE

—Zaron… ¿Qué pasó exactamente ayer por la noche?

Emily le lanzó una mirada inquisitiva desde el otro lado de la mesa mientras se deleitaba con un plato de ensalada de frutas. Con el vestido amarillo pálido que llevaba hoy, sus ojos eran más verdes que azules, y a Zaron le recordaban al *burit*, una planta parecida al musgo de su planeta natal.

Al tiempo que se acababa su propio desayuno, él consideró su pregunta, reflexionando sobre la mejor manera de responder. Si bien no sabía qué iba a implicar el protocolo oficial posterior a la llegada, sospechaba que el Consejo no estaría ansioso por revelar las tendencias vampíricas de su raza de inmediato.

—¿Qué quieres decir? —preguntó, decidiendo fingir ignorancia por el momento. Obsequió a Emily con una sonrisa larga y detenida, se estiró sobre la mesa y levantó la mano, frotando suavemente el interior de la palma de su mano con el pulgar—. Ya sabes lo que pasó, mi ángel. ¿O querrías un recordatorio?

Ella se lamió una gota del jugo de la fruta de los labios mientras le miraba, y a él se le tensó el cuerpo al recordar la textura y el sabor de esos labios.

—Recuerdo que tuvimos sexo, por supuesto —dijo ella, liberándose de su mano—. Lo que no recuerdo es el resto del día después de la ducha, o cómo terminé así de dolorida. ¿Me diste algo? ¿Alguna clase de droga?

—No, claro que no —dijo Zaron, divertido ante esa idea. No era una droga lo que hacía que el recuerdo de sus relaciones le resultara confuso; era una sustancia natural de la saliva krinar, un remanente de los días en que su especie cazaba a los lonar, una especie de primates cuya sangre les había proporcionado nutrientes clave. Recomponiendo su expresión en un gesto impasible, preguntó con voz aterciopelada—: ¿No recuerdas todos los orgasmos que sí te di?

Las mejillas de Emily se llenaron de rubor, pero no apartó la mirada de su rostro.

—Pues no. ¿Me estás diciendo que practicamos el sexo todo el día y toda la noche?

Zaron asintió, reprimiendo una sonrisa ante la nota incrédula de su voz.

—Más o menos —le confirmó—. Tú te quedaste dormida por fin alrededor de las tres de la mañana.

—¿Las tres de la *mañana*? —Ella lo miró boquiabierta—. ¡Pero si ni siquiera era mediodía cuando fuimos al lago!

—Supongo que mi gente tiene más resistencia cuando se trata del sexo —dijo Zaron, observando su reacción—. No nos cansamos tan fácilmente como los humanos.

El color en la cara de Emily se intensificó.

—Si eso es verdad, entonces no creo que seamos particularmente compatibles —dijo con firmeza—. Estarías mejor con otro krinar.

—Pero no deseo a otro krinar. —Zaron le cogió otra vez la mano. Atrapó sus dedos y se inclinó hacia adelante—. Te deseo a *ti*.

Y era verdad. No quería simplemente sexo… deseaba a Emily. La noche anterior había sido una de las experiencias más increíbles de su vida, y no podía esperar para poseerla de nuevo. Notaba que ella todavía tenía sus reservas acerca de estar con él, pero no tenía intención alguna de dejarla escapar de él.

Iba a tenerla allí durante otros quince días, y planeaba pasar una buena parte de ese tiempo clavado en lo más profundo de su dulce cuerpecito.

Emily frunció el ceño, tratando de apartar su mano.

—Mira, Zaron, solo porque nos hayamos acostado una vez… está bien, varias veces —concedió ante su expresión irónica—, eso no significa que esto vaya a ser algo continuo. Me tienes aquí contra mi voluntad, e incluso aunque no fuera así, esto no es una buena idea. Somos demasiado diferentes. Por lo que sé, con esa clase de apetito, debes de tener todo un harén de mujeres esperándote en casa…

—Pues no —le interrumpió Zaron, con el pecho

dolorosamente atenazado. Soltando su mano, se echó para atrás, invadido por la helada desolación de siempre—. No tienes nada de qué preocuparte a ese respecto, te lo aseguro.

Pronunció esas palabras en un tono involuntariamente amargo, y vio cómo Emily abría mucho los ojos, sorprendida.

—¿No tienes a nadie esperándote en casa?

—No en el sentido al que te refieres —contestó Zaron, esta vez con más calma—. Mis padres y mis abuelos están en Krina, pero no tengo una "novia", como tú la llamarías.

—¿Por qué no? —preguntó Emily, inclinando la cabeza hacia un lado. Su mirada se deslizó con curiosidad sobre sus rasgos—. Seguro que no tienes problemas para atraer a las mujeres. A menos que las de tu planeta tengan gustos distintos.

Zaron se la quedó mirando fijamente, con una extraña tentación carcomiéndole.

—No —dijo lentamente—. No los tienen.

Incluso para los estándares de los krinar, se le consideraba un hombre atractivo; era consciente de ello sin falsa modestia. Larita siempre había bromeado al decir que sus padres lo habían hecho demasiado mono, y se burlaba frecuentemente de que él fuera más guapo que ella.

—¿Entonces qué pasa? —insistió Emily, con los ojos brillantes de curiosidad—. Me dijiste que tienes seiscientos años. ¿No tendrías qué tener ya esposa e hijos?

—Tuve una esposa —dijo él bruscamente, cediendo a la tentación—. Ella murió hace ocho años. —En cuanto las palabras salieron de su boca, deseó no haberlas dicho, pero ya era demasiado tarde. La curiosidad desapareció del rostro de Emily, reemplazada por la conmoción y lo que él más odiaba: la compasión.

Para su alivio, ella no comenzó a soltarle tópicos. En cambio, le preguntó con voz queda:

—¿Llevabais mucho tiempo juntos?

—Cuarenta y cuatro de tus años terrestres. —Solo les faltaban tres años para la Celebración de los cuarenta y siete, la ceremonia formal que habría anunciado su unión y la habría hecho permanente a ojos de la sociedad krinar.

—Ya veo —murmuró Emily, mientras lo estudiaba—. ¿Puedo preguntar qué ocurrió?

—Fue un accidente. —La boca de Zaron se torció—. Solo un estúpido accidente por un descuido. Larita era lo que tú llamarías una astronauta, una exploradora de la geología del espacio profundo. Cuando murió, estaba en una expedición rutinaria en un sistema solar cercano, tomando muestras de un lago de metano en un planeta que se parece bastante a Titán, una de las lunas de vuestro planeta Saturno... hasta en la falta de oxígeno de su atmósfera. —Hizo una pausa, tragando saliva para deshacer el nudo que se había formado en su garganta—. Hubo una inesperada erupción volcánica en un área cercana, y el tanque de oxígeno de Larita resultó dañado por los escombros que salieron despedidos. No le habría pasado nada, de no ser porque un poco del oxígeno se salió del tanque, y se combinó con el metano de la atmósfera.

Pudo ver cómo el color se desvanecía de las mejillas de Emily al darse cuenta de a dónde iba a parar.

—Sí —dijo con voz carente de emoción—. Probablemente puedas adivinar lo que pasó después. El metano es altamente inflamable en presencia del oxígeno, y con el volcán escupiendo lava ardiente, el lago alrededor de ella se convirtió en un infierno de fuego. Ni ella ni sus dos colegas sobrevivieron.

Entonces se detuvo, incapaz de decir nada más mientras revivía el horror de escuchar que la mujer a quien amaba más que a la vida misma se había ido, y su cuerpo había sido incinerado por un infierno desatado en un mundo lejano. Al principio no lo había creído, había intentado negarlo todo lo que pudo. Solo cuando recuperaron los restos del traje de Larita fue capaz de aceptar la verdad: que su compañera no volvería jamás de su expedición de rutina.

Una cálida y suave presión en su mano lo sacó de esos oscuros recuerdos. Al mirar hacia abajo, Zaron vio con sorpresa cómo los finos dedos de Emily le rodeaban la mano. Ella había estirado el brazo a través de la mesa por iniciativa propia, cogiéndole la mano como gesto de apoyo silencioso. Al volver a levantar la vista hacia su cara, vio que tenía los ojos brillantes por las lágrimas contenidas.

—Lo siento —susurró ella con voz apenada, y algo en la expresión de auténtica simpatía de su rostro le conmovió por dentro, aliviando en parte la sensación fría y pesada como una piedra que notaba en el estómago—. Lo siento de verdad, Zaron. No puedo imaginarme cómo debiste de sentirte al perder a alguien a quien habías amado durante tanto tiempo.

Él respiró hondo, dejándose calmar por el suave timbre de su voz y la sensación de su delicada mano apretándole la suya. No sabía por qué se había abierto a esta humana. No era propio de él en absoluto. Zaron nunca hablaba voluntariamente sobre la muerte de Larita; incluso ocho años después, los recuerdos eran demasiado frescos, demasiado dolorosos, y él no era el tipo de persona que agobiaba a los demás con sus problemas. Sin embargo, por alguna razón, había querido contárselo a Emily, para ver si ella podía entenderlo.

Ella todavía lo estaba mirando, como si estuviera debatiéndose por decir algo. Entonces, tomando al parecer una decisión, comenzó a hablar:

—Mis padres murieron cuando yo tenía cuatro años —dijo, bajando la voz, y Zaron se quedó helado, a la vez que un escalofrío le resbalaba por la espalda—. Fue un accidente de tráfico. Estaban adelantando a un camión lento en una autovía, e iban a unos ciento veinte kilómetros por hora, cuando tuvieron un pinchazo. El coche dio varias vueltas de campana hasta que se detuvo en la cuneta. Mi padre murió en el acto, y mi madre falleció en el hospital unas horas después. —Tensó involuntariamente los dedos que le agarraban al tiempo que ella añadía con voz ronca—: verás, yo estaba en casa con una niñera, y mis padres tenían prisa por volver porque la película había durado más de lo que ellos habían previsto.

—Emily... —Zaron no sabía qué decir. En muchos sentidos, la pérdida de ella había sido infinitamente mayor. Él era un adulto y, por mucho que amase a Larita, no había dependido de ella de la forma en la que un niño depende de sus padres—. Lo siento tanto —dijo por fin, con el corazón apenado por la chica humana—. ¿Quién te crio después de eso? ¿Fueron esos hogares de acogida que mencionaste antes?

Ella asintió:

—Sí. Bueno, y mi tía Wendy, supongo, la hermana de mi padre. Ella me acogió justo después de su muerte. Ninguno de mis padres tenía mucha familia, así que ella era la única pariente cercana. Viví con ella dieciocho meses antes de que se diera cuenta de que no estaba preparada para lidiar con una niña traumatizada y me metiese en el sistema de acogida.

—¿Te entregó a unos extraños para que te criaran? —La ira le revolvió a Zaron las entrañas al recordar que Emily había mencionado que en una de esas casas no había habido suficiente comida. ¿Cómo pudo su tía hacer algo así? ¿Qué clase de monstruo se desentendía de su propia carne y sangre? Los huérfanos krinar eran algo extremadamente infrecuente en la época actual, pero si tal desgracia ocurría, cualquier pariente, sin importar lo lejano que fuera, se haría cargo gustoso de la responsabilidad de cuidar de ese niño; cualquier otra opción sería impensable.

Los labios de Emily dibujaron un atisbo de sonrisa.

—Sí. De hecho, no estaba tan mal. Yo lo prefería así. La tía Wendy no era... maravillosa con los niños. Fue un alivio marcharme de su casa.

A Zaron se le heló la sangre.

—¿Te hizo daño? —Se inclinó hacia delante, cubriéndole la muñeca con la otra mano. Había visto ese tipo de historias en las noticias humanas, y la idea de que alguien hubiera podido maltratar a Emily... —¿Te hizo algo?

—No. —Emily negó con la cabeza—. Nada parecido a lo que imaginas. De vez en cuando me castigaba encerrándome en mi habitación, pero nunca me hizo nada más. Ni nadie en ninguno de los hogares de acogida en los que estuve. Tuve mucha suerte. A algunos de mis padres de acogida les era indiferente, pero en general eran personas decentes que realmente querían ayudar... y que necesitaban el dinero extra que el gobierno les pagaba por mantenernos.

—Espera un minuto —dijo Zaron lentamente, agarrándose a su comentario pasajero—. ¿Tu tía te encerraba en tu habitación? ¿Es por eso que no te gusta estar en sitios cerrados?

Emily se mordió el labio, de repente con apariencia de sentirse incómoda.

—Sí, probablemente. —Apartó la mano, dejándole extrañamente huérfano de su contacto—. No tiene importancia. Como te dije, solo necesito salir fuera regularmente. —Sosteniéndole la mirada, le dijo con voz calmada—: No me encuentro a gusto en cautividad, pero claro, tampoco conozco a mucha gente a los que les guste eso.

Zaron sintió una punzada de inoportuno sentimiento de culpa, seguido por un aumento irracional de ira. Lentamente, se puso de pie, agarrándose al borde de la mesa.

—Ya te he explicado por qué tengo que mantenerte aquí un poco más —dijo, articulando cuidadosamente cada palabra—. Tú eres la que insistes en convertir esto en un mal trago. Lo único que has de hacer es quedarte conmigo los próximos quince días. ¿Por qué es tan difícil para ti?

Ella se levantó también, entrecerrando los ojos.

—Porque tengo una vida ahí fuera. —Su tono cortante estaba a la altura del de él—. Porque no puedo quedarme aquí, practicando el sexo día y noche, mientras que la carrera que he trabajado tan duro por construir se desmorona por completo. No soy un animal al que puedas rescatar y convertir en tu mascota, Zaron... Soy un ser humano, y tu mal llamado miedo a que os descubran no es más que una excusa para privarme de mi libertad. Sabes tan bien como yo que podría echarme a correr dando vueltas por Times Square, gritando a todo pulmón sobre los alienígenas, y nadie me creería...

—Que lo creyeran o no es irrelevante —interrumpió Zaron, dando un paso alrededor de la mesa. Con los ojos encendidos por la furia, Emily tenía un aspecto tan adorable que él sintió cómo su propia ira se esfumaba, apagada por una conocida oleada de lujuria. Había algo de verdad en sus palabras, pero se negó a reflexionar sobre eso ahora. De pie frente a ella, le cogió la cara con sus grandes manos y clavó la mirada en sus ojos tempestuosos e iracundos—. No me arriesgaré a incumplir el mandato en este punto. Ni siquiera por ti, mi ángel.

Ella levantó sus delgadas manos, y le clavó los dedos en las muñecas.

—Zaron, por favor —susurró ella, y él notó cómo se le aceleraba la respiración mientras él le presionaba su creciente erección contra el vientre—. Esto no es una buena idea...

—Todo lo contrario —Él inclinó la cabeza, con los labios flotando a milímetros de los de ella—. Creo que es una idea excelente. —Acunando su rostro entre las manos, la besó, deleitándose por la forma en que sus suaves labios se aferraban a él. Era como si ella tampoco pudiera cansarse de él. Hablar sobre Larita y enterarse del pasado de Emily había dejado a Zaron inquieto, extrañamente vulnerable y hambriento de algo que no podía definir, incluso ante sí mismo. Por un momento, estuvo tentado de poseer a la joven de nuevo, pero se controló. Por mucho que quisiera quedarse en la cama con Emily todo el día, había trabajo por hacer, y tenía que tener en cuenta que su invitada era, de hecho, humana.

Levantando la cabeza, Zaron bajó las manos de mala gana y retrocedió un paso, ignorando los impulsos de su palpitante polla.

—Tengo que ocuparme de algo —dijo con voz

ronca, mirando su cara sonrojada—. Pero solo tardaré unas horas, y luego nos iremos a dar un paseo, lo prometo. ¿Estarás bien aquí sola un ratito?

—Eh, sí, claro. —Emily parpadeó, y el brillo del deseo se desvaneció lentamente de sus mejillas—. Estaré bien.

—Perfecto —murmuró Zaron—. Entonces hasta pronto.

Antes de que pudiera volver a sentirse tentado, salió de la habitación y se dirigió a otra reunión virtual en su oficina. Había muchas cosas que tenían que estar terminadas en los próximos días.

Las naves principales llegarían pronto, y Zaron necesitaba asegurarse de que todo estuviera listo.

CAPÍTULO VEINTIUNO

Después de que Zaron se fuera, Emily volvió a su habitación. Para su alivio, las entradas de la pared entre las habitaciones ahora funcionaban para ella, abriéndose y cerrándose a su paso. Zaron debía de haber ajustado la configuración de las puertas en algún momento, dándole más libertad para deambular por la casa. La pared exterior no se movía, por supuesto, pero ella no había esperado que lo hiciera. Le gustase o no, iba a estar atrapada aquí durante las siguientes dos semanas... con un alienígena guapísimo e insaciable que esperaba que ella le calentara el catre durante ese tiempo.

Suspirando, Emily se sentó en la cama. Ella no podía fingir, ni siquiera ante sí misma, que no estaba más que dispuesta. Nunca antes había disfrutado de un sexo así, ni siquiera había soñado que tal éxtasis fuera posible. Cuando estaba con Jason, se habían divertido, pero la cosa nunca había ido más allá de un liviano placer para Emily. Aun así, su ex al menos había sabido cómo llevarla al orgasmo. Con Tom, su novio en del instituto, nunca había sido capaz de correrse, y sus encuentros iban desde lo dolorosamente incómodo hasta lo ligeramente agradable. Pero con Zaron, era una experiencia diferente a cualquier otra, al menos por lo que ella podía recordar.

¿Por qué la noche anterior estaba tan vagamente registrada en su memoria? Esa idea molestaba a Emily, y no poco. Zaron había desviado su pregunta esa mañana, y ahora ella se daba cuenta de que aún seguía completamente a ciegas. ¿Era posible que él estuviera manipulando su mente de alguna manera? ¿Tal vez con la ayuda de los nanocitos que había usado para curarla?

La idea era tan aterradora que hizo brotar un sudor frío por todo su cuerpo. ¿Podría Zaron hacer algo así? Y lo que era más importante: *¿lo haría?* Claramente, no tenía reparos en mantenerla cautiva más de dos semanas, pero arrebatarle su libertad de pensamiento era un asunto completamente diferente. Implicaría un completo y absoluto desprecio por ella como persona, y Emily no quería creer eso de él. Estaba claro que podría ser increíblemente dominante, ignorando sus objeciones en contra de su affaire, pero no la trataba como si ella fuera menos que humana. Por el contrario, le había dado la impresión de que no hablaba a menudo de la muerte de su esposa, pero en cambio se había abierto a Emily, confiándole un tema que le resultaba claramente doloroso.

Cuarenta y cuatro años. Había estado cuarenta y

cuatro años con su esposa. La increíble longevidad de los krinar todavía resultaba impactante para Emily. Los únicos humanos a quienes conocía que habían estado con sus parejas durante mucho tiempo tenían bien entrados los sesenta, y Zaron era claramente un hombre en la flor de su vida. Si se lo hubiera encontrado por la calle, habría supuesto que estaría entre los veinticinco y los treinta, sin que se le pasara por la cabeza que era lo bastante mayor como para haber vivido en el Renacimiento.

Tampoco habría adivinado que hubiera tal tragedia en su pasado. Emily sintió una punzada de dolor al pensar en todo lo que él habría sufrido al perder a su compañera después de haberla amado más de cuarenta años. ¿Podría ser por eso que se sentía tan atraída hacia él? ¿Porque había percibido que él era como ella en ese aspecto: un superviviente, alguien que también había conocido el sufrimiento y la pérdida? El hecho de que se hubiera sentido tan cómoda hablando de sus padres con Zaron parecía apuntar a eso. Rara vez abordaba el tema con alguien que no fuera un buen amigo y sin embargo, compartir esa experiencia con Zaron había sido la cosa más natural del mundo. De alguna extraña manera, se sentía más cercana a él después de tres días de lo que se había sentido a Jason después de tres años.

Si fuera humano, sería fácil amarle.

Esa idea surgió de la nada, sorprendiendo a Emily con su claridad absoluta. Se levantó y empezó a dar vueltas por la habitación, con un frío pozo de desesperación abriéndose en su pecho. Por mucho que quisiera negarlo, sabía que había llegado al quid de la cuestión. Por eso intentaba resistirse a esta atracción, por eso se sentía tan incómoda por el impacto que Zaron tenía en sus sentidos. No era porque estuviera siendo inteligente y cauta.

Era porque estaba asustada.

Asustada de enamorarse de un hombre con el que jamás podría tener un futuro, un hombre que podría dejarla hecha pedazos si ella se lo permitía.

La atracción que sentía hacia Zaron era mucho más que algo sexual. Lo supo entonces. Todo sobre él intrigaba a Emily, y no era simplemente por el hecho de que venía de otro mundo y podía contarle cosas que ningún humano sabía. No, por fascinante que ella encontrara el que él fuera un alienígena, el conocimiento que ella ansiaba era más simple y a la vez más complejo. Quería conocer sus pensamientos y sentimientos más íntimos, profundizar en sus recuerdos. Quería verlo sonreír y reírse, desterrar las sombras que había visto en él hoy. Y a pesar de que le molestaba que la tuvieran prisionera, no podía odiarlo por eso, no cuando había salvado su vida.

Ella ya se estaba enamorando de él, y aún quedaban quince días en la cuenta atrás de su cautiverio.

No. Emily volvió a sentarse en la cama. Esto era una locura. Ella no podía, no quería, desarrollar ese apego hacia Zaron. Ese camino solo le conducía a un dolor tan grande como el universo. Necesitaba formular un plan de fuga, y necesitaba hacerlo ahora mismo.

Según los cálculos de Emily, ya era sábado, lo que

significaba que había perdido el vuelo de la mañana a casa. En algún momento de esa noche, Amber iría a llevar de vuelta el gato de Emily y a ponerse al día, y se preocuparía al no encontrar a Emily. Y la entrevista de Emily con Evers Capital, la entrevista que podría influir en todo el curso de su carrera, era ese próximo jueves.

Frustrada, Emily cogió su teléfono estropeado de la tabla flotante al lado de su cama. Lo había puesto allí después de que Zaron se lo hubiera devuelto, aunque no sabía por qué se había molestado en conservarlo. El trasto estaba completamente muerto después de su zambullida en el río. Emily retiró la funda protectora todavía húmeda y agitó el teléfono. Después intentó encenderlo otra vez. Como era de esperar, la pantalla permaneció apagada.

Emily dejó el teléfono y volvió a pasearse otra vez, demasiado nerviosa como para quedarse sentada. De una u otra manera, necesitaba descubrir la forma de marcharse antes de que se cumplieran los quince días.

Su carrera y su paz mental dependían de ello.

CAPÍTULO VEINTIDÓS

Cuando quedó decidida la mayor parte de la logística que quedaba pendiente, Zaron dio por terminado el trabajo del día y se despidió de su equipo. Sólo Ellet, uno de sus miembros, permaneció en la sala de reuniones virtuales a petición suya. Bióloga como él, había elegido especializarse en el *Homo sapiens* en las últimas décadas y se la consideraba un nuevo valor en alza dentro de la comunidad científica krinar. También era alguien a quien Zaron consideraba una amiga, a pesar de que solo la conocía desde hacía doce años.

Cuando estuvieron solos en la habitación por fin, Ellet se acercó y se sentó en el asiento flotante junto a Zaron, cruzando sus largas piernas en un gesto inconscientemente sensual. Poseedora de una belleza clásica, se rumoreaba que había estado liada con el Consejero Korum en los últimos meses. Algunos de los detractores de Ellet incluso decían que Korum era la razón por la que había conseguido un puesto en el equipo que planificaba los asentamientos, una posición muy codiciada entre los expertos en biología humana. Zaron no sabía si eso era verdad pero no le importaba. A pesar de toda su ambición, Ellet era una de las personas más agradables que conocía, y realmente la apreciaba y la respetaba.

—¿Cómo te va? —preguntó ella, observándole con sus grandes ojos color avellana—. ¿Te gusta más la jungla que las ciudades?

—De hecho, así es —dijo Zaron con una sonrisa. Ellet fue quien le había aconsejado que construyera su casa cerca de su futura colonia, y él estaba agradecido por su sugerencia. Incluso antes de la llegada de Emily, había encontrado algo de paz estando en la selva, dando un descanso a sus sentidos después del ruido abrumador y las multitudes de los asentamientos humanos—. ¿Y qué hay de ti? ¿Sigues disfrutando de Río de Janeiro?

—Pues sí. —Ella sonrió mostrando sus blanquísimos dientes—. Hace calor, y estoy bien integrada. Cada vez que voy a algún sitio público, los humanos me preguntan si soy familia de Gisele. Al parecer, ella es una supermodelo local.

Zaron se echó a reír.

—Bien por ti. Parece que efectivamente has encontrado tu nicho.

—Sí, por ahora. Aunque no puedo esperar a que se construyan los Centros. No creo que me vaya a acostumbrar jamás a los aparatos humanos. ¿Te imaginas tener que poner manualmente la ropa dentro de la lavadora? —Se estremeció con un gesto teatral—. Mi apartamento es tan primitivo que bien podría ser una cueva. Desearía poder construirme una casa normal aquí, como hiciste tú, pero es demasiado arriesgado en una gran ciudad: demasiados humanos, demasiadas posibilidades de que me descubran...

—Claro, eso es verdad —dijo Zaron lentamente, preguntándose cómo abordar el tema que quería discutir—. Hablando de que nos descubran, es posible que yo haya hecho algo ligeramente... poco habitual.

Ellet arqueó sus oscuras cejas.

—¿Poco habitual cómo...?

—He traído un humano a mi casa.

Ella parpadeó.

—¿Un humano? ¿Por qué? Normalmente no los estudias, ¿verdad?

—Pues no. —Zaron tendía a centrarse en otras especies de animales y plantas—. No la traje aquí para estudiarla. La traje porque se estaba muriendo, y quise salvarla.

—¿"La"? —preguntó Ellet con delicadeza—. ¿Estamos hablando de una mujer joven? ¿Quizás de una mujer joven y bonita?

—Quizás —concedió Zaron, con una sonrisa asomando por la comisura de sus labios. Emily era más que bonita, pero su colega no necesitaba saberlo.

—De acuerdo, creo que estoy empezando a hacerme una idea —dijo Ellet, con los ojos brillantes por el regocijo. Si estaba sorprendida por su confesión, lo ocultaba bien—. Supongo que lograste salvarla. ¿Qué planeas hacer con ella? ¿Sabe lo que eres?

Zaron asintió:

—Lo sabe. La tendré conmigo las próximas dos semanas, hasta que nos demos a conocer.

—Comprendo. —Ellet se lo quedó mirando con curiosidad—. ¿Y ya has bebido su sangre?

—Sí, una vez. —Al recordarlo, una oleada de calor invadió su piel—. Y quiero volverlo a hacer. Ellet, hay algo que quiero preguntarte acerca de eso...

—Quieres saber más sobre la adicción a la sangre —dijo ella, y su expresión se tornó más seria—. Por eso me estás contando esto, ¿no es así? Supongo que habrás hecho algo de investigación por tu cuenta.

—Sí, y no hay demasiados datos sobre ello. —Zaron se pasó los dedos por el pelo. Como científico, odiaba no disponer de todos los hechos—. Sé que no es aconsejable extraer sangre del mismo ser humano con una frecuencia significativa, pero la mayoría de la información en la red parece, en el mejor de los casos, anecdótica. ¿Tú has investigado esto? ¿Cuáles son los límites reales?

—Bueno —dijo Ellet lentamente—, lo he investigado un poco. Como dices, la mayoría de las pruebas son anecdóticas, y estamos empezando a realizar simulaciones, por lo que no hay una respuesta definitiva. Lo que sí sabemos es que los humanos se vuelven adictos a la experiencia en general, mientras que nosotros nos hacemos adictos a la sangre de un humano específico. En tu lugar, yo tendría cuidado. Deja que pasen al menos un par de días entre cada sesión, tal vez incluso más. Con los humanos, hay tanta variabilidad... Y tú no querrás volverte adicto, confía en mí... ni querrás que ella se vuelva adicta a ti.

—Sí, por supuesto. —Zaron era conocedor de este fenómeno desde hacía un tiempo, y había tenido cuidado de evitar extraer sangre del mismo humano más de una vez. No le había resultado difícil; no había escasez de parejas sexuales con buena disposición en las grandes ciudades. Cuando estuvo viviendo en Los Ángeles y en Miami, cada noche disfrutaba de una mujer diferente, y las encontraba sin dificultades en bares y clubes. Sin embargo, por alguna razón, ahora mismo la idea de estar con alguien que no fuera Emily le revolvía el estómago—. Seré cuidadoso.

—Bien —dijo Ellet, y se puso en pie—. Si necesitas algo más de mí, por favor, no dudes en preguntar. Andaré por Costa Rica en algún momento en las próximas semanas, así que tal vez podamos vernos en persona.

—Eso sería genial. —Zaron se puso de pie—. Eres más que bienvenida a pasarte por aquí y disfrutar de algunas de nuestras comodidades domésticas.

—Gracias. —Ellet le sonrío—. Puede que acepte tu invitación. Tal vez incluso me puedas presentar a esta chica humana tuya. Tiene pinta de ser algo especial.

—Lo es —dijo Zaron, devolviéndole la sonrisa—. Estoy seguro de que a ella también le encantaría conocerte. —Con eso, salió del entorno virtual, y la realidad cambió y se distorsionó ante sus ojos.

Cuando su visión se normalizó, estaba de vuelta en su oficina, con el grueso del trabajo de ese día terminado.

CAPÍTULO VEINTITRÉS

Cuando Zaron regresó, Emily estaba a punto de subirse por las paredes. Su claustrofobia había vuelto con toda su fuerza, y su garganta se iba cerrando mientras ella paseaba en círculos por habitación. Aparte de su preocupación por la entrevista, lo que más la preocupaba eran las lagunas en su memoria. Las horas que había perdido estaban totalmente en blanco, pero tenía vagos recuerdos de sensaciones intensamente placenteras, y eso la preocupaba todavía más.

Era exactamente como si hubiera estado borracha o drogada.

—¿Qué pasó ayer? —preguntó en cuanto Zaron entró en su habitación. Su tono era decididamente cortante, pero le daba igual. Tenía que obtener algunas respuestas antes de volverse loca—. ¿Qué me hiciste para hacerme olvidar?

—Emily... —La mirada oscura de su captor era

inescrutable cuando él se detuvo a su lado—. No vayas por ahí, mi ángel. No puedo decirte lo que quieres saber sin violar el mandato.

A ella le dio un vuelco el corazón.

—Así que sí que hiciste algo.

—No es lo que tú crees. —Él la sujetó por los hombros, impidiéndole marcharse—. Lo que ha ocurrido es una consecuencia natural de que tuviéramos relaciones y no es nada de lo que debas preocuparte. No has sufrido ningún tipo de daño.

El pulso de Emily estaba golpeteándole las sienes. Llevaba un vestido sin mangas, y el tacto de las palmas de sus fuertes manos era caliente sobre su piel desnuda... tan caliente como las vagas sensaciones que eran todo lo que quedaba de sus recuerdos.

—Ningún tipo de daño —dijo ella con tono sarcástico, con la reacción descontrolada de su cuerpo al contacto de él añadiendo leña al fuego de su ansiedad—. Jugar con mi cerebro hasta el punto de que yo he perdido un día y medio no constituye hacer daño según tus normas.

Las fosas nasales de Zaron se ensancharon.

—Tú también te divertiste durante ese tiempo.

—¿De verdad? ¿Y cómo lo sé si no puedo recordarlo?

—Puedes confiar en mí —le dijo él, entornando los ojos—. O puedo mostrártelo... y esta vez, lo recordarás todo.

—No, no hace falta. —Emily se retorció para soltarse, y dio un paso atrás. Su respiración era rápida y superficial y su claustrofobia se estaba intensificando por momentos. Necesitaba abandonar los confines de esas paredes antes de perder los jirones restantes de su cordura—. Por favor. Dijiste que me sacarías fuera.

Su mirada se colmó de comprensión.

—Sí, por supuesto. Ven. Vamos a dar un paseo.

La cogió de la muñeca y la condujo fuera a través de una pared que se disolvió... una maravilla tecnológica que ya no desconcertaba a Emily. De hecho, una nave espacial podría haberse materializado frente a ella en ese mismo instante, y ella no hubiera pestañeado.

Lo único que le importaba era salir al exterior.

En el momento en que Emily sintió la brisa cálida en su piel, la banda apretada alrededor de su garganta comenzó a aflojarse. Sorbiendo una bocanada de aire fresco, cerró los ojos e inclinó la cabeza hacia atrás, dejando que los rayos del sol bailaran en su rostro. Con Zaron sosteniéndola por el brazo, ella no era más libre aquí que cuando estaba en su cueva, pero esto era diferente.

Ella se sentía diferente.

—¿Mejor? —le preguntó Zaron cuando abrió los ojos, y Emily asintió. La sensación de asfixia se había ido, y con ella, parte de su ira y su miedo. También pensaba ahora con más claridad. Si Zaron no había mentido acerca de que su pérdida de memoria era un resultado "natural" de sus relaciones, entonces solo podía ver una solución al problema.

No podían volver a tener relaciones sexuales.

A Zaron no iba a gustarle, pero tendría que

aceptarlo, al menos hasta que ella encontrara la manera de regresar a casa.

~

CUANDO LLEVABAN UNOS MINUTOS CAMINANDO, la marcada palidez del rostro de Emily se había esfumado junto con su tensa expresión. Si Zaron hubiera necesitado alguna confirmación adicional de que no estaba fingiendo su claustrofobia, acabaría de obtenerla.

Era verdad que su prisionera / invitada no podía soportar estar en un espacio cerrado demasiado tiempo.

—¿Has intentado alguna vez preguntarle a un médico por esto? —preguntó Zaron cuando llegaron a un prado iluminado por el sol. Al acercarse, un par de *Ateles geoffroyi*, monos araña de Costa Rica, salieron como flechas de un tronco caído, y subieron trepando por los árboles. Emily dio un respingo, claramente sobresaltada, pero luego una amplia sonrisa apareció en su rostro y corrió hacia los árboles para ver a los monos saltar por las ramas. Zaron la acompañó, sonriendo ante su disfrute sin recelos.

—Me encanta Costa Rica —dijo ella, volviéndose hacia él cuando los monos se habían ido—. La naturaleza aquí es absolutamente fascinante.

—Lo es, ¿verdad? —Zaron se sentía extrañamente complacido de que ella compartiera algunos de sus intereses—. La Tierra tiene algunas criaturas realmente sorprendentes.

—¿Es eso por lo que tú estás aquí? —preguntó Emily—. ¿Porque te interesa la fauna del planeta Tierra?

Su sonrisa se esfumó.

—En parte, sí. —No quería pensar en su principal razón para venir a la Tierra, pero era demasiado tarde. Las imágenes de Larita la última vez que la vio se deslizaron por su mente, trayendo con ellas el afilado puñal de la pena. Habían discutido el día antes de su partida por algo estúpido, como dónde deberían irse de vacaciones al año siguiente, pero la mañana que Larita tenía que partir para su expedición, se habían reconciliado. Solo que ella tenía prisa, y habían tenido que conformarse con un rapidito. Era de lo que más se arrepentía Zaron: de no haberse despertado más temprano esa mañana y no haber abrazado más tiempo a su compañera, de no haber tratado de grabar cada detalle de ella en su mente. Solo habían pasado ocho años desde la muerte de Larita, pero a veces era incapaz de recordar el tono exacto de sus ojos color avellana o el sabor preciso de sus labios. Con cada día que pasaba, su compañera se alejaba más de él, y eso dolía, aunque él estuviera tratando de escapar de los recuerdos, de distanciarse de todo lo que le recordaba lo que había perdido.

—Oh, ya veo —dijo Emily en voz baja, y se dio cuenta de que lo entendía. Su mirada turquesa mostraba simpatía y cierta delicada calidez. Tal vez era porque también había conocido la pérdida, pero a él no le importaba eso de ella. Conocía a muy pocos krinar que hubiesen vivido algún tipo de tragedia real. En su sociedad estaban presentes ni la enfermedad ni el envejecimiento. No existía la muerte aparte de la que ocurría durante los desafíos del Arena y en accidentes tan extraños como el que le había ocurrido a Larita. Para sus amigos, familiares y colegas, el dolor de Zaron era algo desconocido, y no sabían cómo afrontarlo, cómo acercarse a él después de la muerte de Larita.

Pero esta chica humana sí sabía. Sabía cómo y empatizaba, y con ella, Zaron no se sentía tan solo.

—Hay algunas cascadas cerca —dijo él—. ¿Te gustaría verlas?

Emily sonrió.

—Sí, sería estupendo.

Caminaron hacia las cascadas sin hablar, y también había algo reconfortante en eso. A lo largo de los años, él y Larita se habían sentido lo suficientemente cómodos como para *estar* juntos, para disfrutar de la compañía mutua sin tener que llenar cada momento con su charla. Era extraño que se sintiera igual de cómodo con Emily después de conocerla desde hacía solo unos días, pero así era. Algo dentro de él parecía relajarse y cobrar vida simultáneamente en su presencia, como si se estuviera despertando de un sueño tenso y desagradable.

—Entonces ¿has buscado alguna vez ayuda para tu problema? —preguntó de nuevo, recordando lo tensa que *ella* había estado antes—. Tal vez hayas hablado con alguno de vuestros expertos de la mente.

—¿Expertos de la mente? —Le dirigió una mirada perpleja—. Oh, quieres decir terapeutas. No, en realidad no. Lo tengo en gran medida bajo control... o al menos cuando puedo controlar cuando salgo. —Y le lanzó una mirada incisiva.

Era un intento flagrante hacerle sentirse culpable, y funcionó. A Zaron no le gustaba la idea de ser él la causa de la incomodidad de Emily, ya fuera física o mental. Esa mañana, cuando había visto los moretones que sus dedos habían dejado en su piel pálida, se había sentido como un monstruo de la peor calaña. Aunque había tenido relaciones sexuales con mujeres humanas antes, nunca se había dejado llevar de esa manera, nunca había perdido el control tan completamente. Emily era tan delicada en comparación con él, tan frágil... y él la había lastimado. Y ahora parecía que al mantenerla prisionera, también la estaba lastimando en otra medida.

"Quince días más", se dijo a sí mismo, desdeñando el sentimiento de culpa. Tendría que asegurarse de que ella saliera regularmente, para que su fobia no se disparara, y haría todo lo posible por ser amable con ella. Ahora podía reconocer que Emily tenía razón: el mandato era solo una excusa para retenerla un poco más. Ni a los Ancianos ni al Consejo les importaría que los humanos se enteraran de la existencia de los krinar unos días antes... y no es que ningún periódico humano serio fuese a publicar la historia de Emily sin pruebas exhaustivas.

Zaron la mantenía cautiva porque la deseaba, y por ninguna otra razón. Estaba mal por su parte, y era egoísta, pero le daba igual. Por primera vez en años, sentía una conexión real con alguien, y no podía dejar que se le escapara.

Al menos, todavía no.

Acercándose, Zaron tomó la mano de Emily, ignorando la mirada desconcertada que le dirigió. Sus dedos eran pequeños y delgados, su piel suave y cálida. Su mano estaba rígida al principio, pero mientras continuaban caminando, Emily se relajó y sus dedos se curvaron alrededor de su palma. No era mucho, pero fue suficiente. Era lo que él necesitaba en ese momento: algún tipo de reconocimiento de que ella no le odiaba, de que el extraño vínculo entre ellos no era unilateral.

Al poco, llegaron a las cataratas. Era otro arroyo de montaña que se había convertido en río como resultado de las recientes lluvias. En este lugar específico, el suelo descendía bruscamente, formando un acantilado, y el agua turbulenta caía creando dos saltos de agua considerables. El aire estaba cargado de gotitas de agua en suspensión, y en los pocos sitios donde la luz del sol atravesaba el espeso dosel de los árboles, Zaron veía la luz refractada en un hermoso fenómeno conocido como el arco iris.

—Esto es increíble —Emily respiró tan pronto como

aparecieron las cataratas. Soltándose de su mano, corrió hasta la orilla del río y empezó a dar vueltas sobre sí misma, riendo cuando las gotitas de agua le alcanzaban la cabeza y los hombros. Los diminutos cabellos rubios que rodeaban su rostro se rizaron por la humedad, creando una especie de halo. Con el vestido de color claro que llevaba, parecía increíblemente angelical...y tan sexy que a Zaron se le puso dura al instante.

Acortando la distancia entre ellos con unas largas zancadas, la atrajo contra su cuerpo excitado y bajó la cabeza, ahogando su exclamación de sorpresa con los labios. Sabía cálida y dulce. Sus labios se separaron bajo la presión de su beso, y él metió la lengua dentro de su boca, necesitando más de su sabor único. Sus manos se deslizaron por su espalda y la agarraron por las nalgas, acercándola más, y sintió que sus pezones se endurecían contra su pecho mientras su cuerpo se suavizaba y se fundía en su abrazo.

Entonces, bruscamente, ella empezó a resistirse. Su cuerpo se puso rígido y sus manos le empujaron los hombros mientras trataba de apartarse.

—Para, por favor —exclamó, y Zaron la soltó al instante, temiendo haberle hecho daño otra vez. La necesidad de poseerla era abrumadora, pero estaba decidido a cumplir la promesa que se había hecho a sí mismo.

—¿Qué ha pasado? —preguntó, obligándose a dar un paso atrás. Incluso para sus propios oídos, su voz era áspera, ronca de deseo—. ¿Estás bien?

Emily asintió, con el pecho subiendo y bajando por su respiración rápida.

—Sí, solo estoy... —Dio unos pasos hacia atrás, poniendo más distancia entre ellos—. Zaron, no podemos hacer esto.

—¿Qué? —Sus cejas se juntaron—. ¿Por qué no?

—Porque no quiero perder la cabeza —dijo ella, levantando la barbilla—. No sé qué sucedió ayer, pero si la pérdida de memoria es un resultado natural del sexo contigo...

—No lo es. —Zaron inspiró profundamente—. O al menos, no tiene por qué serlo. Lo que sucedió ayer no tiene que suceder todas las veces, o nunca más en absoluto, si tú no quieres. —Aunque odiaba la idea de no poder probar la sangre de Emily de nuevo, podía abstenerse de hacerlo. Incluso podría ser una buena idea, dados los parámetros inciertos de la adicción sobre la que Ellet le había advertido—. Podríamos tener relaciones sexuales normales, como lo de ayer en el lago —dijo—. Lo recuerdas todo acerca de eso, ¿verdad?

Emily parpadeó y lo miró.

—Sí, pero...

—Entonces no hay problema. —Zaron dio un paso hacia ella, y antes de que pudiera pensar en otra objeción, él la levantó contra él y le comió la boca.

CAPÍTULO VEINTICUATRO

Durante la cena, a Emily le costó contener el rubor cada vez que pensaba en su excursión a las cataratas. Como su captor le había prometido, había sido plenamente consciente de todo lo que habían hecho, y habían hecho muchas cosas. Incluso ahora, notaba el sexo inflamado y su clítoris latía por las réplicas de todos los orgasmos que Zaron le había causado. La había poseído en la hierba, contra un árbol, y en el río bajo las cascadas, con la helada corriente de montaña refrescando sus cuerpos sobrecalentados. Habían estado horas allí, y hacia el final, Emily estaba tan agotada que Zaron tuvo que llevarla en brazos a casa.

Ahora, después de una siesta, se sentía mucho más descansada, pero sabía que Zaron querría más sexo pronto. Estaba claro por la forma en que la observaba, con sus ojos oscuros siguiendo el movimiento de cada pedazo de comida que se llevaba a la boca; estaba ahí en la tensión sexual que flotaba en el aire hasta cuando hablaban de temas tan inofensivos como las películas recientes, algunas de las cuales había visto Zaron, o sobre el gato de Emily, George.

—Lo adopté en un refugio cuando era un gatito —le contó a Zaron en los últimos compases de la comida—. Mi amiga Amber me arrastró allí cuando me acababa de mudar a la ciudad. Ella quería un cachorro, y me convenció para que la acompañara. Yo estaba segura de no querer ninguna mascota: mi horario de trabajo es una locura y apenas puedo cuidar de mí misma, pero ahí estaba George, y me enamoré.

—¿Del gato? —Zaron parecía confundido.

Emily asintió.

—Era un gatito por aquel entonces, pero sí. Era tan dulce y tan pequeño, y se acurrucó contra mí, ronroneando... Supongo que vosotros no tenéis gatos.

—No. Nosotros no tenemos mascotas en general.

—¿En serio? ¿Por qué no?

Zaron se encogió de hombros.

—Nunca se nos ha ocurrido domesticar animales. Nos gusta observarlos en sus hábitats naturales, no confinados en nuestras viviendas.

—Ya veo. ¿Pero no tenéis ningún problema en confinar a los humanos en vuestras viviendas? —En cuanto las palabras salieron de su boca, Emily deseó retractarse, pero ya era demasiado tarde. La mandíbula de Zaron se tensó, y un frío ambiente de antagonismo reemplazó a la atmósfera agradable que había prevalecido a lo largo de la comida.

Él se puso de pie con un solo movimiento elegante, dio la vuelta a la mesa flotante y se inclinó para levantar a Emily de su asiento. Las manos que la sostenían por la parte superior de los brazos eran increíblemente fuertes, y sus ojos negros como el carbón. Estaba enfadado, podía verlo. Se le aceleró la respiración y se le disparó el pulso por la inquietud, pero él solamente le soltó los brazos y se apartó de ella.

—¿Te gustaría mandarle un correo electrónico a tu amiga? —Su tono de voz era neutro—. ¿La que está cuidando de tu gato?

—Oh. —Emily se encontró totalmente descolocada—. Sí, claro. —Había planeado preguntarle a Zaron por eso más tarde... otra razón por la cual lamentaba haberle desafiado, pero él iba un paso por delante de ella—. Sí, por favor.

—Vale, entonces. —Él murmuró algo en krinar, y la pared se abrió para dejar salir otra fina tablet. Zaron la agarró en el aire y se la pasó a Emily—. Aquí tienes. Solo di el mensaje, y se enviará por Gmail a tu amiga.

Emily frunció el ceño, mirando la tablet y luego otra vez a Zaron.

—¿Pero cómo sé que se enviará? ¿Estás diciendo que tienes acceso a mi cuenta de correo electrónico?

—Por supuesto. —Zaron ni siquiera pestañeó—. No creerás que tus contraseñas y firewalls pueden protegeros de nuestra tecnología, ¿verdad?

A Emily le dio un vuelco el estómago.

—No, supongo que no. —Por lo que llevaba visto hasta el momento, sus ordenadores tenían que ser inconcebiblemente avanzados; probablemente a Zaron no le llevaría ni un nanosegundo hackearle el correo. ¡Qué demonios, hackear el Pentágono seguramente sería un juego de niños para los krinar! Entonces se le ocurrió una idea aún más perturbadora.

¿Podría *alguna* de las defensas militares de la Tierra resistir si los krinar vinieran con algo más que intenciones realmente amistosas?

—Zaron… —A Emily le temblaba un poco la voz—. Dijiste que tu gente solo venía a saludar, ¿verdad? No quieren nada más, ¿es así?

Su hermoso rostro se volvió inexpresivo.

—¿Algo como qué?

—No lo sé. —Ahora que las oscuras semillas de la sospecha se habían plantado en su mente, se estaban multiplicando sin control—. ¿Recursos? ¿Tierra? ¿Mano de obra barata? ¿Qué es lo que la gente siempre quiere cuando exploran nuevos lugares?

La vacilación de Zaron fue tan breve que ella no la habría percibido si no hubiera estado tan en sintonía con él.

—No pretendemos hacerle ningún daño a tu gente —dijo, y Emily se quedó helada por dentro al darse cuenta de que él no había negado explícitamente ninguna de las posibilidades que ella había enumerado. Su imaginación se desbocó, trayendo a su mente imágenes de todas las películas sobre invasiones alienígenas que había visto en su vida. Zaron nunca le había dicho por qué venía su gente en realidad, o, mejor dicho, ella nunca se había mostrado suficientemente curiosa al respecto. Entre enterarse de lo de los krinar y practicar el sexo sin descanso con su captor, había estado demasiado abrumada para pensar en el panorama general. La primera vez que Zaron le había dicho que su gente iba a llegar pronto, no le había parecido ilógico que los krinar quisieran presentarse ante una especie inteligente que se les parecía mucho y a la que supuestamente habían creado. Ahora que reflexionaba sobre ello, sin embargo, su aceptación incondicional de sus explicaciones iniciales le parecía ingenua.

Si lo único que querían los krinar era revelar su existencia a la raza humana, podían haberles mandado un mensaje. No tenían que viajar a la Tierra en persona. De hecho, algo así como un video introductorio para ponerlos sobre aviso, seguido por la visita de una pequeña delegación, algunos de los cuales quizás ya estarían en la Tierra, como Zaron, tendría más sentido en términos de una proposición amistosa. Pero Zaron había dicho que "su gente" estaba a punto de llegar. Eso sonaba como si fueran más que una pequeña delegación.

Sonaba como una invasión.

No. No podía sacar conclusiones precipitadas de esta manera. Zaron le había salvado la vida y, dejando aparte lo de su cautiverio temporal, no la había tratado mal. Lo menos que podía hacer era averiguar algunos detalles más antes de asumir lo peor.

—¿A qué distancia está tu planeta de origen? —

preguntó, tratando de sonar despreocupada—. Nunca me has dicho realmente dónde está Krina.

La expresión de Zaron no cambió, pero ella pudo notar cómo se relajaba sutilmente.

—Está lejos —dijo—. En una galaxia diferente, de hecho. Podría darte las coordenadas exactas, pero no significarían nada para ti o para ninguno de los tuyos.

A Emily se le cortó la respiración por el asombro.

—¿Una galaxia diferente? ¿Cómo es eso siquiera posible? Para eso tendréis que superar la velocidad de la luz.

—Pues sí. No soy experto en ese campo, pero por lo que yo puedo entender, el impulso *warp* de nuestras naves crea una enorme burbuja de energía que en esencia, dobla el espacio tiempo. La distancia es poco menos que irrelevante; ir a un sistema solar vecino nos cuesta lo mismo que venir a la Tierra.

—Comprendo. —Su tecnología era incluso más avanzada de lo que ella había pensado. Emily se preguntaba si Zaron podría escuchar el fuerte latido de su corazón. Era más fuerte y más rápido que un hombre normal. ¿Podrían sus sentidos ser más agudos que los de un ser humano, también? Había muchísimo que no sabía sobre Zaron y su gente, y lo que estaba descubriendo distaba mucho de ser tranquilizador. Luchando por mantener su tono despreocupado, preguntó—: ¿Entonces, cuántos de los tuyos vendrán a la Tierra esta vez?

—¿Por qué no le mandas ese correo electrónico a tu amiga? —dijo él en vez de responderle—. Tengo trabajo que hacer esta noche y quiero asegurarme de que el correo electrónico se envía sin problemas.

—Por supuesto. —Dejando a un lado su decepción, Emily se forzó a que sus labios mostraran una alegre sonrisa—. Así que solo le hablo a la tablet, y ella sabrá qué hacer y dónde enviar el correo electrónico.

—Sí, exacto. Adelante. —Él cruzó los brazos sobre el pecho, y su corazón se aceleró aún más cuando se dio cuenta de que no iba a darle ningún tipo de privacidad para esto.

—De acuerdo —dijo ella, esperando que no pudiera detectar lo mucho que le habían empezado a sudar las manos—. ¿Qué te parece esto?: Hola, Amber. Siento no haberte mandado un email antes, pero me he tenido que quedar más tiempo aquí en Costa Rica. Te lo explicaré mejor cuando llegue a casa, pero mientras tanto, ¿te importaría quedarte con George unos días más? ¡Gracias por adelantado!

—Unas semanas más —corrigió Zaron, y Emily vio que el texto, con la corrección de él, aparecía brevemente en la pantalla de la tablet frente a ella. Entonces su Gmail parpadeó, indicando que el mensaje se había enviado, y la pantalla de la tablet volvió a apagarse.

—Bien hecho —dijo Zaron, quitándole la tablet, y Emily se quedó observando como el objeto desaparecía dentro de la pared—. Ahora, si no te importa, tengo que asistir a una reunión virtual. Te veré en un par de horas.

Se inclinó, le rozó los labios con un breve beso y

desapareció por una abertura en la pared, dejando a Emily a solas con sus sospechas.

Zaron trabajó toda la tarde. Cuando salió de su estudio, Emily estaba medio dormida. Él le hizo el amor un par de horas, agotándola aún más, y no fue hasta la tarde siguiente, cuando salieron a caminar, cuando ella tuvo ocasión de interrogarle de nuevo. En ese punto, Zaron sabía que tenía que decirle algo, y optó por contarle la verdad.

Puede que Emily se disgustara, y que las siguientes dos semanas fueran menos agradables de lo que podrían haberlo sido, pero él no quería mentirle.

—Entonces, ¿cuántos de los tuyos vendrán? —preguntó ella mientras caminaban hacia el lago—. ¿Es una delegación grande?

El tono de Emily era tranquilo, casi carente de interés, pero Zaron no se dejó engañar. Su huésped humana era inteligente. Una vez hubo superado el shock de conocerle y de enterarse de que existían los krinar, no le había costado demasiado empezar a cuestionarlo todo.

Él suspiró y le respondió:

—Unos cincuenta mil. Pero, Emily...

—¡Cincuenta mil! —Ella se detuvo debajo de un *Enterolobium cyclocarpum*, el árbol de guanacaste, y todo color se esfumó de su rostro mientras le miraba boquiabierta—. ¿Cincuenta mil de los tuyos van a llegar a la Tierra en dos semanas?

—Sí. Pero no pretendemos hacerle ningún daño a tu gente, te lo prometo.

—¿Entonces qué pretendéis? No venís solo a presentaros, ¿verdad?

—No, no exactamente —admitió Zaron—. También nos vamos a instalar aquí.

—¿A instalaros? —Emily elevó el tono de voz—. ¿Instalaros dónde?

—En diez ubicaciones diferentes de la Tierra —dijo Zaron, preguntándose cuánto podría revelar. Se decidió por ser cauteloso—. Ahora mismo aún estamos eligiéndolas.

—Oh Dios mío. —Emily dio un paso atrás, apretándose la boca con la mano—. Queréis colonizar nuestro planeta, robárnoslo...

—Emily, para. —Zaron la alcanzó con dos largas zancadas, le bajó la mano con suavidad, apartándola de sus temblorosos labios—. No es así en absoluto. Sí, vamos a establecer algunos asentamientos aquí, pero no vamos a robaros el planeta. Los tuyos seguirán viviendo en vuestras ciudades y se gobernarán de la misma forma en que siempre lo han hecho. Vuestras vidas no van a cambiar mucho. Solo vamos a ser vuestros vecinos, nada más.

—¿Nada más? —A la sombra del árbol de guanacaste, los ojos de Emily eran casi completamente verdes cuando lo miró, y él pudo sentir el pulso latiendo rápidamente en su esbelta muñeca—. ¿Tan estúpida crees que soy? Nos vais a hacer lo que las civilizaciones más avanzadas siempre han hecho a los nativos, y...

—No, no lo haremos —dijo Zaron. No estaba al tanto de los planes a largo plazo del Consejo para la Tierra, pero estaba bastante seguro de que no tenían ningún tipo de siniestro complot contra los humanos. ¿Para qué? En cierto modo, los humanos eran hijos de los krinar, o al menos sus creaciones.

Pasando el pulgar por el interior de la muñeca de Emily, dijo:

—Si quisiéramos haceros daño o arrebataros vuestro planeta, podríamos haberlo hecho en cualquier momento de vuestra evolución. No teníamos ninguna necesidad de esperar a que tuvierais armas nucleares o satélites; podríamos haber venido cuando todavía estabais en la Edad de piedra. Eso es prácticamente ayer para nosotros. Pero no lo hicimos porque no era lo que buscábamos.

Eso no pareció tranquilizar a Emily.

—¿Y que estáis buscando entonces? ¿Qué queréis de nosotros? ¿Por qué queréis instalaros aquí?

—Bueno, para empezar, nuestro sistema solar es más antiguo que el tuyo. —Zaron soltó la muñeca de Emily, notando encantado que ella no se echaba atrás de inmediato—. Dentro de otros cien millones de años más o menos, nuestro sol morirá, y si seguimos allí cuando suceda, pereceremos junto con él. Sé que eso todavía queda bastante lejos en el futuro: probablemente una eternidad para una especie tan joven como la tuya, pero es algo que debemos tener en cuenta. Venir aquí es una estrategia de diversificación para nosotros, una forma de asegurar nuestra supervivencia más allá de la vida natural de nuestro sistema solar.

—Así que como vuestro planeta es viejo, queréis quedaros con el nuestro.

Zaron suspiró de nuevo. Ella no estaba escuchando.

—No quedárnoslo, compartirlo —le dijo pacientemente—. Ahora mismo se trata de solo unos cincuenta mil de nosotros, una gota en el océano comparado con la población humana de la Tierra.

—Quizás, pero supongo que nuestros misiles son como pistolas de juguete en comparación con cualquiera de las almas de las que disponéis. —Le sostuvo la mirada en un silencioso desafío— ¿O no?

—Sí, pero eso es solo algo a considerar si decidís usar esos misiles contra nosotros —contestó Zaron—. Como te he dicho, no pretendemos hacerles ningún daño a los tuyos.

Emily se dio la vuelta y dio un par de pasos hacia una alta *Cyathea arborea*, luego se volvió para enfrentarse con él de nuevo.

—Entonces, ¿cómo planeáis hacer esto? No veo que nuestros gobiernos os permitan instalaros aquí sin pelear. No podéis esperar entrar aquí bailando y decirnos "Eh, dadnos un poco de territorio" y que eso mágicamente ocurra.

—Estoy seguro de que el Consejo lo ha ponderado y

que tiene un plan dispuesto para tal eventualidad —dijo Zaron—. Yo no estoy en el Consejo, así que...

—¿Y cuál es tu papel, entonces? ¿Por qué estás tú aquí? Me dijiste que eras biólogo.

—Lo soy, y también un especialista en la composición del suelo. —Zaron había esperado que ella no fuera por allí, pero él tampoco quería mentirle acerca de esto—. Mi función es elegir los lugares apropiados para nuestros asentamientos: áreas escasamente pobladas con un clima y un suelo adecuados.

Emily lo miró fijamente.

—Ya veo.

Se dio la vuelta otra vez, y Zaron pudo sentir las barreras que estaba levantando entre ellos. Su delgada espalda estaba rígida, sus hombros encogidos por la tensión. Ella no le creía, no confiaba en él, y él no podía culparla. Su gente *estaba* invadiendo su planeta. Puede que los krinar plantaran la vida aquí, pero la Tierra había sido el hogar de los humanos desde que existía su especie, y ahora los krinar planeaban establecerse aquí. Si se hubiera dado la situación a la inversa, su gente habría estado furiosa, y todo apuntaba a que los humanos también iban a estarlo.

—Emily. —Acercándose a ella, Zaron la cogió suavemente por el brazo y la obligó a darse la vuelta para mirarle a la cara—. Lo siento si esto te ha disgustado, pero no quería mentirte.

Ella lo miró fijamente, con el rostro todavía blanco.

—¿Hay alguna forma de que puedas hablar con tu

Consejo y tratar de convencerlos de que no hagan esto? Tenéis un planeta perfectamente útil para otros cien millones de años... no necesitáis el nuestro.

—Emily... —Él sabía que ella entendía lo imposible de su petición; su tono de voz era apagado, resignado. Aun así, notó un nudo en el pecho al decirle—: Lo siento, no puedo. Ya está todo decidido, y las naves vienen de camino.

Los labios de ella temblaron un instante antes de alinearse firmemente en un rictus de dureza.

—Vale. Lo entiendo. Ahora, por favor, suéltame.

Zaron miró hacia abajo y se dio cuenta de que todavía estaba sujetándola, rodeando su brazo con los dedos. Un latigazo de furia le atravesó al darse cuenta de que ella pretendía tratarle como a un enemigo, ignorando todo lo que había pasado entre ellos.

—No —dijo él, agarrándola por el otro brazo y atrayéndola para sí—. No voy a soltarte. Esto no cambia nada, mi ángel. Eres mía durante las próximas dos semanas.

Emily abrió la boca, sin duda para protestar por su despotismo, pero él ya estaba inclinando la cabeza para besarla.

Tenía un sabor suave y dulce, aun cuando intentara retorcerse para librarse de él y empujarle los bíceps con las manos.

—No. —Se las arregló para jadear antes de que Zaron volviera a aprisionar sus labios, y su cuerpo se endureció cuando él profundizó el beso y sintió que el calor se elevaba de su piel. Ella se estaba excitando y el aroma de su excitación le avivaba los sentidos. Sus forcejeos también disminuían por momentos.

Todavía le deseaba, y Zaron pretendía aprovecharlo.

Siguió besándola y la bajó al suelo, tumbándola sobre el espeso manto de hojas y hierba. La agarró por las muñecas y le sujetó los brazos por encima de la cabeza con una sola mano; después deslizó su mano libre por su cuerpo y le levantó la falda del vestido, utilizando sus rodillas para separarle las piernas. Así ella se quedó abierta para él. Se sumergió entre los pliegues de su sexo cálido y resbaladizo, con la polla palpitante, muriéndose por estar dentro de ella.

Apartando la boca, Zaron levantó la cabeza y miró a la joven humana, acordándose de la primera vez en que la había tenido así. Ella también lo había deseado a él, pero estaba asustada y él la había dejado escapar.

Ahora no iba a dejarla escapar.

Los ojos brillantes de Emily estaban vidriosos mientras lo miraba, sus labios hinchados y brillantes por sus besos. Su cabello rubio le caía en una maraña de ondas pálidas alrededor de la cara, y el rubor iluminaba sus cremosas mejillas mientras él usaba los dedos para juguetear con su clítoris. Ella estaba demasiado excitada para detenerlo ahora, y la parte primitiva y salvaje de él se deleitaba con eso.

La quería exactamente como la tenía en ese mismo momento: obnubilada por el placer e incapaz de rechazarle.

—Eso es, ángel mío —murmuró, oyendo como su

respiración se aceleraba mientras él metía dos dedos en su prieta vagina y acariciaba su clítoris con el pulgar—. Déjate llevar. Déjate llevar y córrete para mí.

Sus ojos se cerraron, y un suave y ahogado grito se le escapó de la garganta cuando las paredes internas de ella se contrajeron, apretándose alrededor de sus dedos. Estaba tan mojada ahora que sus dedos se deslizaban dentro y fuera sin resistencia, y él la folló durante todo el orgasmo, sintiendo como sus pelotas se le tensaban contra el cuerpo con cada acometida. Si no se hubiera pasado la mitad de la noche clavado en su cuerpo, ya habría perdido el control, pero de momento, Zaron podría aguantar... más o menos.

Cuando ella se quedó exhausta y jadeante debajo de él, abrió sus pantalones y finalmente liberó su ansiosa polla.

—Emily —susurró con voz ronca, presionando contra su suave abertura—. Mírame, ángel.

Sus párpados se abrieron, sus largas pestañas se levantaron lentamente, y una extraña calidez le inundó el pecho cuando ella le clavó la mirada en el rostro.

—Esto, lo de aquí, no tiene nada que ver con lo que está sucediendo ahí fuera —dijo él, con voz grave y ronca—. Tú y yo no somos enemigos, pase lo que pase. ¿Me entiendes? Durante las próximas dos semanas, vas a estar aquí conmigo, y eso es lo único que importa.

Emily no dijo nada, pero tenía una expresión atormentada, y Zaron sabía que no iba a resultarle tan fácil. Ella se resistiría. Tal vez no en ese mismo momento, pero iba a mostrar su resistencia contra él, igual que su gente se resistiría contra los krinar cuando llegaran.

Un vendaval de furia volvió a atravesar a Zaron, mezclándose con las llamas de su lujuria, y él se hincó profundamente dentro del cuerpo de Emily, penetrándola hasta el fondo, sin freno. Ella gritó, y él notó vagamente que era un grito de dolor, pero no pudo detenerse, impulsado por un hambre que parecía provenir de algún lugar oscuro dentro de él. La notaba resbaladiza y apretada, su cuerpo lo rodeaba con un calor suave y húmedo, y él la deseaba más de lo que nunca había deseado a nadie, todo dentro de él centrado en una sola necesidad: tomarla, poseerla, hacerla suya.

No pasó mucho tiempo antes de que ella se acompasara a él estocada a estocada, levantando las caderas para llevarlo más adentro. Podía escuchar sus gritos y gemidos jadeantes, y la necesidad de tomar su sangre, para saborearla también de esa manera, era tan potente como la lujuria que hervía en sus venas. Ya estaba bajando la cabeza cuando la advertencia de Ellet parpadeó en algún lugar en el fondo de su mente, y en lugar de clavar sus dientes sobre la tierna piel de Emily, giró la cabeza y aumentó el ritmo, martilleando contra ella con cada empentón. Sus gritos eran cada vez más fuertes, más frenéticos, sus muñecas rígidas entre sus manos, y Zaron sintió sus sacudidas cuando le sobrevino el orgasmo y sus músculos internos se contrajeron alrededor de él. Quería aguantar, deleitarse en el éxtasis de poseerla, pero el apretón convulsivo de su cuerpo le lanzó al abismo. Un áspero gemido se desprendió de él al empujar profundamente una última vez, y luego se corrió y su semilla brotó dentro ella en varias ráfagas largas.

Intentando coger aire, salió del cuerpo de Emily y la cogió para abrazarla, con los pensamientos inconexos mientras la sostenía con su espalda contra él. Ella también respiraba con dificultad, con el cuerpo tembloroso y la piel empapada en sudor. Zaron cerró los ojos, la apretó con más fuerza, y enterró la cabeza en su pelo, inhalando su dulce aroma.

Solo había una palabra que circulaba por su cerebro, solo un pensamiento que fuera capaz de formular.

Mía.

CAPÍTULO VEINTICINCO

En el transcurso de los días posteriores, Emily tuvo tanto sexo que le parecía como si estuviera sofocándose de placer. Zaron era insaciable y tenía una resistencia sobrehumana, lo que significaba que cuando él terminaba, ella ya estaba agotada y a punto de desmayarse. Si no hubiera sido por sus prácticos dispositivos de curación, se habría sentido dolorida todo el tiempo.

—Dios, ¿tu gente siempre es así? —murmuró cuando él la despertó deslizándose dentro de ella por detrás, invadiéndola con su gruesa polla por tercera vez en esa misma noche—. ¿No te cansas nunca?

—No de ti —susurró él en su oído, mientras su mano bajaba por su vientre para encontrar el haz nervioso del vértice de su sexo—. No de esto. Podría follarte eternamente.

Emily no sabía nada de la eternidad, pero él ciertamente la poseía siempre que tenía ocasión, y más todavía. Ella sospechaba que practicar el sexo constantemente era la forma en que Zaron la distraía de sus horribles revelaciones y, la mayor parte del tiempo, la estrategia funcionaba. Cuando estaba entre sus brazos, no era capaz de pensar, ni mucho menos de preocuparse por la invasión de su planeta. Sin embargo, en el mismo momento en que la dejaba sola, su estómago se revolvía de ansiedad, y sus conversaciones a la hora de comer eran con frecuencia tensas y conflictivas.

—Va a haber una guerra... una guerra interplanetaria. ¿No lo entiendes? —Emily estalló cuando Zaron trató de convencerla durante el almuerzo de que no tenía nada de qué preocuparse—. Los vuestros llegarán y habrá guerra.

—No, no la habrá —afirmó él con serena certeza—. Algo de resistencia, puede ser, pero no una guerra.

—¿No? Crees que simplemente vamos a someternos y...

—Emily. —Se estiró sobre la mesa para coger su mano—. No habrá guerra porque no dejaremos que eso suceda. Tenías razón: para nosotros todas vuestras armas son como juguetes para niños. ¿Habría guerra si el ejército de los Estados Unidos llegara a un jardín de infancia? No. Tus soldados harían lo que quisieran, y eso sería todo. Y será lo mismo en nuestro caso.

Emily le miró boquiabierta por el horror.

—¿Acaso te estás escuchando a ti mismo? ¿Crees que es de algún modo mejor que tu gente nos doblegue sin luchar?

—Por supuesto que lo es. —Zaron le dio unas palmaditas en la mano antes seguir con su comida—. No tener una guerra es siempre mejor que tenerla.

Durante el resto de la comida, Emily se negó a hablar con él, haciendo todo lo posible por tratarlo con frialdad, pero cuando la llevó a dar un paseo, acabaron por volver a mantener relaciones sexuales en la selva. Emily se odiaba por eso, por su incapacidad para resistirse a sus caricias, pero su cuerpo seguía traicionándola. En cuanto Zaron la tocaba, ella se fundía en un charco de deseo, y su captor lo sabía y se aprovechaba despiadadamente de la situación.

—¿No te das cuenta de lo mal que está esto? —le preguntó esa noche, cuando estaba entre sus brazos, con el cuerpo ronroneando de satisfacción pero con la mente repleta de pensamientos de autodesprecio—. Lo que me estás haciendo es verdaderamente retorcido.

Zaron le dio la vuelta para tenerla cara a cara y con unos ojos negros e inescrutables en la tenue luz que iluminaba la habitación.

—Solo estaría mal si tú no me desearas, pero lo haces. —Su voz era suave y profunda, y la envolvía en un cálido y seductor capullo—. Me deseas tanto como yo a ti, mi ángel, así que no finjamos y hagamos de esto algo que no es.

—¿Y qué es lo que es? —susurró Emily, con una opresión en el pecho—. ¿Cómo ves *tú* esto? Porque tal como lo veo yo, tú me tienes prisionera y tu gente está a punto de invadir mi planeta. Y a pesar de eso, tú estás... —Ella se calló al ver la rápida oscuridad que se extendía por su rostro.

—¿Yo estoy qué? —Su mano se deslizó por su costado—. ¿Tocándote? —Sus dedos le apretaron una nalga mientras la acercaba más a él—. ¿Follándote?

Emily contuvo el aliento cuando su erección le presionó contra el muslo, tan potente como si hubieran pasado días, y no minutos, desde la última vez que había estado dentro de ella.

—Sí, exactamente —se las arregló para decir, empujando su musculoso pecho—. No soy tu juguete sexual...

—Tú serás lo que yo quiera que seas. —Levantó una de sus piernas y entró en ella, haciendo brotar de su garganta una exclamación de sorpresa. Ella todavía estaba sensible e inflamada por la vez anterior, y lo notaba enorme dentro de ella, haciendo ceder con su polla sus delicadas paredes internas—. Mi juguete sexual, mi todo sexual. Contigo, nunca es suficiente, mi ángel. Y por ahora, no tiene por qué serlo... porque eres mía. ¿No es así?

Movió las caderas, empujando contra su punto G y el cuerpo de Emily se tensó, contrayéndose alrededor de él con una oleada de deseo. Ella trató de aferrarse a su ira, de pensar sobreponiéndose a su creciente excitación, pero él ya la estaba besando, y sus grandes manos le acariciaban los pechos mientras marcaba un ritmo fuerte y acelerado; y durante el resto de la noche no hubo más conversaciones sobre lo que estaba bien ni mal.

Solo existieron Zaron y la oscura lujuria que les cubrió a los dos como una manta.

~

EL JUEVES POR LA MAÑANA, dos horas antes de su cita para la entrevista con el fondo de cobertura, Emily se despertó y se encontró sola en su cómoda cama extraterrestre. El material inteligente se había adaptado a su cuerpo mientras dormía, y notó que ahora le masajeaba el cuello y los hombros, una función que Zaron había habilitado después de enterarse de que los músculos de la espalda de Emily a menudo estaban tirantes por la tensión. Se quedó quieta unos minutos más, disfrutando de los cuidados de la cama, y luego se levantó. A pesar de haber dormido hasta bastante tarde, se sentía cansada y apática, casi deprimida.

El martes, Zaron le había permitido enviar un correo electrónico a Evers Capital explicando que se había quedado retenida en Costa Rica dos semanas más y solicitando que le cambiaran la cita para su entrevista. El miércoles por la noche, todavía no habían respondido, y Emily sabía lo que eso significaba: había perdido su única oportunidad de trabajar con una leyenda de los fondos de cobertura, por no mencionar el conseguir un trabajo en su campo en el futuro inmediato. Con todos los despidos recientes, Wall Street estaba inundado de analistas con habilidades similares a las suyas, y todos estaban compitiendo por un puñado de empleos que desaparecían cada vez más deprisa.

Si la inminente invasión de los krinar no acababa con el mundo tal como Emily lo conocía, iba a seguir en el paro mucho más tiempo del que esperaba.

Ese pensamiento hizo que ella recobrara la sensatez. Era una tontería preocuparse por una entrevista perdida cuando toda su especie se enfrentaba a una amenaza tan seria como la de los krinar. Durante los últimos días, Emily había intentado enterarse de más cosas sobre la gente de Zaron, y lo que había averiguado no era tranquilizador.

Ella ya sabía que su captor era más fuerte y más rápido que ningún humano, pero había atribuido algo de eso a su altura y su constitución atlética. Su cuerpo era magnífico, su piel lustrosamente bronceada cubría capas de duro y firme músculo. Cualquier hombre de su envergadura hubiera sido más fuerte que la media, y Emily no se había dado cuenta de la magnitud de las diferencias de Zaron hasta dos días atrás, cuando estaban caminando y lo había visto levantar un árbol caído con una mano y apartarlo de su camino.

Lo había hecho de manera casual, como si el grueso tronco fuera una ramita, y Emily se había quedado parada, mirándole boquiabierta e incrédula. Según sus cálculos, ese árbol medía al menos cuarenta y cinco centímetros de diámetro.

—¿Qué sucede? —le había preguntado él, pero ella solo había sacudido la cabeza, muda por la sorpresa. Se había acercado al árbol, se había agachado y lo había empujado con todas sus fuerzas, esperando que fuera de alguna manera más ligero de lo que parecía, pero el tronco no se había movido ni un milímetro. El árbol pesaba tanto que estaba prácticamente soldado al suelo, pero Zaron lo había movido sin más esfuerzo que el que Emily haría para levantar un peso de un kilo.

Su captor había observado sus esfuerzos con evidente regocijo, dibujando una sonrisa con sus hermosos labios, y Emily había sentido un lento escalofrío recorrerla al recordar lo rápido que la había atrapado aquella vez en el lago.

Los krinar no solo tenían una tecnología más avanzada; eran más poderosos en todos los sentidos.

—¿Cómo evolucionasteis para ser tan rápidos y tan fuertes? —le había preguntado cuando volvieron a caminar, y él se había encogido de hombros en gesto evasivo. Se había dado cuenta de que, si bien Zaron parecía vacilar en mentirle directamente, no tenía ningún problema en retener información cuando le convenía. Había ciertos temas que prefería evitar, y Emily sospechaba que tenían que ver con cosas que él pensaba que podrían asustarla. Cada vez que intentaba preguntarle sobre los tipos de armas que poseía su gente o sobre qué iban a hacer una vez que se establecieran en la Tierra, él dirigía la conversación hacia otra cosa o la distraía con sexo, y parecía que el tema de la evolución de los krinar era uno que también le estaba vedado.

Lo mismo pasó cuando ella se había dado cuenta de que todas las comidas en casa de Zaron consistían en frutas, verduras y otros alimentos de origen vegetal. Al principio, había pensado eso que tenía que ver con su profesión: le encantaban las plantas y siempre le contaba detallitos interesantes sobre la flora de Costa Rica. Pero después había empezado a preguntarse si había alguna otra razón detrás de su dieta.

—¿Por qué no comes carne? —le había preguntado, entre bocados a una ensalada que su casa les había preparado para la cena—. ¿Es una elección dietética personal o un rasgo general de los krinar?

—Lo segundo —había dicho Zaron—. Como los humanos, somos omnívoros, pero preferimos las plantas. En Krina, muchos vegetales son ricos en nutrientes y de alto contenido calórico, por lo que nunca hemos necesitado comer animales para sobrevivir.

—Oh, ya veo. —Eso había sorprendido a Emily. Por alguna razón, había asumido que los krinar habían sido cazadores y recolectores en algún momento, igual que los humanos primitivos. Y entonces se había dado cuenta de por qué había hecho esa suposición.

Había algo de depredador en la gracia con que Zaron se movía, algo que le recordaba a un cazador felino. Tenía la inquietante impresión de que si se le provocaba, él podría saltar en un instante. Su mirada también era aguda y penetrante, a menudo siguiendo sus movimientos con la intensidad de un gato acechando a una mariposa.

—¿Hay muchos depredadores grandes en tu planeta? —le había preguntado. Tal vez los krinar habían sido sus presas en algún momento de su historia temprana y habían tenido que desarrollar su velocidad y fuerza para sobrevivir, aunque eso todavía no explicaba la inusual forma de moverse de Zaron.

—Unos cuantos —había respondido él sin dar más detalles, y Emily sabía que él estaba volviendo a andarse con evasivas.

Lo que fuese que Zaron estaba ocultando tenía que ser peor que los planes de colonización de su gente... y eso ponía a Emily muy, muy nerviosa.

Aun así, mientras se duchaba, sus pensamientos seguían volviendo a la entrevista que había perdido y al trabajo que ahora estaba fuera de su alcance. Todos los días, mantenía los ojos abiertos, buscando una ocasión de escapar, pero Zaron la observaba atentamente durante sus paseos, y ella no tenía forma alguna de poder salir de su casa inteligente. Y ahora ya era demasiado tarde: Evers Capital nunca la contrataría.

Suspirando, Emily salió de la ducha y dejó que la tecnología krinar la secara. Se puso uno de los vestidos que Zaron le había dejado y se dirigió de vuelta al dormitorio, donde su teléfono estropeado por el agua yacía en el tablón flotante junto a su cama.

Emily se sentó y lo cogió. Parecía estar seco, pero la pantalla estaba oscura y no respondía. Automáticamente, presionó el botón lateral y lo sostuvo, mirando la pantalla sin mucha esperanza.

La pantalla se encendió.

Emily dio un respingo, con el corazón latiendo con fuerza, y se quedó mirando la pantalla con incredulidad. Los bien conocidos iconos se cargaron con una lentitud agónica, pero el teléfono estaba inequívocamente operativo.

A Emily le tembló la mano al pasarla por la pantalla para desbloquear el teléfono. Ella había pagado por un servicio de roaming antes de empezar el viaje, pero solo tenía una barra de cobertura, probablemente porque estaban dentro de una cueva. No es que la cantidad de barras importara mucho: la batería estaba casi agotada. En el mejor de los casos, solo le quedaban unos minutos antes de que muriera el teléfono, y tenía que hacer que valieran la pena.

¿A quién podría llamar? ¿A sus amigos allá en su casa? ¿A la policía costarricense? Emily había guardado prudentemente algunos números de emergencia en la agenda de su teléfono antes de salir de los Estados Unidos, y los ojeó ahora, con la mente acelerada. Ella rechazó la idea de llamar a sus amigos de inmediato; no había ninguna garantía de que alguno de ellos lo cogiera, y le llevaría demasiado tiempo explicar su situación y pedirles que le enviaran ayuda. Con la policía local, habría una barrera idiomática. Emily sabía español básico, pero era imposible que pudiera transmitirlo todo y hacerse entender.

Después de un momento decidió que la mejor opción era la embajada estadounidense. Era altamente probable que la tomaran por loca y la ignoraran, pero si pudiera hacerles llegar el mensaje de alguna manera, su advertencia podría suponer una gran diferencia.

Aguantando la respiración, Emily presionó el botón

de llamada y se puso el teléfono contra el oído. Un segundo, dos, tres, cuatro... El silencio pareció prolongarse una eternidad, pero cuando Emily ya creía que la llamada no iba a poder salir, escuchó el largo *biip* que indicaba el establecimiento de conexión.

—Embajada de los Estados Unidos de América. —La voz femenina era agradable y tranquila—. ¿Con qué departamento quiere hablar?

A Emily le temblaron las rodillas de alivio.

—Sí, hola. Mi nombre es Emily Ross, y soy ciudadana estadounidense. —Habló rápidamente, sin saber cuándo iba a morir la batería—. Me tienen secuestrada en la región de Guanacaste. Necesito que me escuche con atención. El hombre que me retiene aquí me ha dicho que existe una amenaza para nuestro país. Una invasión ocurrirá en cuestión de días. La gente que va a llegar se llaman a sí mismos los krinar, y disponen de armas que son mucho más avanzadas que las nuestras. Tienen que avisar al presidente. Sé que suena como una locura, pero...

El suave zumbido del ruido de fondo contra su oído se convirtió en silencio y Emily se dio cuenta de que eso era todo.

Su teléfono estaba completamente muerto.

Bajando el dispositivo, miró la oscura pantalla con frustración. ¿Había escuchado la operadora algo de lo que Emily le había dicho, y si así fuera, pasaría el mensaje o lo descartaría como las divagaciones de una turista borracha? Emily había evitado a propósito la palabra "alienígena", pero lo que *había* dicho no era mucho mejor. Incluso para sus propios oídos, había sonado como una lunática.

Cuando devolvió el teléfono a la mesilla flotante y se sentó en la cama, Emily tenía las palmas de las manos húmedas y las piernas temblorosas. Todavía estaba cargada de adrenalina, y tardó varios minutos antes de poder calmarse lo suficiente como para alcanzar la tablet que Zaron le había dado. Lo que sucediera a continuación no estaba en sus manos. O la operadora transmitía su mensaje, o no lo hacía. Emily tenía que contentarse con saber que lo había hecho lo mejor que sabía.

Respiró hondo, y le dijo a la tableta:

—"*Independence Day*", por favor. —Y se echó hacia atrás en la cama. El mueble inteligente se ajustó de inmediato, intuyendo que quería un soporte en que apoyarse para ver películas.

La elección de entretenimiento de Emily era masoquista, pero no le importaba.

Tal vez si viera a los humanos pateándoles a algunos alienígenas el trasero en la pantalla, creería que la Tierra tenía una posibilidad en contra de los de verdad.

CAPÍTULO VEINTISÉIS

Según pasaban los días, Zaron comenzó a temer la llegada de las naves. No era porque su equipo no estuviese listo (ellos lo tenían todo preparado), sino porque cada hora que iba pasando lo acercaba más al día en que tenía que dejar libre a Emily.

En cuanto los krinar establecieran contacto con los líderes humanos, ya no podría utilizar el mandato de no divulgación como justificación para retenerla.

Desde que Zaron había hablado a Emily sobre las verdaderas intenciones de su gente, ella había hecho todo lo posible por mantenerlo a distancia, al menos en lo emocional. No hablaron más de su pasado, ni compartieron nada más sobre sus experiencias dolorosas. Pero poco a poco, Zaron averiguaba más cosas de ella, y cada nuevo detalle que descubría intensificaba su fascinación por la joven humana, una fascinación que comenzaba a rayar con la obsesión.

Le gustaban las fresas pero odiaba los arándanos, disfrutaba de las películas de ciencia ficción, pero prefería leer libros de no ficción. Su mente era agudamente analítica (se sentía cómoda entre números y hojas de cálculo) pero necesitaba la naturaleza y el aire libre para sentirse completa.

—Cada vez que tengo algo de tiempo libre, que es casi nunca, me gusta ir al parque —le confió mientras estaban sentados junto al lago, por una vez hablando sin discutir—. Me da energía, me ayuda a descansar el cerebro y sacudirle todas las telarañas.

Zaron entendía eso; lo mucho que disfrutaba él del entorno natural fue una razón clave para elegir su especialización. Ya de niño se había sentido fascinado por los seres vivos, tanto plantas como animales. Sin embargo, algo de lo que Emily había dicho le preocupó.

—¿Por qué tienes tan poco tiempo libre? —preguntó, frunciendo el ceño—. ¿No trabajan la mayoría de los humanos de nueve a cinco?

—No los humanos de la banca de inversión —dijo ella con tono irónico—. Los de mi raza trabajamos semanas de ochenta horas, y eso es cuando nuestra carga de trabajo es ligera. El año pasado tuve que trabajar en un proyecto ciento cuarenta horas a la semana durante tres meses seguidos.

Zaron hizo algunos cálculos mentales rápidos. Si trabajaba ciento cuarenta horas a la semana, solo le quedaban cuatro horas al día cuando en las que no es estaba trabajando... menos de la mitad de las necesidades diarias de sueño para los humanos. *Él* sí podía trabajar de esa forma porque los krinar necesitaban dormir mucho menos, pero la salud de Emily podía verse perjudicada por esa clase de ritmo vital.

—No deberías haber dedicado esas horas —dijo, incapaz de evitar el tono de censura de su voz—. Podrías enfermar si no duermes lo suficiente.

Emily lo miró perpleja y luego se encogió de hombros.

—Sí, supongo. No tenía previsto hacerlo para siempre, solo hasta que pudiera conseguir un trabajo similar con mejores horarios... lo cual habría supuesto el puesto en ese fondo de cobertura, por cierto.

Zaron sintió una incómoda punzada de culpabilidad ante el recordatorio de que él le había costado el trabajo que ella había deseado tan desesperadamente. Solo ahora que había llegado a conocer mejor a Emily, entendía por qué esa entrevista había sido tan importante para ella. La joven humana era ferozmente independiente, y había logrado muchas cosas en sus veinticuatro años a pesar de tener unos comienzos difíciles en la vida. A partir de la verificación de antecedentes que Zaron hizo sobre ella al principio, ya sabía que se había graduado en Northwestern, una de las mejores universidades de EE. UU., y que había obtenido un puesto en un importante banco de inversiones justo después de graduarse. Sin embargo, no había sido hasta dos días antes, cuando Zaron leyó sobre la institución de los hogares de acogida, cuando se había dado cuenta de lo difícil que tenía que haber sido el camino de Emily sin tener ninguna familia que la apoyara.

—¿Quién te pagó la universidad? —preguntó, frunciendo más el ceño cuando se le ocurrió la pregunta—. Esas instituciones son caras en tu país, creo.

Emily asintió.

—Así es. Tuve suerte: era corredora de atletismo y de campo a través, así que me ofrecieron una beca que cubría la mayor parte de mi matrícula. Para el resto, utilicé una combinación de subvenciones del estado, trabajos a tiempo parcial y préstamos.

—¿Tu tía no te ayudó?

Las cejas de Emily se alzaron.

—¿Tía Wendy? No. Ella falleció de un derrame cerebral cuando yo tenía diecisiete años, y por aquel entonces ya llevaba muchos años cobrando una pensión por discapacidad. No podría haberme ayudado aunque hubiese querido.

—Comprendo. —Zaron luchó por mantener el tono neutro. Se sentía enfadado en nombre de ella, y no sabía por qué—. Así que no tienes a nadie a quien recurrir.

Emily parpadeó.

—Eso no es cierto. Tengo a mis amigos, a mi gato y a mi nov... —Se detuvo a media palabra, pero ya era demasiado tarde.

La ira de Zaron se transformó en unos celos incandescentes.

—¿Novio? —Incluso para sus propios oídos, su voz

sonaba peligrosamente grave—. ¿Tú tienes novio? —Zaron había asumido que Emily era soltera porque vivía sola en un estudio y viajaba sola, pero ahora se daba cuenta de lo disparatado de esa suposición. Con lo independiente que era Emily, era fácil que pudiera tener a un hombre esperándola en Nueva York... un hombre a quien no había mencionado hasta ahora.

Para alivio de Zaron, ella negó con la cabeza.

—No —dijo ella con voz tensa—. No tengo. Ya no.

Los celos de Zaron resurgieron con una nueva llama. Era obvio que quienquiera que fuese ese hombre, le había hecho daño a Emily... lo que significaba que a ella le había importado él.

Incluso podría seguir enamorada de él.

—¿Quién es? —La ira que ardía en el pecho de Zaron era irracional, y él lo sabía, pero no podía librarse de la convicción de que Emily le pertenecía, de que ella era suya y que cualquier hombre que la tocara se merecía ser despedazado. Los machos krinar solían ser territoriales y posesivos con sus parejas, pero Emily no era la pareja de Zaron. No tenía ningún motivo para tener esos sentimientos tan intensos con respecto a una chica humana con la que estaría solo unos días más. Aun así, no había ningún pensamiento racional capaz de calmar la furia que inundaba la voz de Zaron al demandarle—: ¿Cómo se llama?

Emily le dirigió una mirada cautelosa.

—¿Qué importa eso? Se acabó. Rompimos hace más de cuatro meses.

¿Cuatro meses? Zaron empezó a ver manchitas rojas

bailando en los bordes de su campo de visión. Hacía apenas cuatro meses, un humano insignificante había estado tocando a Emily, besándola... haciéndole el amor.

—¿Quién es? ¿Cuánto tiempo estuvisteis juntos? —Zaron podía escuchar el tinte oscuro de su voz, y sabía que Emily también, porque se puso de pie y dio un paso hacia un lado, mirándolo como si fuera una especie de animal salvaje.

Zaron se obligó a respirar hondo. Puede que se hubiera sentido como el susodicho animal, pero no quería asustar a Emily. Se levantó con un movimiento lento y controlado, dio un paso hacia ella y le cogió la mano, sujetándola sin apretar.

—Cuéntame, mi ángel —dijo con un tono más suave—. Cuéntame lo de este ex novio tuyo. ¿Qué pasó entre vosotros?

Emily parecía inquieta.

—Tú... no irás a hacerle nada, ¿verdad?

Joder. Ella era perspicaz. El antiguo depredador dentro de Zaron ya había planeado rastrear a este hombre humano y poner fin a su existencia. Ahora ya no podía hacerlo, aunque solo fuera porque eso molestaría a Emily.

—Claro que no voy a hacerle nada —dijo Zaron, exhibiendo una calma que no sentía—. ¿Por qué iba a hacer eso?

La pregunta estaba dirigida tanto a sí mismo como a Emily, pero tuvo el efecto deseado. Ella se relajó un poco, aunque su mirada seguía desprendiendo cautela.

—No lo sé —dijo—. Solo es que me has parecido... enfadado por un momento.

Zaron volvió a respirar hondo y atrajo a Emily hacia él, moldeando sus esbeltas curvas contra su cuerpo.

—No lo estoy —le aseguró. Y no lo estaba, ya no. El impulso primitivo que crecía dentro de él ahora era bastante diferente en su naturaleza.

Deslizando sus manos por el sedoso cabello de Emily, inclinó la cabeza y le comió la boca en un beso profundo y voraz.

ZARON NO OBTUVO respuestas a sus preguntas hasta un par de horas después, con Emily cansada y satisfecha en sus brazos. Antes que ambos se dejaran llevar por completo, la había conducido hasta una pradera cubierta de hierba justo al otro lado de la orilla rocosa del lago, y estaban descansando allí ahora, viendo el agua centelleando al sol a unos quince metros.

—Entonces háblame sobre ese misterioso ex novio tuyo —dijo Zaron, manteniendo un tono despreocupado a pesar de su deseo persistente de despedazar a dicho desconocido—. ¿Cómo os conocisteis vosotros dos?

—Fue en la universidad —respondió Emily sin levantar la cabeza de su hombro. Sonaba relajada y ligeramente adormecida, y Zaron estuvo seguro de que había tenido éxito en hacerla olvidarse de su comportamiento anterior—. Jason y yo fuimos amigos al principio; luego me invitó a salir. Los dos éramos estudiantes de Economía, teníamos el mismo círculo de amigos y aspirábamos al mismo tipo empleos. Tenía mucho sentido para nosotros estar juntos, así que empezamos a salir. Al principio era algo informal, solo dos estudiantes universitarios que pasaban tiempo juntos, pero luego ambos terminamos consiguiendo sendos puestos de trabajo en la banca de inversión después de graduarnos y nos mudamos a la ciudad de Nueva York. Para ahorrar dinero, decidimos vivir juntos, y así lo hicimos... hasta hace cuatro meses, cuando me dijo que no era capaz de aguantar las horas que yo dedicaba al trabajo y se mudó.

Hablaba con calma, como si la ruptura no la molestara lo más mínimo, pero Zaron sintió que la tensión volvía a su cuerpo delgado.

—¿Por qué no pudo soportar tus horarios? —preguntó, manteniendo su tono de voz neutral—. ¿No tenía él la misma profesión que tú?

—Sí, pero él tuvo suerte. Aproximadamente un año después de nuestra graduación, antes de que el mercado se hundiera, le ofrecieron un puesto en una firma de capital de riesgo y sus horarios de trabajo mejoraron. Así que sí. —Emily miró a Zaron—. Eso fue todo, toda la historia. Muy poco dramático.

Excepto que eso no era cierto, no para ella: Zaron podía jurarlo.

—¿Cuántos años estuvisteis juntos este Jason y tú? —preguntó, luchando contra los celos que aún amenazaban con consumirlo—. ¿En qué año de universidad empezaste a salir?

Emily suspiró y se incorporó, alisando su vestido, que ahora estaba algo desgarrado y manchado de hierba.

—Salimos algo más de cuatro años —dijo, apartándose el pelo enmarañado de la cara—. No fue toda una vida ni nada.

—Comprendo. —Zaron agarró sus vaqueros tirados sobre la hierba. Se levantó, se los puso y se agachó para recoger a Emily.

—¡Zaron, bájame! ¡Puedo andar! —protestó ella mientras la levantaba en sus brazos, pero él ignoró sus objeciones.

Necesitaba sujetarse a ella para poder controlar la furia que hervía dentro de él... y cumplir su promesa de no dar caza al humano cabrón que le había hecho daño a Emily.

CAPÍTULO VEINTISIETE

A medida que se acercaba el día de la llegada de los krinar y la liberación prometida de Emily, ella se sentía cada vez más agobiada. No tenía apetito, y sus noches eran intranquilas: los malos sueños interrumpían su descanso constantemente. Cuando era niña, solía tener pesadillas sobre el accidente automovilístico de sus padres, pero había superado eso, o al menos eso había pensado. En esos sueños, ella siempre estaba de pie junto a la carretera viendo como el coche daba vueltas de campana, y su estómago se llenaba de un frío terror al ser consciente de que estaba sola, de que todos a los que amaba estaban muertos.

Emily se decía a sí misma que las pesadillas habían regresado porque estaba preocupada por la invasión, pero una parte de ella sabía la verdad.

Era la cercana separación de Zaron lo que la hacía revivir el antiguo dolor de la pérdida y el abandono.

—¿Sabes?, tienes que ser una de las personas más

fuertes que conozco —le había dicho su amiga Amber después de su ruptura con Jason—. No sé cómo lo haces. ¿Nunca tienes miedo de estar sola? Actúas como si no importara que tu novio con el que llevabas cuatro años acabe de dejarte y...

—Eso es porque no importa —la había interrumpido Emily—. Nunca dependí en él para nada.

Y era verdad. A pesar de que la ruptura le había dolido mucho más de lo que Emily daba a entender, ella no se había abierto nunca del todo a Jason. Habían vivido juntos y todos sus amigos les habían considerado una pareja genial, pero habían seguido siendo individuos independientes, sin vincularse a un nivel emocional más profundo. Emily solía pensar que le amaba, y tal vez lo había hecho, de una manera muy tibia y superficial, pero nunca iba a dejarle acercarse realmente a su intimidad. Sin embargo, no era porque ella fuera valiente; todo lo contrario.

Había estado demasiado asustada para permitirse a sí misma depender de Jason, para amarlo de verdad. Esa fue la verdadera razón de su separación, no la disparidad en las horas de trabajo que Jason había utilizado como excusa. Siempre les había faltado algo en su relación, y Emily ahora sabía que ella había sido la causante.

Tenía tanto miedo de ser abandonada que había mantenido a Jason a distancia hasta que él hizo exactamente eso.

Pero sin saber cómo, Zaron había atravesado su coraza. Emily no sabía si se trataba de la extraordinaria química sexual entre ellos, o de la insinuación de vulnerabilidad que había visto detrás de su fachada de arrogante y seguro de sí mismo, pero se sentía más cerca de Zaron de lo que se había sentido de ninguna otra persona en toda su vida adulta. Su captor la asustaba a veces, pero también se sentía atraída por él, de una manera que superaba la atracción normal y algo tan simple como el gustarse y la amistad.

Cuando estaban juntos, sentía que su mundo estaba iluminado por una luz cálida, y todos sus sentidos repletos de percepciones electrizantes. Por mucho que Emily quisiera odiar a Zaron después de enterarse de lo de la invasión, no podía. Se habían acercado demasiado antes de esa revelación, se habían abierto demasiado para que ella lo despreciara ahora. Además, él le había salvado la vida, y por mucho que Emily se resintiera por su cautiverio y temiera el futuro por llegar, nunca olvidaba que si seguía viva era solo gracias a él.

—¿Por qué lo hiciste? —le preguntó un día durante un paseo—. ¿Por qué te tomaste tantas molestias para salvar la vida de una extraña? Tenías que saber que iba a ser un lío, con el mandato y todo eso.

Zaron apretó los dientes, y tensó la mano con que sujetaba la suya.

—Porque tenía que hacerlo —le dijo, y antes de que Emily pudiera ir más lejos, la atrajo hacia él y la besó con una pasión tan salvaje que la hizo olvidarse de todo menos de su nombre.

Y ese era el problema. La experiencia sexual de

Zaron y la forma en que conocía su cuerpo eran tales que ella era incapaz de resistirse a él. Cada vez que intentaba poner barreras entre ellos, Zaron las atravesaba con patética facilidad. No podía comportarse con él con frialdad porque él simplemente la arrastraba a la cama y la complacía hasta que ella se derretía, y luego, cuando todas sus defensas estaban bajas, hacía algo encantador, como que su casa cocinara uno de los platos favoritos de Emily o llevarla a dar un paseo extra largo por la selva. Sus tendencias dominantes estaban equilibradas por su amabilidad, su ruda sexualidad mezclada con una gentil ternura. Él la consumía y al mismo tiempo la trataba como si estuviera hecha con hebras de cristal, y Emily no sabía cómo lidiar con eso.

Aun así, si su conexión se hubiera basado únicamente en el sexo, habría sido más fácil. Pero cada vez que mantenían una conversación sin discutir, Emily tenía la inquietante sensación de haber encontrado a su alma gemela intelectual. La mentalidad científica de Zaron, su dedicación a su campo, incluso su tendencia a identificar plantas y animales comunes por su género y especie oficial, todo le tocaba Emily la tecla, fascinándola sin remisión. Un paseo por la selva con Zaron era mejor que una hora de Discovery Channel; poseía un conocimiento enciclopédico acerca de todo lo que crecía, se arrastraba, caminaba y volaba en la selva tropical, y a menudo lo salpicaba de pequeñas anécdotas sobre plantas y animales análogos de Krina. Tenía cuidado de no decir demasiado, de nuevo por ese maldito mandato, pero lo que Emily aprendió fue increíble.

—¿Un reptil volador que lleva sus huevos en una bolsa y se los come cuando tiene hambre? ¿Dices que estas cosas son comunes en Krina? —preguntó asombrada cuando Zaron le describió una criatura llamada *eponu*—. ¿Cómo sobrevive y se reproduce?

—Pone cientos de huevos —respondió él, sonriendo—. Sólo se come alrededor del ochenta por ciento de ellos durante el período de incubación. Cuando el resto de ellos eclosionan, luchan entre sí en la bolsa de la madre hasta que emergen unos pocos ganadores que se van volando para alimentarse de insectos y otras criaturas pequeñas... hasta que es hora de que esos nuevos eponu se reproduzcan. Una vez las hembras ponen huevos, los machos vuelven a cazar, y las hembras usan los huevos para su sustento, recomenzando así el ciclo.

Entonces, Emily le inundó con una lluvia de preguntas, y él se las respondió, aparentemente decidiendo que no le haría daño saber cosas de algunas de las extrañas criaturas de Krina. También le contó un poco sobre su infancia y cómo su familia había alentado su interés por la naturaleza desde una edad temprana.

—Provengo de una saga de científicos —dijo como explicación—. Mi madre es botánica, mi padre es físico y tres de mis abuelos son biólogos como yo. Supongo que se podría decir que llevamos lo de investigar la naturaleza en la sangre. Lo dijo sin darle importancia, como si no fuera gran cosa, y Emily tuvo que luchar contra una oleada de envidia.

Ella habría dado cualquier cosa por tener a sus padres cerca para alentarla en sus proyectos de vida.

—¿Qué piensa tu familia de que estés aquí, en la Tierra, tan lejos de ellos? —preguntó, tratando de no sonar tan celosa como se sentía.

Si los padres y los abuelos de Emily hubieran estado vivos, ella nunca les habría permitido irse a otra galaxia.

Para su sorpresa, la cara de Zaron se tensó.

—No lo sé —dijo, deteniéndose junto a un frondoso helecho arborescente. Su mirada era inescrutable, pero había un tono de dureza en su voz—. No he hablado mucho con ellos en los últimos años.

No dio más detalles, pero Emily podía leer entre líneas. El alejamiento de Zaron de sus seres queridos tenía que ver con la muerte de su esposa; estaba casi segura de eso. Debió de encontrar difícil estar con su familia después de su trágica pérdida. El dolor es capaz de hacer que uno se aísle, y Emily lo sabía mejor que nadie. Durante varios años después de la muerte de sus padres, había tenido problemas para hacer amigos en la escuela porque los otros niños se sentían incómodos con la huerfanita. Era como si temieran que la desgracia fuera contagiosa, que al estar cerca de ella, pudieran dejar entrar la pérdida y el dolor en sus propias vidas. Incluso algunos maestros bien intencionados la hicieron sentirse como una marginada al ser solícitos de todas las maneras equivocadas, y era bien posible que la familia de Zaron también lo hubiese hecho, tratándolo como a una persona rota para mitigar su culpa de supervivientes.

Sin decir una palabra, Emily se estiró y le apretó la mano, y anduvieron en silencio el resto del camino. Zaron no le había hablado de su esposa desde aquella vez, pero Emily sabía que él todavía lloraba por ella. Ella sospechaba que parte del motivo por el cual él hacía el amor con Emily era porque el sexo también era una distracción para él, una forma de lidiar con su dolor y su pena. No era por nada concreto que él dijera o hiciera, pero de vez en cuando, ella percibía una expresión de angustia en su rostro, y sabía que en ese momento, él estaba pensando en la esposa que había perdido.

Afortunadamente, en los últimos días, esos momentos se habían vuelto cada vez más poco frecuentes. De hecho, la mayor parte del tiempo, Zaron parecía concentrarse en Emily en un grado casi obsesivo. Cuando no estaban juntos en la cama, le estaba preguntando constantemente sobre su vida, queriendo saberlo todo, desde sus comidas favoritas hasta quiénes eran sus amigos y sus exnovios, aunque ese último tema lo hacía ponerse extrañamente tenso, como si estuviera celoso. En general, parecía posesivo con ella, mucho más posesivo de lo que Emily consideraba razonable en esas circunstancias.

—Zaron, ¿sabes que me iré en unos días, verdad? —murmuró mientras estaban tumbados en la cama una noche, con las piernas entrelazadas después de otro ardiente episodio de sexo—. No soy tuya, no importa lo que me hagas decir cuando estoy al borde del orgasmo. Esto, tú y yo, es solo temporal.

Él se apartó para encontrarse con su mirada, y ella vio que tenía los dientes apretados.

—Lo sé. —Su tono era neutro, pero ella podía escuchar el filo letalmente cortante que ocultaban sus palabras. Le recordó a cuando le había preguntado por Jason. Durante un breve momento de esa conversación, ella había tenido la loca idea de que Zaron podría hacerle daño a su ex novio. Después le había parecido un pensamiento ridículo, pero cuando lo tuvo, estaba convencida de que había percibido algo oscuro y violento en el hombre que la tenía cautiva... algo que la había aterrado.

—Tú *vas* a dejarme marchar, ¿verdad? —preguntó Emily, haciendo todo lo posible por ocultar la repentina ansiedad de su voz—. Cuando llegue tu gente, podré irme a casa.

La expresión de Zaron era inmutable y sus ojos completamente negros cuando dijo:

—Sí, por supuesto. —Pero entonces la cogió para acercársela, y Emily se olvidó del todo de su inquietud.

CAPÍTULO VEINTIOCHO

El día anterior a que llegaran las naves, Emily se despertó particularmente deprimida. Esa noche, sus pesadillas habían sido tan malas que se había despertado llorando dos veces. Zaron se había preocupado por si estaba enferma o le dolía algo, pero en cuanto ella le explicó que solo había sido un mal sueño, él le había dado exactamente lo que necesitaba: el consuelo de sus poderosos brazos sosteniéndola en la oscuridad.

Fue esa noche cuando Emily se enfrentó a la verdad.

Sus temores se habían hecho realidad. Ella se había enamorado de un hombre de otro planeta, un miembro de una especie de la que aún sabía muy poco.

Ser consciente de ello sacudía a Emily hasta la médula. Ella no podía amar a Zaron; sencillamente, no podía. Él la estaba reteniendo contra su voluntad, y su especie planeaba invadir el planeta. ¿Qué tipo de persona retorcida se enamoraría en esas circunstancias? Además, él no era humano. Podía parecer un hombre, pero era tan diferente de Emily como ella lo era de su gato. Ni siquiera sus esperanzas de vida eran compatibles. En unos pocos años, Emily comenzaría a envejecer, pero él seguiría siendo el mismo. ¿Y dónde estarían entonces?

No, para. Da marcha atrás. Era ridículo que Emily pensara a largo plazo. Iba a marcharse al día siguiente y eso sería todo. Dejando a un lado su extraña posesividad, a estas alturas, Zaron probablemente ya habría tenido bastante sexo con ella, y la cambiaría por otra persona, tal vez por una mujer de su propia especie... alguien que pudiera reemplazar a la compañera que había perdido.

Alguien que no era Emily.

Emily sintió una dolorosa opresión en el pecho y se le llenaron los ojos de lágrimas. *Tú no lo amas*, se dijo a sí misma. Lo que ella sentía tenía que ser un encaprichamiento, una consecuencia de su proximidad forzada. Habían pasado tanto tiempo juntos en las últimas dos semanas que era natural que ella sintiera apego. Además, incluso si ella estuviera lo bastante loca como para querer quedarse, no había futuro para ellos, ninguna posibilidad de estar juntos de forma duradera.

No. Decidida a no dejarse llevar por sus sentimientos irracionales, Emily se levantó y se dirigió a la ducha.

En cuanto volviera a su vida normal, su apego por Zaron se desvanecería con el tiempo.

Estaba segura de ello.

CAPÍTULO VEINTINUEVE

—¿*E*ntonces dónde está ella, tu chica humana? —preguntó Ellet, echando un vistazo en la sala de estar de Zaron. Estaba en Costa Rica esa semana y había aceptado la invitación de Zaron de visitarle—. Todavía la tienes, ¿verdad?

—Así es. Ahora mismo está en la ducha —dijo Zaron, tomando asiento en una larga plancha flotante —. Se acaba de despertar, así que tendrás que esperar un poquito para conocerla.

—Ah, la estás dejando dormir hasta tarde. Bien. — Ellet se acercó para sentarse a su lado. Igual que él, estaba vestida con ropa humana: un pantalón corto, una camiseta ajustada y botas de montaña, pero a Zaron le parecía inequívocamente krinar, con toda la belleza oscura y elegante de los de su raza. Ella le brindó una amplia sonrisa y dijo—: Estaba un poco preocupada de que pudieras estar agotándola. Los humanos precisan mucho más descanso que nosotros, ya sabes.

Zaron frunció el ceño. Ellet acababa de expresar en voz alta sus propias preocupaciones. Últimamente, Emily había estado teniendo aspecto de cansada... sin mencionar lo mal que dormía. ¿Era por las exigencias que él imponía a su cuerpo humano?

—Tengo cuidado —dijo, pero incluso él pudo notar la nota de duda en su voz.

—Estoy segura de que sí —contestó Ellet con tono consolador—. Es solo que es fácil para nuestros hombres dejarse llevar y olvidar lo frágiles que pueden ser las mujeres humanas. —Hizo una pausa y luego preguntó con delicadeza—: ¿Lo has hecho otra vez?

—¿Beber su sangre? No. —Zaron levantó la rodilla para ocultar la reacción automática de su cuerpo a ese tema—. Le prometí que no lo haría.

—¿Que no harías qué? —preguntó Emily, entrando en la habitación.

Maldiciendo para sí, Zaron se levantó y se volvió hacia la pared de la habitación de Emily, una pared que se había disuelto sin ruido hacía un instante, dejando que Emily entrara. Por costumbre, él había estado hablando con Ellet en inglés, y ella había respondido de igual manera. ¿Cuánto habría escuchado Emily? La cara de la joven humana estaba pálida y sus manos estrujaban la falda de su vestido, pero eso podría ser porque estaba sorprendida de ver a Ellet.

—Emily, esta es mi amiga y colega Ellet —dijo, con

una sonrisa que no revelaba nada de sus pensamientos —. Ellet, esta es Emily, mi invitada.

—Hola Emily. —Ellet se puso en pie con gracia y se acercó a Emily, extendiendo la mano en un saludo humano—. Estoy encantada de conocerte.

Emily dudó un milisegundo y luego estrechó la mano de Ellet. Zaron notó que el apretón de la joven humana era firme, y los delicados músculos y tendones de su antebrazo se flexionaban mientras apretaba la mano de la krinar.

—Hola —dijo ella, y sus labios se curvaron en una alegre sonrisa: la misma que había mostrado a Zaron al principio. Era la sonrisa artificial de Emily, que él ahora era capaz de reconocer, la que usaba para ocultar su nerviosismo—. Para mí también es un placer.

—Ellet es una experta en biología humana —explicó Zaron, observando cómo Emily retrocedía—. Tu especie es el trabajo de su vida.

—¿Por eso viniste a la Tierra? —preguntó Emily—. ¿Para estudiarnos?

—Sí... y para colaborar en el proceso de asentamiento. —Ellet le lanzó una rápida mirada—. Zaron te ha hablado de eso, supongo.

—Sí, lo ha hecho. —Emily le ofreció otra vez esa sonrisa demasiado brillante—. Me lo ha contado todo.

—¡Uf! —Ellet se pasó la mano frente con un dramático gesto de alivio—. Y aquí estaba yo, temiéndome tener que andar pisando huevos contigo. Esa es la expresión correcta en tu idioma, ¿verdad?

La sonrisa de Emily se volvió un poco más

auténtica. Ellet la estaba cautivando, pensó Zaron divertido.

—Así es —le dijo a Ellet—. Aunque estoy segura de que lo sabes, ya que tu inglés es absolutamente perfecto.

Ellet sonrió.

—Vaya, gracias. ¿No eres una monada? No es de extrañar que Zaron te encuentre irresistible.

Las pálidas mejillas de Emily se tornaron rosadas.

—¿Cuánto hace que Zaron y tú os conocéis? —preguntó, claramente ansiosa por cambiar de tema.

—Oh, no tanto —le dijo Ellen con alegría—. Doce o trece años, ¿verdad, Zaron?

Zaron asintió:

—Nos conocimos en lo que vosotros los humanos llamaríais una conferencia de biología: una reunión de expertos en el campo de los estudios de las especies. Pero, Emily, todavía no has desayunado. Ellet, ¿te apetecería algo de comer a ti también?

—Claro —dijo la mujer krinar con una amplia sonrisa—. No he probado comida casera, o cocinada por una casa, en mucho tiempo.

ZARON HIZO que la casa preparara una gran variedad de platos, y los tres se sentaron a desayunar. Casi de inmediato, Emily empezó a rociar a Ellet con una lluvia de preguntas, preguntándole de todo, desde el papel de Ellet en el proyecto del asentamiento hasta sobre la vida en Krina. Zaron hizo todo lo que pudo para redirigir la conversación a temas relativamente más seguros, pero Emily siguió husmeando y Ellet parecía ignorar las sutiles señales de Zaron.

—Oh, sí, las mujeres en Krina tienen los mismos derechos que los hombres —le dijo a Emily cuando la joven humana le preguntó sobre las relaciones de género—. Quiero decir, los hombres tienden a ser muy territoriales y protectores con sus mujeres, pero nada nos impide acceder a los trabajos que queremos o incluso participar en los retos del Arena si estamos inclinadas a ello...

—¿Retos del Arena? —preguntó Emily, aferrándose a la única parte de la información que Zaron esperaba que obviara.

—Es solo una vieja tradición —interrumpió Zaron antes de que Ellet pudiera responder—. Una especie de deporte, como las artes marciales mixtas de aquí.

Ellet lo miró levantando las cejas, pero no lo contradijo. Los desafíos mortales del Arena tenían más en común con las luchas de gladiadores de la antigua Roma que con los deportes humanos modernos, pero Zaron no quería que Emily lo supiera. Para explicar la antigua institución del Arena, tendría que adentrarse en la violenta historia de los krinar y sus orígenes depredadores. Si Emily supiera que ellos habían cazado primates más débiles en busca de sangre y que su especie había sido diseñada originalmente como un sustituto de esos primates, se preocuparía aún más por la invasión.

—¿Qué pasa con los humanos? —preguntó Emily a continuación—. ¿Hay alguno viviendo en Krina? Quiero decir, vosotros habéis estado viniendo aquí desde hace bastante, así que... Dejó la frase en puntos suspensivos.

—Oh, claro —dijo Ellet cogiendo un pedazo de *Ipomoea batatas* (batata) asado. Tenemos algunos humanos viviendo allí.

Ella no dio más detalles, y Zaron supo que su colega se había dado cuenta del hecho de que no sería prudente que Emily supiera demasiado. Al día siguiente por la mañana tendría que dejarla ir, y ella sería libre de compartir sus conocimientos con los demás. Debían asegurarse de no decirle nada que el Consejo no quisiera que los medios humanos supieran.

—¿Entonces qué hace mi gente en tu planeta? —insistió Emily—. ¿Están ahí porque los estás estudiando o son considerados algo así como inmigrantes? En general, ¿qué tipo de derechos tienen?

—No hay muchos humanos en Krina actualmente, así que no hay leyes formales al respecto —dijo Zaron antes de que Ellet pudiera responder—. Tal vez eso cambie ahora que estaremos más en contacto.

La verdad era que los humanos no tenían ningún derecho en Krina. A lo largo de los milenios en que su gente había estado visitando la Tierra, cientos de humanos habían sido llevados a Krina, y Zaron sospechaba que no todos habían ido por su propia voluntad. La mayoría de los krinar más viejos no veían nada malo en eso; habían estado ahí en los tiempos en los que la especie de Emily aún vivía en cuevas, por lo que para muchos de ellos, los humanos estaban solo un poco por encima de los animales. Pero los krinar más jóvenes, los de la generación de Zaron y Ellet, tenían puntos de vista más sutiles, y Zaron no era la excepción. Para él, los humanos no eran tan diferentes de los krinar, al menos no en cuanto a lo que importaba.

—Háblame de ti —Ellet pidió a Emily. La experta en biología humana ahora parecía ansiosa por cambiar el tema también—. ¿Por qué viniste a Costa Rica y cómo es que te hiciste tanto daño?

Emily sonrió cortésmente y le explicó que había estado de vacaciones y que había ido de excursión a la selva sin tener en cuenta las lluvias recientes.

—Fue una estupidez por mi parte, lo sé —dijo, con una mueca irónica—. No debería de haber intentado cruzar aquel puente... al menos no cuando vi que estaba mojado.

Ella continuó, explicando cómo se había quedado colgando con las uñas, y a Zaron le dio una punzada en el estómago cuando recordó el cuerpo destrozado de Emily sobre aquellas rocas. Si no la hubiera escuchado gritar, si no hubiese llegado a tiempo... La angustia que lo atravesó al pensarlo fue tan penetrante como cuando se enteró de la muerte de Larita. Por un momento, no pudo respirar, no pudo pensar en nada más que en la certeza de que casi había perdido a Emily, que casi la había perdido antes de tener la oportunidad de conocerla. Unos minutos más, y su vida se habría acabado antes de tiempo, su mente brillante se habría extinguido dentro de la carcasa destrozada de su cuerpo.

—Maldición, no deberías haber intentado cruzar ese puente. —Las palabras salieron disparadas de él, cortantes y duras, sobresaltando a las dos mujeres y haciéndolas enmudecer—. ¿En qué diablos estabas pensando, haciendo senderismo tú sola de esa manera? Te podrían haber picado o mordido; hay todo tipo de criaturas venenosas por aquí; sin mencionar que eras un blanco fácil para cualquier delincuente gilipollas que se hubiera cruzado en tu camino. ¿Cómo pensabas protegerte? Podrías haber sido violada, atracada... asesinada. ¿No tienes instinto de supervivencia, no tienes sentido común? —Mientras hablaba, Zaron se había puesto en pie, con las manos aplastadas contra el borde de la mesa—. ¿Qué clase de idiota va a un viaje como este ella sola? ¿En qué diablos estabas pensando, Emily?

La chica humana lo estaba mirando como si hubiera perdido la cabeza, lo mismo que Ellet. Zaron no podía culparlas; percibía la rabia apenas controlada de su propia voz, y sabía que se estaba comportando como un loco. Pero no podía evitarlo. Desde que Emily se había vuelto importante para él, había intentado evitar pensar en su accidente, y precisamente había sido por esta razón: no podía soportar la idea de que la humana que había llenado el oscuro y doloroso vacío de su interior hubiese estado tan cerca de morir.

Durante un breve instante, reinó un tenso silencio. Entonces Ellet dijo:

—Creo que probablemente debería irme. Tengo mucho trabajo que hacer hoy, y...

—No, por favor, no tienes que irte. —Emily se levantó de un salto, y su sonrisa falsamente alegre apareció en sus labios—. Estoy segura de que Zaron y tú tenéis cosas de trabajo que discutir, y acabo de acordarme de que tengo algo que hacer. Ha sido un placer conocerte, Ellet. Ahora, con vuestro permiso...

Se volvió y desapareció de la sala de estar, cruzando la habitación con pasos ligeros. Luego se hizo el silencio, y Zaron entendió que Emily había regresado a su habitación para librarse de una situación incómoda tan rápido como pudo.

—Bueno, vale, entonces —dijo Ellet, con los ojos brillantes de regocijo—. Creo que debería irme también...

—No, lo siento. —La furia seguía enviando un impulso tóxico por sus venas, pero Zaron se obligó a sentarse y a relajar sus músculos contraídos. —No tienes que irte. Ni siquiera has terminado de comer. Prometo que me voy a comportar.

—¿Estás seguro? —preguntó Ellet secamente—. ¿No quieres gritarle un poco más a tu invitada humana?

—No. —Zaron respiró hondo y soltó el aire lentamente—. Siéntate, por favor. Terminemos de comer, y luego me disculparé con Emily.

—De acuerdo, si estás seguro. No me gustaría meterme en medio de una pelea de amantes.

—No es una pelea de amantes. —Zaron escupió las palabras, pero logró suavizar su tono en el último momento—. El accidente de Emily me ha traído algunos recuerdos desagradables, eso es todo.

—Oh, ya veo. —Los ojos de Ellet se agrandaron por la comprensión, y todos los rastros de regocijo desaparecieron de su rostro—. Por supuesto, Zaron. Lo siento. Ha sido desconsiderado por mi parte. Después de lo de tu compañera y todo eso...

—¿Qué? —Zaron frunció el ceño—. No, esto no tiene nada que ver con Larita. Es solo que... —Se interrumpió, sin saber cómo explicar la extraña maraña de sentimientos que había dentro de él—. Pensándolo bien, tal vez *sea* por Larita —dijo, aprovechando la excusa que le había sido oportunamente ofrecida—. Siento haber arruinado tu visita.

—Oh, no, yo estoy bien —dijo Ellet, picoteando entre los restos de verduras asadas de su plato para demostrarlo—. No tienes nada de qué preocuparte —murmuró a la vez que cogía un bocado—. Ahora, por favor, háblame del plan para mañana. ¿Cuándo presentamos las ubicaciones finales al Consejo?

El resto de la comida pasó hablando de trabajo, y cuando Ellet se levantó para irse, Zaron se sentía mucho más tranquilo.

—Lamento lo de antes —se disculpó con Ellet otra vez, acompañándola fuera de la casa—. Espero no haber hecho las cosas demasiado incómodas.

Ellet se detuvo bajo una *Pachira quinata*, un árbol de

pochote, a una docena de metros de distancia de su cueva y le ofreció una sonrisa tranquilizadora.

—Claro que no. En absoluto. Pero, Zaron... —ella vaciló.

—¿Qué pasa?

—¿Has considerado convertir a esta chica en tu charl?

La expresión de Zaron debía de haber reflejado la conmoción que le había dejado clavado en el sitio, por lo que Ellet rápidamente prosiguió.

—Sé que no es de mi incumbencia, pero parece que esta Emily podría significar algo para ti. Si ella no se convierte en tu charl, *morirá*. Puede que no mañana ni la semana que viene, pero sí en unas pocas décadas. ¿Has pensado en eso?

Zaron no lo había hecho, porque por esa vía acechaban oscuras tentaciones y promesas rotas. Había estado tan concentrado en el presente, en disfrutar de cada momento que le quedara con Emily, que había ahuyentado todos los pensamientos acerca del futuro y el vacío frío y doloroso que le esperaba después de su partida al día siguiente. Se había dicho a sí mismo que sobreviviría. El hecho de que una humana lo hiciera sentirse tan vivo era una buena señal. Significaba que estaba sanando, que la pena que lo había consumido durante ocho años finalmente disminuía. No se había permitido a sí mismo pensar más allá de eso, pero aquí estaba Ellet, sacando a relucir los temores y sueños que él había estado tratando de mantener a raya.

En el tono más neutral que pudo, Zaron dijo:

—No puedo hacer de ella mi charl. Le prometí que esto sería sólo temporal, Ellet. No puedo simplemente retenerla...

—Sí que puedes. —La mirada color avellana de Ellet era inquebrantable—. Puedes hacer lo que quieras y lo sabes.

Zaron sintió sus palabras como una herida punzante en sus pulmones. Ella tenía razón. ¿Quién lo detendría si decidía retener a Emily más tiempo? El Consejo no podía preocuparse menos por el destino de una joven humana, y la ley humana no tenía influencia sobre él. Podría mantenerla en su casa, y en su cama, durante el tiempo que la deseara.

—No —dijo Zaron con voz ronca. Era un rechazo tanto de su propio deseo retorcido como de las palabras de Ellet—. No puedo hacerle eso. No después de haberle prometido que la dejaría marchar.

Ellet lo miró en silencio por un momento; luego sus labios dibujaron una sonrisa.

—Sabía que tú eras uno de los buenos. Esta chica tuya es más afortunada de lo que cree. —Se dio la vuelta como para seguir caminando, y luego se volvió para mirarlo de nuevo—. Zaron... —Su voz era suave—. ¿Has considerado simplemente pedirle que se quede?

Zaron la miró fijamente.

—¿Quieres decir, permanentemente? ¿Como charl?

Ellet asintió.

—No —dijo Zaron lentamente—. No en serio.

¿Quería eso? ¿Estaba preparado para un paso tan grande? Una cosa era retener a Emily con él unas semanas o meses más, tal vez incluso algunos años, pero tener una charl era un compromiso de por vida. Más que eso, significaría reconocerse a sí mismo lo mucho que Emily había llegado a significar para él, y permitirse volver a ser vulnerable. Más vulnerable que con Larita, porque Emily era humana, con toda la fragilidad y todas las debilidades de su especie. ¿Qué pasaría si Zaron la tomara como charl y luego la perdía, igual que había perdido a su esposa? El cuerpo humano era tan frágil, tan fácil de sufrir daños...

Debió de haberse quedado paralizado por sus pensamientos durante algún tiempo porque Ellet dijo con suavidad:

—Vale. Obviamente, es cosa tuya. Estoy segura de que sabes lo que estás haciendo.

—Sí. —Zaron se libró de su poco habitual parálisis—. Lo solucionaré. Gracias por pasarte por aquí. Ha sido estupendo verte.

—El placer ha sido mío. —Ellet le lanzó una cálida sonrisa—. Cuídate, Zaron, y buena suerte.

Se dio la vuelta y desapareció entre los árboles, y Zaron regresó a la casa, con la mente llena de posibilidades y el pecho dolorido a causa de emociones que no podía reconocer.

A Emily le escocían los ojos mientras estaba tumbada en la cama, mirando al techo. ¿Era posible que lo que había escuchado fuese cierto? ¿La especie de Zaron bebía sangre de verdad?

Vampiros extraterrestres. Sonaba ridículo, como algo sacado de una película de ciencia ficción de los años cincuenta. Si alguien le hubiera mencionado esto a Emily un mes atrás, se habría echado a reír. Pero los krinar eran reales, y sus rasgos (inmortalidad biológica, velocidad sobrehumana y fuerza extrema) eran algo que la gente había atribuido a las criaturas de la noche durante siglos. ¿Era posible? ¿Podrían haber sido los krinar la fuente de todas esas leyendas?

Emily había tenido que hacer uso de hasta el último gramo de su fuerza de voluntad para no delatarse, y poder sonreír y estrechar la mano de Ellet como si no pasara nada. Para actuar como si simplemente sintiera curiosidad por los humanos que vivían en Krina en lugar de estar horrorizada, preguntándose por la posibilidad de que existieran granjas de sangre en el planeta de Zaron.

Ellet había preguntado si Zaron lo había vuelto a hacer; "lo" queriendo decir que Zaron bebiera la sangre de Emily. Eso significaba que su captor lo había hecho al menos una vez antes. ¿Había sido entonces cuando ella había perdido la memoria? No quería sacar conclusiones precipitadas, pero eso le cuadraba. En aquel momento, él había dicho que su confusión mental era un resultado "natural" de que mantuvieran relaciones, que no la había drogado de ninguna manera, pero había prometido que no volvería a suceder, lo que significaba que algo aparte del sexo normal había tenido lugar entre ellos. Esa promesa debía de haber sido a lo que se había estado refiriendo con Ellet.

Emily se levantó, entró en el baño y se echó agua tibia en la cara. Le hubiera gustado que estuviese fría, pero la tecnología inteligente krinar no lo era lo bastante como para leerle la mente. El lavabo insistía en darle agua de una temperatura agradable, aunque no era bienestar lo que Emily buscaba. Necesitaba aclararse las ideas y hacer desaparecer las emociones antagónicas que se agolpaban en su pecho.

Necesitaba pensar en qué hacer a continuación.

Emily volvió a su habitación, se sentó en la cama y se quedó mirando hacia la pared por la que llegaría Zaron. Por lo que era capaz de ver, tenía dos opciones: podía hablarle a Zaron acerca de sus sospechas o podía quedarse callada y continuar fingiendo que no había oído nada. Cada opción tenía sus pros y sus contras, pero la opción uno era la más arriesgada. Si Emily no lo había entendido mal, si la gente de Zaron bebía sangre en realidad y él hubiera estado tratando de ocultárselo, tal vez no la dejaría marchar tal como le prometió. De hecho, Emily recordó con una sensación de zozobra que cuando intentó interrogar a Zaron sobre su pérdida de memoria, él le dijo explícitamente que no podía contarle lo que quería saber sin violar el mandato. Esta debía de haber sido la razón de su cautela: los krinar tenían que ser conscientes de que los humanos no se sentirían cómodos con la idea de que unos vampiros vinieran a su planeta.

La invasión que se cernía sobre ellos era el equivalente a una manada de lobos mudándose a un gallinero.

—Emily. —La pared se disolvió frente a ella, y Zaron la atravesó con un ceño frunciendo su rostro de belleza sobrehumana—. ¿Estás bien?

El pulso de Emily se disparó y ella se puso en pie de un salto.

—¿Qué? —¿Lo sabía? ¿Se había dado cuenta de que los había oído?

—Siento lo de antes. —Moviéndose con su acostumbrada gracia fluida, Zaron atravesó la habitación para reunirse con ella al lado de la cama, y esta vez no había duda alguna en la mente de Emily.

Su caminar era el de un depredador, elegante y letal.

—No tenía intención de saltar así —continuó, y

Emily se dio cuenta de que su mente había olvidado su extraño comportamiento, totalmente ocupada por lo que le había escuchado decir antes sin que él se diera cuenta.

Componiendo una sonrisa artificial, consiguió decir:

—No pasa nada. No es para tanto.

Le sudaban las manos, su corazón golpeaba frenéticamente dentro de su pecho, y Emily se preguntaba si Zaron podía oírlo... si sería capaz de oler su miedo. Estaba bastante segura de que los krinar no necesitaban matar a los humanos para beber su sangre... al menos, Zaron no había necesitado matarla la otra vez, pero la sola idea de que él la atacara de esa manera era suficiente para hacerla sentir un peso de plomo en el estómago.

Un vampiro. El hombre en cuya cama había pasado las últimas dos semanas era un vampiro.

Emily tendría que haber estado aterrorizada, asqueada, pero mientras lo miraba fijamente, lo único que sentía era ese habitual y oscuro calor, y la vibrante y melodiosa conciencia de su cuerpo que hacía que su piel se erizara y se le cortase la respiración. Tenía miedo de que él supiera que los había oído sin querer, le aterrorizaba que pudiera retenerla para evitar romper su mandato, pero no tenía miedo de *él*. Sabía que Zaron no le haría daño; lo sentía con cada fibra de su ser, y cuando vio el calor de la respuesta en su negra mirada, la ansiedad que bullía en sus venas se transformó en algo más... algo igual de perturbador.

Se humedeció los labios, sintiendo la boca seca de repente, y él siguió con los ojos ese movimiento; tensó la mandíbula y su poderoso pecho se expandió con una respiración profunda.

—Emily... —Su nombre no fue más que un suspiro ronco en sus labios cuando él se acercó, empujándola contra el borde de la cama—. Mi ángel, te necesito tan jodidamente...

—Zaron, yo... —Ella no sabía lo que quería decir, pero no importaba porque él ya estaba sobre ella, reclamando su boca con un profundo y absorbente beso. Sus manos la atraparon por las muñecas, y le estiraron los brazos por encima de la cabeza mientras él la hacía descender hasta la cama, y Emily sintió cómo el calor dentro de ella prendía hasta convertirse en una llama abrasadora. A menudo era así con ella: salvaje y dominante; pero incluso en esos momentos, controlaba su sorprendente fuerza, poniendo cuidado en no lastimarla. Eso la excitaba, ese salvajismo controlado por su parte. Su sexo se humedeció y sus pezones se tensaron en sensibles y tiesas montañitas. Gimiendo en su boca, se arqueó contra su poderoso cuerpo, desesperada por calmar el deseo pulsante de entre sus piernas, y sintió el bulto duro en sus pantalones vaqueros.

Vampiro. La palabra atravesó susurrante su mente, trayendo consigo un escalofrío de inquietud, pero eso no fue suficiente para vencer el fuego que fundía su interior. Deseaba a Zaron, lo necesitaba para que la hiciera olvidarse de todo excepto del placer oscuro y embriagador de sus caricias. En ese momento, nada importaba excepto él, ese extraño que le había salvado la vida y le había quitado la libertad, que se había vuelto esencial para ella en las últimas dos semanas. La forma en que la hacía sentir era tan aterradora como excitante, igual que si estuviese escalando una pared vertical con solo una delgada cuerda de seguridad.

Manteniendo las muñecas de Emily encerradas en una de sus grandes manos, Zaron deslizó su otra mano por su cuerpo, y la hundió debajo de su falda para tocar el suave y sensible punto de entre sus muslos. Sus ojos estaban negros como la noche cuando levantó la cabeza, sosteniéndole la mirada al tiempo que sus hábiles dedos separaban sus pliegues en busca del palpitante haz de nervios de su interior. Emily contuvo una exclamación, y todo dentro de ella empezó a contraerse con fuerza cuando él aplicó presión en su clítoris, suavemente al principio y con una caricia más brusca y feroz después. Y todo el tiempo su cuerpo musculoso y duro la mantenía sujeta contra la cama, haciéndola sentirse indefensa y pequeña, débil por el deseo.

—Zaron. —No estaba segura si había susurrado su nombre o lo había suspirado, pero sus fosas nasales se ensancharon y su mirada se agudizó con intensidad depredadora. Había algo en sus ojos que ella nunca había visto antes, algo que la asustaba a pesar de la excitación que ardía a través de su cuerpo.

—Emily, mi ángel... —Su voz era un susurro oscuro y ronco mientras la mantenía atrapada con los dedos jugueteando todavía con su clítoris. Había hambre en sus ojos, notó, y algo más, algo que no podía descifrar del todo—. No te vayas mañana —susurró, mirándola—. Quiero que te quedes.

Sus palabras la golpearon como un martillo. Emily se quedó paralizada, incapaz de respirar, incapaz de hacer nada más que mirarlo fijamente en muda conmoción. ¿Qué quería decir Zaron con eso? ¿Lo sabía? El pánico que burbujeaba a través de ella barrió la bruma de la excitación, dejando solo el miedo en su lugar.

—Pero lo prometiste —se las arregló para susurrar con unos labios entumecidos—. Me prometiste que me dejarías ir.

La extraña emoción en la mirada de Zaron se desvaneció, reemplazada por un brillo frío y duro, y su boca se estrechó dibujando una línea peligrosa. Era como ver a un hombre transformarse en una escultura de granito, una escultura que irradiaba rabia.

—Bien —dijo con dureza—. Así sea. Mañana te irás. Pero hasta entonces, eres mía, y te voy a mostrar exactamente lo que eso significa.

aron sabía que estaba mal sentir tanta ira por la negativa de Emily, pero no pudo impedir que una furia volcánica le abrasara el pecho al mirarla y ver el miedo en sus ojos azul verdoso. Eso agudizó el dolor de su rechazo, lo intensificó, hasta que él se sintió como si estuviera sangrando por un millar de zarpazos y dentelladas.

Si le hubiese ofrecido veneno a Emily en vez de su corazón, hubiese dado igual.

En un día diferente, en circunstancias diferentes, podría haber sido más racional al respecto, podría haber tenido en cuenta el hecho de que solo se conocían desde hacía un par de semanas. Pero las naves iban a llegar al día siguiente, y la idea de que Zaron estaba a punto de perderla, de que ella iba a marcharse y a dejarlo en el vacío agonizante de los ocho últimos años, era como ácido goteando sobre una herida abierta. Lo único en lo que era capaz de pensar era en que Emily no lo deseaba, no sentía el anhelo que lo retorcía a él por dentro y le hacía ansiar algo que nunca pensó que volvería a querer jamás.

El hecho de que ella estuviera tumbada con las piernas abiertas debajo de él, y de que su mano estuviera entre sus lechosos muslos, solo empeoraba las cosas. Podía palpar la humedad de entre sus pliegues, el calor líquido que indicaba su deseo, y eso hizo que su furia aumentara. El cuerpo de Emily lo deseaba, acogía con satisfacción el placer que él le estaba dando, pero su corazón y su mente estaban cerrados para él. No tenía sentido, pero Zaron se sintió utilizado, traicionado de alguna manera... un sentimiento agravado por la lujuria que bombeaba violentamente a través de sus venas.

Si lo único que Emily quería de él era sexo, eso es precisamente lo que iba a tener.

Alzándose, Zaron levantó a Emily consigo por las muñecas que tenía sujetas y después la tumbó sobre su estómago y se las soltó. Ella exhaló una exclamación y sus manos se extendieron sobre el colchón, como si quisiera levantarse, pero él ya le estaba arrancando el vestido y colocando una almohada bajo sus caderas para elevar su trasero suave y bien formado. Ese trasero le obsesionaba, lo mismo que todas las partes del cuerpo de Emily, pero todavía no lo había reclamado como suyo, del mismo modo que no le había hecho las mil y una guarradas que había estado muriéndose por hacerle. Se lo había tomado con calma, para no abrumar a la joven humana, y eso había sido un error.

Ella iba a marcharse mañana, y Zaron ni siquiera había empezado a satisfacer su hambre de ella.

Se inclinó sobre ella y bajó la cabeza hasta que sus labios flotaron sobre la oreja de Emily. Su suave cabello rubio le hacía cosquillas en la cara, y su dulce aroma era tan embriagador que la polla casi le taladra un agujero en los vaqueros.

—Voy a follarte —dijo con una voz dura y ronca que apenas reconocía como suya—. Hoy me lo vas a dar todo, mi ángel.

Ella emitió un sonido suave y entrecortado: ¿estaba de acuerdo? ¿protestaba?... Pero cuando Zaron metió la mano entre sus piernas, ella estaba húmeda y abrasadoramente caliente, lista para él. Le metió dos dedos, penetrando su suave carne, y se le tensaron las pelotas por su gemido jadeante, y por la forma en que su cuerpo se contrajo apretando sus dedos, haciéndolos entrar más adentro. Ella estaba ahora temblando debajo de él, con la piel desnuda caliente y húmeda por el sudor, y Zaron sabía que estaba cerca de llegar, que en instante iba a ser suya.

Mía. La palabra ardió en su mente, trayendo consigo ese intenso y oscuro anhelo. El hambre física era solo una parte de todo ello; el resto estaba entrelazado con la pérdida y el dolor y algo tan brillante e incandescente que compensaba todo el dolor que iba a traerle. Zaron no quería nombrar ese algo, ni siquiera en su mente, pero lo sentía como un ente vivo dentro de él, resonando y latiendo con cada latido de su corazón.

No. Basta. Esto es solo follar, se dijo Zaron a sí mismo. Estaba claro que se había contenido demasiado; por eso no podía imaginarse dejar marchar a Emily, por eso se sentía tan vacío al pensar en los días por venir. Necesitaba sacársela de dentro, hacer lo que fuera necesario para librarse de este retorcido e imposible anhelo.

Moviendo lentamente los dedos dentro y fuera de su húmedo calor, Zaron usó su otra mano para abrir la cremallera de sus vaqueros. Su polla se liberó, tan dura e gruesa que se curvó hasta rozarle el abdomen. Zaron retiró los dedos y los limpió en su verga para cubrirla con su humedad. El aroma de Emily, cálido y dulcemente femenino, le invadía las fosas nasales, y lo único que podía hacer era alinear su polla palpitante contra su entrada y empujar lentamente en lugar de sumergirse por completo. En esta posición, con las piernas cerradas, ella estaba muy prieta, y sabía que podía lastimarla si no tenía cuidado. Pero luego ella gimió, arqueando la espalda para llevarlo más adentro, y él no pudo controlarse. Con un gruñido grave y ronco, Zaron deslizó la mano por debajo de su vientre para encontrar su clítoris y, presionándolo, se la metió hasta el fondo.

Emily gritó, sus manos se convirtieron en puños sobre las sábanas, y él notó cómo se estremecía debajo de él y sus músculos internos se contraían en torno a su polla.

—Zaron... —Su nombre era una oración sin aliento entre sus labios—. Oh Dios mío, Zaron...

Él fue consciente del preciso momento en que ocurría, sintió los ondeantes espasmos de su orgasmo, y apretó los dientes para evitar correrse también. Cogió a Emily por el pelo, y retorció sus sedosos mechones rubios en el puño, forzándole a echar la cabeza hacia atrás. Luego, sosteniéndose sobre un codo, empujó los dedos de su otra mano, los dedos que acababan de estar dentro de ella, en su boca. Sus labios y lengua se sentían increíbles en su piel, su boca tan resbaladiza y cálida como el interior de su coño, y él empujó sus dedos más profundamente, cubriéndolos generosamente en su saliva antes de sacarlos y bajar esa mano hacia su trasero.

—¿Lo has hecho alguna vez? —preguntó con voz ronca, empujando su cara contra el colchón. Sus dedos resbaladizos por la saliva se deslizaron por sus curvilíneas nalgas, encontrando el apretado anillo de músculos del centro, y cuando tocó la pequeña abertura la sintió tensarse por la sorpresa—. ¿Te ha follado alguien por aquí?

—No. —Ella soltó una exclamación ahogada cuando él aplicó algo de presión y le metió dentro la punta del dedo—. Yo... yo nunca...

—Bien. Entonces esto es mío y solo mío. —La satisfacción que sintió Zaron ante esa idea era mucho más que primitiva. Su polla se hinchó y engrosó dentro de su coño hasta que estuvo a punto de estallar, pero con un tremendo esfuerzo de voluntad, contuvo el deseo de correrse. Murmuró a su casa una orden en krinar, y un lubricante especial le cubrió la mano, haciendo más fácil la entrada de su dedo en el tenso culo.

—Relájate —susurró cuando Emily gimió y apretó las nalgas, resistiéndose a la intrusión. Su coño se contrajo en torno a su polla, masajeándole sin querer, y Zaron gimió cuando la tocó con el dedo a través del delgado tejido que separaba sus orificios—. Te acostumbrarás enseguida.

Ella estaba jadeando contra el colchón con la piel brillante por el sudor, pero él sintió que el calor húmedo dentro de ella se intensificaba, cubriendo su polla con más humedad. Después de unos segundos, se redujo lo peor de su tensión, sus músculos se relajaron un poco, y Zaron se inclinó y le besó la oreja, susurrando:

—Eso es, ángel. Muy bien... —Sus palabras tranquilizadoras vinieron acompañadas por un segundo dedo apretando contra su ano. Ella volvió a tensarse, pero él consiguió meterle dentro la punta del segundo dedo, y el resto se deslizó fácilmente con la ayuda del lubricante.

—¿Bien? —murmuró él, sintiéndola temblar, y pareció pasar una eternidad hasta que su cabeza se movió con un ligero gesto de asentimiento.

—Buena chica. Zaron volvió a besarle la oreja y se incorporó hasta quedarse sentado. Luchando por controlarse, comenzó a moverse, empujando en ella simultáneamente con su polla y sus dedos. Emily gimió, y el sonido dolorosamente erótico casi lo hizo estallar en llamas. Necesitó echar mano de todas sus fuerzas para tener cuidado y mantener sus movimientos lentos y controlados para no hacerle daño. Sin embargo, mientras él seguía moviéndose, su rigidez fue disminuyendo poco a poco, sus gemidos se hicieron más fuertes, y su coño le estrujó con un calor resbaladizo y sedoso.

Zaron gimió, la agarró por la cadera con su mano libre y empezó a aumentar el ritmo de su polla, y a mover los dedos dentro de ella al mismo tiempo. Se sentía como un volcán a punto de estallar, y sabía que no duraría más de unos pocos segundos... y que para entonces ya no tendría que hacerlo.

Con un grito agudo, Emily llegó al clímax, y sus músculos le apretaron como un torno suave y húmedo. Sintió los espasmos sacudiendo su cuerpo, la oyó jadear, y entonces ahí estaba, su propio orgasmo, enviando oleadas de éxtasis por todas sus terminaciones nerviosas. Lo vio todo blanco cuando una enorme oleada de placer le recorrió, aturdiéndolo con su potencia, y su semilla brotó, con su polla sacudiéndose dentro de ella sin control.

Con la respiración entrecortada, Zaron salió de Emily y sacó sus dedos de su entrada trasera. Luego se levantó, la tomó en sus brazos y la llevó hasta la ducha. Ella parecía aturdida, apenas capaz de mantenerse en pie cuando él la puso dentro de la cabina de la ducha, así que la levantó de nuevo, sosteniéndola contra su pecho mientras la tecnología inteligente los limpiaba a ambos.

Le daría a Emily unos minutos para recuperarse, y luego llegaría la hora del segundo asalto.

ENVUELTA en los brazos de Zaron, Emily se sentía exprimida al máximo, y abrumada. Su cuerpo palpitaba en lugares que ni sabía que existían, y sus músculos parecían estar hechos de algodón. La extrema mezcla de éxtasis y dolor que acababa de experimentar era demasiado para procesarla junto con todo lo demás.

Él iba a dejarla marchar al día siguiente.

Emily tendría que haberse sentido aliviada, pero en cambio, una fuerte opresión se había instalado en su pecho, comprimiendo su caja torácica y apretando su estómago. ¿Había estado Zaron pidiéndole que se quedara en lugar de amenazarle con detenerla? ¿Es por eso que pareció enfadarse tanto cuando ella le recordó su promesa? Durante un par de segundos, ella había temido que él pudiera castigarla sexualmente, pero él había sido delicado... bueno, tan delicado como un hombre que le hacía una doble penetración podía ser. Su entrada trasera todavía le ardía a causa de sus dedos, pero había habido algo acerca de esa rara y desconocida sensación de plenitud, de ser poseída de una manera tan total y absoluta, que había hecho que su orgasmo fuera infinitamente más intenso.

Cuando ambos estuvieron limpios y secos, Zaron la

llevó de vuelta al dormitorio. Emily esperaba que él la dejara en la cama y se apartara, pero él la puso allí y la cubrió con su cuerpo. Apoyándose sobre los codos, le enmarcó la cara con sus grandes manos, y antes de que ella tuviera la oportunidad de decir algo, la besó.

Su aliento era dulce y ligeramente mentolado por la limpieza, pero el beso mismo no tenía nada de dulce. Era salvaje y apasionado, con tantas ganas como si no se hubiera vaciado justo un momento antes dentro de ella. Al instante, Emily sintió el calor retorcerse en lo profundo de su vientre, y el palpitar de la excitación corriéndole por las venas. Con el cuerpo musculoso de Zaron sobre ella, estaba envuelta en una burbuja de sensualidad oscura, y no existía nada más allá de ese beso: ninguna invasión, ningún miedo, ningún mañana. Todo parecía haberse desvanecido, dejando solo al hombre que le comía la boca y las ganas desesperadas que le hacían arder la sangre.

El siguiente par de horas fueron un borrón de sexo, de su boca, sus dedos y su polla por todo su cuerpo. Se la follaba como si fuera la última vez que practicaba el sexo y ella se corrió una y otra vez, gritando su nombre. Y cuando Emily pensó que ya no iba a poder aguantarlo más, él se echó lubricante en el pene, la colocó doblada por la cintura, se puso sus piernas sobre los hombros y fue metiéndose en su culo, centímetro a lento centímetro. Dolía y escocía: su polla era mucho más grande que sus dedos. Pero ella estaba demasiado aturdida por todo el sexo para mostrar ningún tipo de protesta. Solo era capaz de permanecer allí sin poder hacer nada, tratando de respirar mientras la intrusión le causaba calambres, pero después de que lo peor del dolor punzante se calmara, el placer oscuro regresó, ayudado por sus hábiles dedos acariciando sus inflamados pliegues.

—Córrete para mí —susurró él, pellizcando su clítoris a la vez que se metía más profundamente en su culo, y Emily hizo exactamente eso, y su cuerpo exhausto se estremeció de éxtasis una y otra vez.

No estaba segura de si entonces se había quedado dormida, o sencillamente se había desmayado, pero cuando se despertó Zaron la había duchado y estaba sentado en el borde de la cama sosteniendo una bandeja con bayas y nueces tostadas.

—Come —le ordenó, llevándole una fresa a la boca, y Emily la mordió obedientemente, todavía demasiado cansada y agobiada para hacer otra cosa. Le dolían los músculos en lugares donde no sabía que tenía músculos, y su sexo estaba tan sensible que el más leve roce contra su clítoris le dolía. Sin embargo, cuando Zaron terminó de alimentarla y volvió a acercarse a ella, ella respondió, su cuerpo condicionado por el placer alucinante que su contacto siempre le había causado.

Hicieron el amor de nuevo, tranquilamente esta vez, y cuando Emily se quedó al final tendida entre los brazos de Zaron, destrozada y agotada, sintió un dolor sordo que le oprimía el pecho. Todavía era por la tarde temprano, pero la mañana siguiente se cernía como una nube oscura, y ese mero pensamiento la inundaba de temor. Después de lo que había averiguado acerca de la gente de Zaron, estaba aterrorizada por la invasión que se avecinaba, pero tenía más miedo de cómo se sentiría al estar separada de Zaron... al saber que nunca volvería a estar abrazada a él.

¿Y si se quedaba? El pensamiento surgió como un insidioso susurro en su mente, oscuro y tentador. Él había dicho que quería que se quedara. ¿Lo había dicho en serio? Y si era así, ¿durante cuánto tiempo? Seguramente se cansaría de ella a la larga, si no enseguida, en cuanto su cuerpo humano comenzara a mostrar signos de envejecimiento. Y luego estaba el asunto de que bebiera sangre y el hecho de que su especie estaba a punto de apoderarse de la Tierra con misteriosas y posiblemente siniestras intenciones.

Síndrome de Estocolmo. Emily sabía lo que era, incluso había escrito un ensayo sobre eso en su clase de psicología de la universidad. Zaron no la maltrataba, pero la había retenido en su casa contra su voluntad. Era muy posible que la dinámica carcelero-prisionera hubiera retorcido su pensamiento, amplificando la atracción física hasta convertirla en una adicción malsana. Desde que Emily se había despertado en casa de Zaron, había tenido que depender de él para todo: comida, agua, paseos... incluso placer y consuelo. En ese momento, él era un dios en su mundo, un gobernante con poder absoluto. Él la controlaba por completo. ¿Cómo podría ella tomar una decisión racional y sensata con ese estado de ánimo? ¿Cómo podía confiar en ella misma para renunciar a todo, para estar con un extraterrestre cuya especie podría hacerle daño a la suya?

No podía. Era así de sencillo.

El dolor la atravesó, tan agudo como una puñalada, pero Emily sabía que tenía que ser fuerte. Era la única manera. Aun así, no podía evitar que le escocieran los ojos al levantar la cabeza del hombro de Zaron para encontrarse con su brillante mirada.

—Quiero que lo hagas —dijo ella, con la voz temblando por el esfuerzo de contener las lágrimas—. Lo que me hiciste la segunda vez que tuvimos sexo. Lo que prometiste que no harías. Quiero que me folles y me hagas olvidar.

El cuerpo de Zaron parecía haberse convertido en piedra y sus ojos en negras lagunas en su rostro perfectamente esculpido.

—¿Estás segura? —Su voz era baja y profunda—. ¿Estás segura de eso, mi ángel?

Emily asintió, asustada pero resuelta. Estaba más que dolorida y agotada, pero no podía seguir torturándose así hasta la mañana siguiente. Y una parte de ella quería volver a experimentarlo: esa felicidad oscura, esa pérdida total de conciencia de sí misma. Quería que Zaron bebiera su sangre para poder ver cómo era y olvidar sus preocupaciones al mismo tiempo.

—Hazlo —dijo ella, y observó cómo tensaba la mandíbula. Él se movió, y sin darle tiempo a pestañear, Emily se encontró de espaldas otra vez, con el gran cuerpo de Zaron atrapándola contra el colchón. Sus manos se deslizaron por su cabello y él bajó la cabeza. Le rozó el cuello con los labios, y entonces ella lo sintió: ese dolor agudo y punzante.

Se dio cuenta de que era su mordisco, y entonces ya no fue capaz de pensar en absoluto, y todos sus sentidos quedaron anegados por el éxtasis explosivo que estallaba en sus venas.

CAPÍTULO TREINTA Y DOS

Zaron observaba a Emily mientras ella empezaba a despertarse y se daba la vuelta mostrando sus turgentes pechos y la parte superior de su esbelto vientre. Su piel pálida era perfectamente lisa, y sus pezones, rosados y suaves en su estado de reposo. Ella era hermosa, su chica humana, y él la deseaba con una fiereza que le robaba el aliento. La noche anterior no había supuesto ninguna mejoría; en todo caso, lo había empeorado todo. El sabor de ella aún estaba en su lengua, dulce y vital, y saber que nunca volvería a tenerla era tan atroz como una picadura de *Chironex fleckeri*.

Ella no quería quedarse. Tenía que aceptarlo, por mucho que la oscura voz de su interior le susurrara que podía retenerla, que nadie interferiría jamás. Él podría convertirla en su charl, y a la larga, ella lo aceptaría, tal vez incluso lo apreciaría con el tiempo.

No. Zaron reprimió esa voz. Le había prometido a

Emily dejarla libre, y tenía que cumplir esa promesa. Él no podría vivir consigo mismo si ella llegaba a odiarlo; no importaba cuánto la necesitara: no la quería poco dispuesta y llena de resentimiento.

Levantó la mano y acarició suavemente el satinado perfil de su mandíbula.

—Despiértate, mi ángel. Es hora de irte si quieres llegar a tu vuelo.

Los ojos de Emily se abrieron, y ella parpadeó, y lo miró fijamente.

—¿Qué?

—Tienes que vestirte y comer, para que podamos irnos —dijo Zaron. A pesar de que tenía la intención de tomárselo todo con calma y sin dramatismo, las palabras salieron cortantes y duras— No querrás que tu avión se vaya sin ti.

—¿Mi avión? —Emily se sentó, tiró de la manta hasta cubrirse el pecho y le lanzó una mirada de desconcierto—. ¿Qué quieres decir?

—Te he comprado un billete de avión para reemplazar el que caducó sin usar —dijo Zaron—. Ahora tengo que llevarte al aeropuerto.

—Oh. Gracias. Eso es muy considerado por tu parte. —Ella saltó de la cama, y sus elegantes curvas le hicieron la boca agua mientras ella cruzaba desnuda la habitación sobre sus pies descalzos—. Ahora mismo vengo.

Desapareció en el baño y, un momento después, Zaron oyó ponerse en marcha la ducha. La tentación de reunirse con ella era fuerte, pero él se resistió al impulso. Si volvía a tocar a Emily, era muy probable que ella no volara hoy.

Cuando ella salió de la ducha, todavía desnuda, él le entregó un montón de ropa y observó cómo enarcaba lentamente las cejas.

—Esto es mío —dijo ella, mirándolo con incredulidad—. ¿De dónde has sacado mi ropa?

—La traje hasta aquí, junto con el resto de tus pertenencias, desde el hotel donde te alojabas —dijo Zaron, haciendo todo lo posible para mantener la mirada por encima de su cuello—. Sabía que necesitarías tu pasaporte y todo eso. —Él había ido hasta allí el día después de que ella despertara, cuando decidió quedársela hasta la llegada de las naves.

—Entonces tú has tenido esto todo el tiempo. —Ella entornó los ojos—. ¿Por qué me lo has ocultado?

—No necesitabas ninguna de esas cosas aquí —dijo él, ignorando la forma en que su boca se tensaba ante esa respuesta—. Te proporcioné ropa y calzado mejores y más cómodos.

En realidad, Zaron no sabía por qué le había ocultado a Emily sus pertenencias. Ella no traía mucho en este viaje, solo una mochila llena con cosas básicas, y él no había pensado mucho en el asunto. Simplemente había recuperado la bolsa del hotel de Emily y la había guardado. La ropa que él había fabricado para ella era de hecho superior a las primitivas prendas humanas, y verla caminar con los vestidos que él mismo había creado le había resultado un placer.

Los movimientos de Emily eran tensos y bruscos mientras se vestía, pero no dijo nada, lo cual era inteligente por su parte, pensó Zaron. Dada la ira que se estaba forjando en su pecho, no le haría falta demasiado para incitarlo a una discusión.

Cuando Emily estuvo vestida, él le dio un batido de frutas que su casa había preparado y le dijo:

—Vámonos.

Cogiendo su mochila al pasar, la condujo fuera de la casa.

CON SUS PENSAMIENTOS EN EBULLICIÓN, Emily siguió a Zaron al exterior, sorbiendo su batido sin notar ni el sabor. Su ropa normal, un par de pantalones cortos, una camiseta y unas zapatillas Nike, le parecían extrañamente ásperos e incómodos, como si pertenecieran a otra persona. Su cuerpo, sin embargo, se sentía bien, sin rastros de dolor por la maratón sexual de del día anterior. Zaron debía de haberla curado mientras dormía.

La noche anterior y el resto del día de ayer estaban borrosos en la mente de Emily, formando una maraña de imágenes y sensaciones vagamente recordadas. Lo único de lo que podía acordarse era de un placer que parecía demasiado intenso para ser puramente sexual. Le recordaba a esa vez en la que había probado accidentalmente una droga de diseño estando en la universidad. Era como si todo aquello fuera realidad aumentada, y el éxtasis agudamente surrealista. ¿Sería el efecto de su mordisco, o le había dado él algún tipo de droga alienígena como afrodisíaco? Quería preguntar, pero no se atrevió a traicionar su conocimiento de este rasgo krinar; no cuando estaba tan cerca de la libertad.

—¿Cómo llegaré hasta el aeropuerto? —preguntó en vez de eso cuando Zaron comenzó a caminar en dirección al lago. El sol ya estaba alto en el cielo, Emily debía de haber dormido hasta tarde y el aire era denso y húmedo—. No podemos ir andando hasta allí, ¿verdad?

—No, claro que no. —Su respuesta fue cortante—. Tengo un vehículo escondido aquí cerca.

—Oh. —¿Tenía un coche en la jungla?—. ¿Dónde?

—Ya lo verás.

Continuaron caminando en silencio. Cuando Emily se terminó su batido, la taza se disolvió en su mano, sobresaltándola. Ella quería preguntar sobre eso, pero cuando miró a Zaron y vio su expresión adusta, decidió no hacerlo. Su captor, el que pronto sería su *ex* captor, no estaba de buen humor.

Al poco tiempo, la camiseta de Emily estaba pegada a su espalda. Había tanta humedad que era hasta difícil respirar. Esa tarde iba a llover, podía percibirlo, y se preguntó si eso retrasaría su vuelo. O tal vez la invasión alienígena, pensó, y no pudo evitar echarse a reír ante lo ridículo que era todo.

—¿Qué es eso tan divertido? —Zaron le dirigió una mirada penetrante.

—¿Ya han llegado tus naves y han establecido contacto? —le preguntó en lugar de darle alguna explicación.

Zaron negó con la cabeza.

—Sucederá dentro de un par de horas.

—¿Y me estás dejando ir ya? —Emily no podía evitar el sarcasmo que impregnaba su voz—. ¿Y si hablo antes de entonces?

Zaron apretó los dientes, pero no dijo nada, y Emily soltó un suspiro de alivio cuando él simplemente prosiguió la marcha. ¿Por qué había intentado provocarle? Sabía que ya estaba al límite. ¿Había alguna parte retorcida dentro de ella que esperaba que él se enfadara tanto que la obligara a quedarse?

Dejando de lado ese pensamiento, Emily siguió a Zaron a través de la espesa selva. Poco después, él giró hacia el oeste y tomó un estrecho sendero de tierra que serpenteaba entre una maraña de árboles y arbustos. Caminaron de esa guisa durante lo que le pareció un kilómetro y medio, hasta que llegaron a un claro.

Allí, medio escondido bajo un dosel de árboles, había un Monster Truck.

—Haremos el resto del camino con esto —dijo Zaron, sacándose un manojo de llaves del bolsillo, y Emily se lo quedó mirando con la boca abierta mientras abría el vehículo, lanzaba dentro su mochila y se sentaba en el asiento del conductor.

—¿Tú sabes conducir este trasto? —preguntó asombrada, y él le dirigió una mirada de perplejidad.

—Por supuesto que sé conducir. ¿Cómo si no iba a

desplazarme por tu planeta? Todavía no se nos permite usar nuestras cápsulas de vuelo.

—Vale. —Emily se subió a la camioneta... literalmente, trepó, ya que el estribo le quedaba a la altura de la cadera, y se abrochó el cinturón—. Solo es que nunca te imaginé llevando algo así. —No se había imaginado nunca a su captor alienígena conduciendo, pero si lo hubiese hecho, habría sido al volante de algo elegante y futurista, como un Tesla.

—Lamento decepcionarte. —La expresión de Zaron era inescrutable mientras encendía el coche—. Necesitaba algo resistente para este terreno.

—Lo pillo —dijo Emily mientras el vehículo empezó a avanzar a través de un muro aparentemente impenetrable de hierba alta y arbustos bajos. Cuando encontraron una zanja y la saltaron, agradeció tener el cinturón de seguridad puesto—. Ya veo lo que quieres decir.

Esperaba que siguieran así un rato, pero en pocos minutos alcanzaron una carretera de tierra, y aparte de los baches ocasionales, el resto del trayecto fue sencillo. Zaron no hablaba, ni Emily tampoco. Sus hombros estaban tensos mientras iba conduciendo, y sus nudillos blancos de apretar el volante. Emily percibió que una sola palabra o gesto suyo bastarían para que él diera la vuelta. Podía sentirlo en la tensión eléctrica que crepitaba entre ellos y en el silencio que se sentía tan denso y plomizo como el aire exterior.

Emily se mordió la lengua para no decir nada, y miró hacia el otro lado, contemplando el paisaje por la ventana sin ver. No podía permitirse a sí misma ablandarse ahora mismo. Tenía una vida en casa que no giraba en torno a un guapísimo extraterrestre, una vida que había trabajado muy duro para construir. Obviamente, no estaba pensando con claridad; si no, no se habría ni planteado ceder a esa locura.

El viaje pareció durar una eternidad, pero cuando Emily le echó un vistazo al reloj del salpicadero, vio que solo habían pasado dos horas desde que se subieron a la camioneta.

—¿Vamos al aeropuerto de Liberia? —preguntó cuando entraron en las afueras de la ciudad, y Zaron asintió.

—Es el más cercano con vuelos internacionales. Te he conseguido un vuelo directo al aeropuerto John F. Kennnedy.

—Gracias. —Emily no supo qué más decir. Para ser alguien que no quería que se fuera, Zaron estaba siendo increíblemente considerado—. Te lo agradezco de veras.

Él no respondió, y unos minutos después, estaban llegando a la terminal de salidas. Zaron estacionó la camioneta en la acera, salió de un salto y se acercó a abrirle la puerta a Emily. Ella estaba a punto de saltar también, pero él la cogió y la bajó hasta el suelo, sujetándola por la cintura de una manera increíblemente fuerte aunque delicada.

—Eh, gracias —murmuró Emily cuando la soltó y dio un paso atrás. Su contacto la había alterado al atravesar el calor de sus palmas la fina tela de su camiseta, y su corazón golpeteaba dentro de su pecho cuando Zaron metió la mano en la camioneta y sacó la mochila, entregándosela.

—Tu pasaporte está en el bolsillo exterior, al igual que tu billetera —dijo con una expresión todavía impenetrable—. La tarjeta de embarque está dentro del pasaporte.

Emily asintió. Quería darle otra vez las gracias, pero tenía un enorme nudo en la garganta, y sabía que si intentaba hablar, se echaría a llorar. Por el rabillo del ojo, notó que la gente de su alrededor les estaban mirando a ellos o, más específicamente, a Zaron. Las mujeres de todas las edades parecían hipnotizadas por el hombre alto y de tez oscura que podría haber salido directamente de una de sus fantasías. ¿Se percataría alguien de su naturaleza de fuera de este mundo, se preguntó Emily, o estarían demasiado cegados por su impresionante belleza masculina?

Los ojos de Zaron estaban clavados en su rostro, y por un momento, ella pensó que él tal vez fuera a pedirle de nuevo que se quedara. Esta vez, Emily no sabía si sería capaz de negarse. Ahora que su partida ya no era hipotética, apenas podía respirar a través del dolor aplastante. El aire denso y húmedo parecía estar presionándola por todos lados, haciéndola sentir como si estuviera encerrada en un pequeño armario. Aún no había subido al avión, y ya estaba echando de menos a su captor, sufriendo por él de la peor manera posible.

Pero él no le pidió que se quedara.

—Adiós, Emily —le dijo, y antes de que ella pudiera pensar, se subió a la camioneta y se marchó.

~

EMILY NO SABÍA cómo había logrado pasar a través de la seguridad y subir al avión. Las lágrimas que le corrían por el rostro eran cegadoras, y notaba en la garganta como si la estuvieran estrangulando por la sensación de pérdida aplastante y devoradora. Seguía recordándose a sí misma todas las razones por las que esta era la decisión correcta, pero no importaba.

No podía hacer desaparecer el dolor usando la lógica.

—¿Va todo bien, señorita? —le había preguntado un agente preocupado en la cola del control de seguridad, y ella había murmurado algo acerca de separarse de un novio. El hombre le había dirigido una sonrisa compasiva y la había hecho pasar con un gesto, y Emily había avanzado dando tumbos, y había subido al avión de alguna manera, y allí estaba, sentada, escuchando el discurso previo al despegue del piloto.

Su billete era para un asiento de ventana en *business,* otro gesto considerado por parte de Zaron. En circunstancias normales, Emily hubiera disfrutado mucho la mejora del billete, pero estaba demasiado disgustada para apreciar la comida gourmet y el alcohol gratis. Daba igual cuánto lo intentara, no podía evitar que las lágrimas fluyeran, y el vuelo de cinco horas pareció prolongarse en una eternidad. Lo único que logró hacer fue enchufar su teléfono muerto, por lo que, con suerte, funcionaría cuando llegara a casa.

Finalmente, aterrizaron en el JFK.

La primera pista de que algo andaba mal fueron las multitudes frenéticas dentro de la terminal. El siempre concurrido aeropuerto de Nueva York estaba lleno hasta los topes de pasajeros frustrados que ocupaban todos los asientos disponibles junto a las puertas de embarque y alineados a lo largo de las paredes. Cada mostrador de atención al cliente tenía una cola de varios cientos de personas, y los empleados de las compañías aéreas que se encontraban detrás parecían agotados y abrumados.

—¿Qué está pasando? —preguntó Emily a un hombre de aspecto relativamente tranquilo que estaba de pie junto a un quiosco de bocadillos.

—¿No se ha enterado? —dijo—. La Administración Federal de Aviación acaba de hacer aterrizar todos los vuelos. No han dicho por qué, pero el presidente va a dar una conferencia de prensa esta noche.

CAPÍTULO TREINTA Y TRES

El tiempo de espera para un taxi era de casi dos horas, así que Emily cogió el tren rápido de conexión al metro, y luego la línea E hasta el centro. En el abarrotado metro, la gente murmuraba, especulando en medio del pánico general; nadie sabía de qué iba a ir el inminente comunicado, pero casi todos creían que tenía que ver con una importante amenaza terrorista. ¿Por qué si no iba la Administración Federal de Aviación a hacer aterrizar a todos los aviones?

Emily sabía la verdadera respuesta, pero mantuvo la boca cerrada y trató de ignorar las conversaciones que tenían lugar a su alrededor. Los neoyorquinos eran criaturas solitarias, condicionadas para no interactuar con extraños, pero el miedo generado por los extraordinarios acontecimientos parecía romper esas barreras. Todos estaban hablando con todos, exponiendo sus ideas sobre si sería el Estado Islámico, o Al-Qaeda, o algo completamente distinto.

Cuando Emily se bajó en su parada de Times Square, le dolía la cabeza y se encontraba mareada por una combinación de *jet lag* y hambre. Había estado demasiado disgustada para comer en el avión y ya hacía mucho de su batido del desayuno. Aunque no es que comer pudiera hacer algo para aliviar la ansiedad que estaba royendo un agujero en su estómago.

La invasión estaba ocurriendo. Era real. Hasta que se bajó del avión, una parte de Emily había tenido la loca esperanza de que algo evitaría que los krinar llevaran a cabo su plan, que al final algo les haría cambiar de opinión. Pero por supuesto, no había sido así. Habían establecido contacto, y el gobierno de EE.UU. había reaccionado haciendo aterrizar todos los aviones.

Y se dio cuenta de que no había sido solo el gobierno de los Estados Unidos al ver los titulares en movimiento en las pantallas gigantes de Times Square. Habían hecho aterrizar a los vuelos de toda Europa y toda Asia. Emily supuso que era para que los transportes civiles no interfirieran con las maniobras militares aéreas, en caso de que fueran necesarias.

Estremeciéndose al pensarlo, Emily se abrió paso entre la multitud de Times Square y se apresuró a llegar al apartamento de Amber, que estaba a unas cinco manzanas de su propio estudio de Midtown West. Gracias a que se había acordado de cargar su teléfono en el avión, tenía un par de barras de batería, pero cada vez que intentaba llamar a Amber, la llamada no conectaba. Sospechaba que era porque las redes móviles estaban sobrecargadas; todos estaban intentando llamar a alguien para especular sobre la misteriosa amenaza que había interrumpido todo el tráfico aéreo. Con suerte, Amber estaría en casa; pasaban bastante de las ocho de la tarde del domingo, y Amber normalmente tenía que levantarse temprano los lunes por la mañana para ir a su trabajo de media jornada en una cafetería que servía desayunos.

El apartamento de una habitación de Amber estaba en la Décima Avenida, en el cuarto piso de un edificio sin ascensor que no había sido renovado desde los años ochenta. El edificio tenía una pinta y un olor terribles, pero el alquiler era bajo, al menos para los estándares de Manhattan, y Amber podía pagarlo con sus ingresos como cajera y escritora freelance.

Sintiéndose al límite de sus fuerzas, Emily subió los cuatro tramos de escaleras y llamó al timbre.

—¡Emily! ¡Gracias a Dios! —Amber casi se abalanzó sobre Emily, estrujándola con un fortísimo abrazo en el mismo momento en que la puerta se abrió—. ¡Estaba tan preocupada por ti!

—Estoy bien —dijo Emily, sonriendo a su amiga quien, como de costumbre, llevaba un vestido de estilo bohemio repleto de salpicaduras de color y tenía motas de pintura en su espeso cabello rojo. Amber era aspirante a artista además de escritora, y pasaba todo su tiempo libre trabajando en su obra—. Siento mucho haberme retrasado así. No quería cargarte con el muerto de George tanto tiempo. ¿Cómo está?

—Tu gato está bien... es todo un amor, en realidad

—dijo Amber, haciendo entrar a Emily en el apartamento—. No ha sido problema cuidar de él. Pero cuéntame, ¿qué ha pasado? Se suponía que ibas a regresar hace dos semanas; luego recibo ese misterioso y breve email tuyo, y después nada.

—Sí, en cuanto a eso... —Emily dejó su mochila en el suelo—. ¿Podemos poner las noticias primero? Creo que sería más fácil explicártelo después de que el presidente dé su discurso.

—¿Qué? —Amber la miró confundida—. ¿Qué discurso?

—No te has enterado, ¿eh? —No era raro que Amber no hiciera caso a su teléfono ni a su ordenador cuando estaba poseída por la inspiración artística.

—He estado pintando todo el fin de semana —dijo Amber, confirmando la suposición de Emily—. ¿Por qué? ¿Ha pasado algo?

—Podría decirse que sí. Vamos, encendamos la tele.

En cuanto entraron en el cuarto de estar, una bola de pelo gris salió disparada por el suelo, maullando a todo volumen. Emily se echó a reír, se agachó y cogió a su gato, que empezó a ronronear en cuanto estuvo en sus brazos.

—George te ha echado de menos de verdad —dijo Amber, cogiendo el control remoto para encender su televisor—. Apenas comió el primer par de días, solo miraba por la ventana y... ¡Oh, mierda!

El canal de noticias mostraba a viajeros varados en aeropuertos de todo el mundo, con gente tumbada, sentada y de pie en todas las terminales. Las colas para coger un taxi en el exterior eran kilométricas, y los atascos dentro y alrededor de los principales aeropuertos eran horrendos.

—Sí, el JFK está así también. Llegué justo antes de que hicieran aterrizar a todos los aviones —dijo Emily. Sentada en el sofá, abrazó a George más fuerte contra su pecho, obteniendo consuelo de su cuerpo cálido y peludo.

El presentador de las noticias informaba sobre la situación y especulaba sobre el contenido de la próxima conferencia de prensa del Presidente. Lo que realmente desconcertaba a todos no era solo que el Presidente tuviera previsto hablar a las nueve. Era que todos los líderes mundiales iban a hablar a sus ciudadanos al mismo tiempo.

—¿Qué está pasando? —Las pecas en el rostro de Amber aportaban algo de color y contrastaban con la tez pálida que mostraba al volverse a mirar a Emily—. ¿Sabes algo de esto?

—Tú solo mira —dijo Emily cuando las cámaras cambiaron a la imagen del interior de la Casa Blanca donde el presidente de los Estados Unidos entraba en esos momentos en la sala de prensa. Se situó en un alto atril, miró directamente a cámara, y Emily pudo distinguir las marcas de tensión cinceladas en su cara normalmente estoica.

—Buenas noches —dijo, y Emily tuvo que admirar su compostura. A pesar de todo, su voz era serena y tranquilizadora—. Estoy seguro de que muchos de ustedes se están preguntando qué hay detrás de los eventos extraordinarios de hoy, así que voy a ir directo al grano. Hace unas horas, la NASA detectó un objeto fuera de lo común en la órbita de la tierra. Poco después, nosotros, junto con la mayoría de las otras naciones desarrolladas, fuimos contactados por una especie extraterrestre humanoide que se llaman a sí mismos los krinar. Supuestamente, sembraron la vida en la Tierra hace miles de millones de años enviándonos ADN desde Krina, su planeta natal. Luego, guiaron nuestra evolución con el objetivo de desarrollar una especie que fuera similar a ellos en muchos aspectos. *Nosotros* somos esa especie y ellos han considerado que este es el momento adecuado para establecer contacto. Su embajador me ha asegurado que, si bien tienen la intención de construir algunos asentamientos en nuestro planeta, están interesados en la coexistencia pacífica, no en la guerra.

Se detuvo para coger aire, y la sala estalló en preguntas, con todos los reporteros gritando para intentar hacerse oír por encima del resto.

—¿Cómo saben que esto es real y no un engaño? —gritó una mujer rubia.

—¿Qué aspecto tienen? ¿Dónde está su planeta? —gritó un hombre alto y con entradas.

—¿Es su nave el objeto de nuestra órbita? ¿Cómo se acercaron sin ser vistos?

—¿Cómo han llegado hasta aquí? ¿Pueden superar la velocidad de la luz?

—¿Qué tipo de tecnología tienen? ¿Qué tipo de armas?

—¿Qué están buscando realmente? ¿Cómo sabemos que sus intenciones son pacíficas?

—¿Por qué quieren construir asentamientos aquí? ¿Están intentando colonizarnos?

Esto continuó durante más de un minuto, hasta que el presidente levantó su mano, con la palma hacia afuera.

—Silencio, por favor —dijo con esa voz tranquilizadora suya: la voz que le había servido tan bien durante las elecciones y la posterior presidencia. Al instante, los reporteros se calmaron y el frenético rugido de la habitación se convirtió en un zumbido inquieto.

—Ahora —prosiguió el presidente—, haré todo lo posible para responder a algunas de sus preguntas. La NASA ha confirmado que el objeto en nuestra órbita es de hecho una de sus naves. Hay varias naves más cerca, en nuestro sistema solar. En este punto, estamos seguros de que esto *no* es un engaño. Su embajador nos ha dicho que Krina está en una galaxia diferente. Por lo tanto, los krinar han de tener los medios para viajar por encima de la velocidad de la luz. Su tecnología parece ser mucho más avanzada que la nuestra, y asumimos que sus armas también deben de serlo. Sin embargo, como no tenemos motivos para creer que sus intenciones sean hostiles, eso no tiene por qué suponer motivo de preocupación. En cuanto a su apariencia externa, es humana. La imagen del embajador de los krinar se distribuirá a los medios de comunicación inmediatamente después de esta conferencia de prensa. Esto es todo lo que sabemos en este punto; a medida que averigüemos más, difundiremos esa información. Mientras tanto, les exhorto a todos a que permanezcan tranquilos y prosigan con sus vidas con tanta normalidad como sea posible. Esto marca un punto de inflexión en nuestra historia. Asegurémonos de que sea uno que podamos contemplar con orgullo en años venideros. Gracias a todos y buenas noches.

La habitación volvió a estallar, pero el presidente ya se estaba marchando, rodeado por sus asesores. En cuanto salió de la habitación, la pantalla del televisor se dividió en ocho para mostrar conferencias de prensa parecidas que estaban teniendo lugar por todo el planeta, y el presentador, que parecía tan conmocionado como sin duda se sentían sus espectadores, empezó a resumir el discurso del presidente.

Emily soltó el aire que había estado conteniendo, y se puso al todavía ronroneante George sobre el regazo. Se sentía extrañamente aliviada. Hasta aquel mismo momento, una parte de ella había temido que Zaron solo hubiera intentado apaciguarla con sus promesas de que venían en son de paz. Pero le había dicho la verdad, o al menos la misma verdad que los krinar habían comunicado a los líderes de las naciones desarrolladas. Las verdaderas intenciones de los visitantes estaban aún por determinar, especialmente a la luz de sus secretas tendencias de beber sangre, pero Emily se sentía mejor de todos modos.

Junto a ella, Amber estaba viendo las noticias con una expresión de asombrada incredulidad.

—Alienígenas. —Se volvió a mirar a Emily—. Están de broma, ¿verdad? ¿Es algún truco de Halloween súper adelantado?

—No lo creo —dijo Emily. Amber era su mejor amiga, habían sido inseparables desde su primer año de universidad, pero por alguna razón, Emily se sentía reacia a hablarle de Zaron. Quería pensar que era porque estaba hecha polvo por el viaje, pero, muy en el fondo, sabía la verdad.

No quería hablar con su mejor amiga sobre su cautiverio porque se sentía dolorida y destrozada, hecha pedazos por el convencimiento de que nunca volvería a ver a Zaron. Revivir toda la historia sería como arrancarle los puntos a una herida que aún sangraba, y Emily no sabía si podría soportarlo, al menos, todavía no.

—Oh, vamos. ¿Alienígenas? —Amber se levantó de un salto y comenzó a dar vueltas por la habitación—. ¿Jodidos aliens? No puede ser, sencillamente no es posible. Tiene que ser algún tipo de broma... o tal vez se hayan confundido, y sean en realidad los norcoreanos o los chinos probando algún tipo de arma nueva. O tal vez sea uno de esos grupos activistas que se dedican a hackear. Tal vez hayan entrado en los ordenadores de la NASA y les están haciendo creer que están viendo alienígenas. O tal vez... —Siguió dándole vueltas y vueltas, elaborando alternativas cada vez más creativas, mientras Emily acariciaba a George y la escuchaba, demasiado cansada y desanimada para hacer ninguna otra cosa.

Finalmente, después de lo que pareció una media hora, Amber se dio cuenta de que Emily no compartía su sorpresa y su incredulidad.

—No pareces estar sorprendida por esto —dijo, y sus cejas cobrizas se juntaron formando un ceño, mientras se detenía delante de Emily—. ¿A qué se debe eso? ¿Has oído algo por el camino?

—Yo... —A pesar de que Emily no quería hablar sobre su viaje, tampoco quería mentir—. Más o menos —eludió, acariciando la suave piel de George.

—¿Más o menos? ¿Qué significa eso?

Emily dejó escapar un suspiro. Tendría que haber sabido que Amber no lo dejaría correr. Con su mirada a menudo soñadora y su estilo bohemio de vestir, puede que la amiga de Emily pareciera una artista distraída, pero era tan avispada como cualquier detective. Nunca era buena idea subestimar a Amber... especialmente dado lo bien que conocía a Emily.

—¿Podemos hablarlo mañana? —preguntó Emily, aunque sabía lo que le iba a resultar pedirle eso—. Estoy muy cansada por el viaje y…

—¿Qué? ¡No, claro que no! Desapareces dos semanas en Costa Rica; luego regresas y hay una invasión alienígena que no parece sorprenderte. —Amber se sentó y se cruzó de brazos—. Escupe. Ahora. Estás sin trabajo, así que mañana podrás dormir hasta tarde.

—Vale, de acuerdo. —Había valido la pena

intentarlo. Respirando profundamente, Emily se lanzó a contar su historia, comenzando con su caída en la jungla. Amber escuchaba con la boca abierta, con su mirada color avellana fija en la cara de Emily, entre horrorizada y fascinada. Cuando Emily llegó a la parte en la que conoció a Zaron por primera vez, la televisión comenzó a transmitir imágenes recién publicadas del embajador krinar, un hombre alto y moreno que era tan hermoso como su captor. Según los funcionarios del gobierno, se llamaba Arus.

La atención de Amber se centró en la televisión.

—Hostia puta —exhaló entre dientes, mirando las fotos en pantalla—. ¿Tu Zaron tenía el mismo aspecto que este Arus?

Emily asintió.

—Bastante. —El rostro de Zaron era un poco más delgado, sus labios más llenos y más sensuales que los del embajador, pero la simetría perfecta de su estructura ósea y la suavidad de bronce de su piel eran las mismas—. También conocí a una mujer krinar, y ella tenía un tono de piel y cabellos similar.

—¿Conociste a *dos* alienígenas? —Amber se olvidó de la transmisión, volcando otra vez toda su atención en Emily—. ¡Dios mío, cuéntame más!

Emily prosiguió con su historia mientras rascaba a George detrás de las orejas. Le contó a Amber cómo Zaron la había retenido durante diecisiete días y lo inteligente que parecía ser toda su tecnología. Ella describió su apariencia física y su increíble fuerza, detalló algunas de sus conversaciones sobre Krina e incluso se refirió a la trágica pérdida de su compañera por parte de Zaron. Lo único que no se atrevía a decir en voz alta era lo cerca que había estado de su captor durante esos diecisiete días, pero resultó que no tenía necesidad de hacerlo.

—Te lo tiraste, ¿verdad? —dijo Amber cuando Emily se detuvo para recuperar el aliento. Su tono de voz era neutro... —Tuviste sexo con ese alienígena.

Emily sintió el calor trepando por su cuello. Para ocultar su incomodidad, levantó a George hacia el pecho y lo acurrucó más cerca.

—¿Por qué dices eso? —preguntó, esperando no estar tan sonrojada como se sentía.

Amber inclinó la cabeza hacia un lado.

—Porque no soy idiota, por eso. Tu forma de hablar de él, la manera en que prácticamente *resplandeces* al describirlo... Nunca te había visto así, ni siquiera cuando empezabas a salir con Jason. Tú eres una chica guapa, y si estos krinar son de hecho tan parecidos a los humanos como describes, no va en contra de la lógica que dos personas atractivas, bueno, una humana y otra no del todo humana, pudieran liarse cuando están obligados a convivir en un mismo espacio.

Emily no dijo nada, así que Amber se acercó y le quitó a George, colocando al gato en su propio regazo.

—Sabes que no voy a dejarlo correr, así que cuéntamelo. ¿Te has acostado con ese Zaron?

George dejó escapar un maullido de desacuerdo y saltó del regazo de Amber. Distraída, Emily se agachó para recuperar a su gato, pero él se dirigió hacia la cocina, con la cola levantada, aparentemente disgustado con todos los humanos.

—Emily... —El tono de Amber tenía una nota de advertencia.

—Vale, está bien. —Era difícil resistirse a una Amber decidida, pero estando Emily agotada y triste, era casi imposible—. Sí, dormimos juntos, y antes de que me lo preguntes: sí, tiene los mismos atributos que un hombre humano. ¿Contenta? —A pesar de su intento de mantener la compostura, la voz de Emily sonaba frágil, como si estuviera a punto de llorar.

—Emily, cariño, no lo he sacado por eso. —Amber estaba frunciendo el ceño—. Es decir, sí, obviamente tengo curiosidad, pero te he preguntado porque estoy preocupada por ti. Nadie sabe nada de estos visitantes, y este hombre, este *alienígena* te ha tenido prisionera, te curó con su tecnología y luego iniciaste una relación sexual con él. Entiendes lo loco y peligroso que es eso, ¿verdad? Por lo menos, deberías hacer que te viera un médico, o...

—No. —Emily se puso en pie de un salto, horrorizada—. Es lo último que necesito. Querrían estudiarme, y... no. Sencillamente, no.

—Pero...

—No. De ninguna manera. Amber... —Emily le lanzó a su amiga una mirada de súplica—. No puedes contarle a nadie lo que te acabo de decir, ¿vale? No quiero que la gente sepa lo que me ha pasado.

—Bueno, obviamente, no voy a correr a los medios de comunicación. —Amber se puso de pie. Era cinco centímetros más bajita que Emily y tenía una constitución más delgada, pero su tremenda personalidad siempre la hacía parecer más grande—. ¿Qué crees que soy, una completa idiota?

—No, claro que no. —Emily se pasó una mano cansada por el pelo—. Pero no quiero que *nadie* lo sepa, ni siquiera tus padres o tu hermana. ¿Puedes hacer eso por mí? —Cuando Amber titubeó, ella añadió—: Por favor. Es muy importante.

—Vale. —Se escuchó cómo Amber soltaba aire de forma audible—. No se lo diré a nadie. ¿Pero puedes prometerme algo? —Sus ojos color avellana estaban sombríos—. Ve a ver a un médico, solo para un chequeo regular. No necesitas decirle nada si no quieres, pero al menos de esta manera, sabrás si estás bien... físicamente, quiero decir.

—Amber... —suspiró Emily—. Si hubiera querido hacerme daño, no me habría curado. Estoy perfectamente bien; más sana que nunca, en realidad.

—Es posible que no te haya hecho daño a propósito, pero ¿qué pasa si cogiste algo que podría enfermarte más tarde o infectar a otros? —dijo Amber, y Emily se dio cuenta de que su amiga estaba manteniendo intencionadamente una distancia extra entre ellas—. Los europeos casi aniquilaron del todo a los nativos americanos con sus enfermedades. Incluso si los krinar no planean matarnos, sus gérmenes podrían hacerlo. Nuestro sistema inmunológico no está equipado para hacer frente a la gripe extraterrestre, ya sabes.

Emily la miró fijamente, anonadada ante esa idea.

Entonces su cerebro comenzó a funcionar, y ella negó con la cabeza.

—No —dijo ella—. Esa es una preocupación lícita, pero no creo que la gente de Zaron hubiera venido aquí si hubiera algún peligro de infectarnos. Han estado visitando la Tierra y caminando entre nosotros durante miles de años. Si fuéramos a coger algo de ellos, ya habría sucedido. Creo que su tecnología médica puede evitar que esto suceda.

—De acuerdo, eso puede ser cierto —concedió Amber, con un aspecto ligeramente aliviado—. Pero sigo estando preocupada por ti, Emily. ¿Estás bien de verdad? Quiero decir, después de esa caída y todo...

—Sí, por supuesto. —Emily se obligó a sonreír—. Solo estoy cansada por el viaje. Creo que lo mejor será que coja a George y me lo lleve a casa. Se está haciendo tarde, y tengo que pasarme por la tienda para poder desayunar mañana.

—¿Estás segura? Porque estás más que invitada a quedarte aquí. Tengo ese futón...

—¿Qué? —rio Emily—. No, Gracias. Puedo andar cinco manzanas hasta mi casa. No estoy *tan* cansada.

—Vale —dijo Amber—. Pero llámame cuando llegues, ¿de acuerdo?

—Lo haré, si es posible llamar. —Emily entró en la cocina, con Amber siguiéndola. Encontró a George en el alféizar de la ventana, su cola agitándose mientras miraba hacia la calle de abajo. Emily recogió al gato y lo llevó de vuelta a la sala de estar para meterlo en su transportín. Luego cogió la mochila y se dirigió hacia la puerta.

—Emily, espera —dijo Amber cuando Emily estaba a punto de salir del apartamento.

Emily se volvió a mirarla.

—¿Qué pasa?

—¿Crees que...? —Amber vaciló—. ¿Crees que es verdad lo que han dicho en las noticias sobre sus intenciones? ¿Son gente pacífica?

Emily se quedó parada. Cuando había descrito a Zaron a su amiga, había omitido a propósito cualquier mención de sus rasgos depredadores y el posible vampirismo de los krinar. No había necesidad de asustar a Amber cuando todo lo que tenía eran sus sospechas. Además, incluso si los krinar bebían sangre humana, eso no significaba que fueran a destruir a la humanidad, o eso esperaba Emily.

—Creo que lo que han dicho en las noticias es cierto —dijo después de un momento—. Al menos encaja con lo que me contó Zaron. Si mienten, son consistentes al respecto, pero no sé por qué querrían engañarnos. No sé mucho sobre sus armas, pero a juzgar por todo lo que he visto en casa de Zaron, no creo que tuviéramos muchas posibilidades si decidieran destruirnos. Y si se han decidido por eso, no sé por qué iban a molestarse en representar la pantomima del embajador. —A no ser que fuera para mantener a los humanos tranquilos mientras establecían sus granjas de sangre, pero Emily se guardaba esa posibilidad para sí misma.

—De acuerdo, tiene sentido —dijo Amber, aunque parecía pálida otra vez—. ¿Pero crees que, por si acaso, deberíamos salir de la ciudad? ¿Tal vez ir a casa de mis padres en Connecticut? En las películas, siempre atacan las grandes ciudades primero, y aquí estamos, justo en el centro de Manhattan.

Emily se mordió el labio. ¿Cómo podría tranquilizar a Amber cuando ella misma se sentía tan inquieta?

—Mira, si estás preocupada —dijo ella—, probablemente deberías irte. Estoy segura de que a tus padres les encantaría verte.

Amber frunció el ceño.

—¿Y tú?

—Yo estaré bien —dijo Emily—. Acabo de regresar, y de verdad que no quiero ir a ninguna parte otra vez. El tráfico debe de ser una locura. Además, si los krinar planean arrasar Manhattan, tendremos problemas más grandes.

—Muy bien, es tu decisión —dijo Amber—. Voy a intentar llamar a mis padres y ver cómo están. Avísame si cambias de opinión y quieres venirte conmigo.

—Lo haré —dijo Emily—. Pero todo irá bien. Como ha dicho el presidente, solo hemos de mantener la calma, y todo irá bien.

Aferrándose con más fuerza al transportín de George, abrió la puerta y salió.

∾

SIN EMBARGO, no todo iba bien, algo de lo cual Emily se dio cuenta en cuanto dejó el apartamento de Amber. El pánico en las calles era tangible, los peatones y los ciclistas corrían frenéticamente mientras los coches estaban atascados uno a un palmo del otro. Los conductores maldecían y tocaban el claxon, y unos pocos policías de aspecto agotado lanzaban sus pitidos en un intento inútil de despejar la congestión. El ruido habitual de la ciudad se había multiplicado por diez, y la cabeza de Emily palpitaba de angustia mientras se abría camino por las aceras llenas de gente.

—Solo una manzana más —le dijo a George, cuyos maullidos de desasosiego se sumaban a la cacofonía—. Ya casi estamos en casa.

Por fin, llegó a su edificio. Como el de Amber, era viejo y estaba deteriorado, sin ascensor a la vista. Aunque Emily había podido permitirse un estudio en uno de los rascacielos más nuevos, se había centrado en ahorrar dinero e invertirlo en su jubilación, una meta que le parecía ridícula en este momento.

Al menos su estudio estaba en el segundo piso, no en el cuarto.

—Ya estamos, Georgie —canturreó al entrar en su apartamento. Soltó la mochila, abrió el trasportín y dejó salir al gato—. Hogar, dulce hogar.

Agitando la cola, George se alejó para inspeccionar su territorio, y Emily se dejó caer en el mullido sillón que era el equivalente en su estudio a un sofá. Se sentía tan exhausta que apenas podía pensar, pero sabía que tenía que ir a por comida para el día siguiente.

Obligándose a levantarse, sacó las llaves y la cartera de la mochila, se las metió en el bolsillo trasero de los shorts y bajó a la pequeña tienda de comestibles de la siguiente manzana.

El propietario ya estaba cerrando cuando ella llegó allí.

—Espere, por favor —le suplicó Emily, agarrando la manija de la puerta justo cuando él comenzaba a bajar las persianas de metal—. Por favor, solo necesito comprar algunas cosas. Seré rápida, lo prometo.

El hombre de pelo blanco vaciló por un momento, luego subió las persianas y abrió la puerta acristalada.

—Bien, pero date prisa —dijo bruscamente, empujando la puerta—. Tengo que volver a mi casa, en Queens, y ahí fuera es una locura.

—¡No hay problema, gracias! —Emily ya estaba corriendo por los pasillos con una cesta, echando dentro lo más básico, además de comida extra para George. Le costó menos de cinco minutos cogerlo todo, pero para cuando descargó su compra en el mostrador, el propietario de la tienda estaba impaciente.

—Te dije que se apresuraras —gruñó mientras sumaba los importes de las compras.

Dejando de lado su cansancio, Emily le dirigió su sonrisa más brillante.

—Muchísimas gracias. Se lo agradezco de veras. ¡Que tenga un buen viaje de vuelta a casa!

Cogiendo sus bolsas, salió corriendo de la tienda, pero antes de recorrer media manzana, algo pesado chocó contra ella, tirándola al suelo y lanzando sus cosas por los aires. Aterrizó sobre sus rodillas y sus manos, y el duro asfalto le raspó la piel de las palmas al deslizarse hacia adelante; en ese preciso instante, notó algo tirando de su bolsillo trasero.

—¡Eh! —gritó, poniéndose de pie de un salto y dándose la vuelta, pero el adolescente ya se estaba alejando a toda velocidad, con su monedero en la mano—. ¡Deténganlo! —Emily empezó a correr detrás del ladrón, pero ya se había desvanecido entre la multitud y nadie le estaba prestando atención, ni siquiera los polis ordenando con sus silbatos el tráfico.

Temblorosa, Emily se detuvo y se volvió a recoger sus compras. Los apresurados peatones ya habían pisoteado una parte de su comida, así que se dio prisa en recuperar todo lo que pudo, metiendo los comestibles de nuevo en las bolsas con manos temblorosas. Afortunadamente, no había comprado nada en frascos de vidrio, por lo que la mayoría de los productos habían sobrevivido. La propia Emily, sin embargo, sentía como si ella misma fuera a romperse en cualquier momento. Los rasguños de las manos le escocían y le sangraban, tenía el corazón en la garganta, y la combinación del exceso de adrenalina con su dolor de cabeza hacía que se sintiera físicamente enferma.

Sin saber cómo había vuelto a su apartamento, se encontró en la puerta, con las llaves en la mano. Se preguntó vagamente cómo habían logrado quedarse en su bolsillo, pero las tenía, y eso era todo lo que importaba.

Al entrar en el apartamento, Emily cerró la puerta con llave, se lavó las manos ensangrentadas, guardó los comestibles y puso pienso en el cuenco de George. Pudo aguantarse hasta que se metió en la ducha, pero en cuanto notó el agua caliente sobre la piel, todo rastro de fuerza la abandonó.

Emily se dejó caer hasta el suelo, rodeó las rodillas con los brazos y se echó a llorar.

CAPÍTULO TREINTA Y CUATRO

—Buenas noches, amigos. Nuestro programa de esta noche marca el aniversario de siete semanas desde el Día K, y, sorprendentemente, aún no hemos sido vaporizados —decía el presentador del magazín nocturno mientras Emily miraba con indiferencia la pantalla—. Para aquellos de ustedes que hayan estado viviendo debajo de una piedra, hace siete semanas, los krinar, o los K, como se les conoce coloquialmente, llegaron y pusieron nuestro mundo del revés. Para celebrar esa trascendental ocasión, hoy tenemos a un invitado especial, el Dr. Edmonds, que está aquí para contarnos las últimas teorías sobre la biología de los visitantes.

—Gracias, James —dijo el invitado, sentándose más derecho cuando la cámara se volvió hacia él—. Es un placer estar aquí, y me alegra ver que muchos de ustedes se quedaron en la ciudad y vinieron al estudio hoy. Todos ustedes son muy valientes... o muy estúpidos.

La audiencia rio y aplaudió sus palabras.

—Ahora —continuó Edmonds—, como todos ustedes saben, se sospecha que los krinar podrían tener una esperanza de vida significativamente más larga, así como una mayor velocidad y fuerza. James, si no te importa poner ese video...

La imagen cambió para mostrar la grabación pixelada de un teléfono de una pelea extraordinariamente rápida puntualizada por disparos y explosiones. Sin poner la grabación a cámara lenta, era imposible averiguar qué estaba pasando, pero Emily, como todos en la audiencia, ya sabía de qué iba el video.

La grabación era de un callejón oscuro en Riad, donde una banda de treinta y tres sauditas, armados con granadas y rifles de asalto automáticos, habían atacado a una pequeña delegación de krinar unas dos semanas atrás. Habían logrado herir a los seis K desarmados, y fue entonces cuando las cosas se pusieron peliagudas. Sus lesiones no habían impedido que los visitantes destrozaran a los saudíes, literalmente en algunos casos. La velocidad alucinante con la que se habían movido y su increíble fuerza (un K había lanzado a dos hombres a casi veinte metros en el aire, uno con cada mano), habían aturdido a la población humana, al igual que la pura carnicería de la misma pelea.

Como Emily había percibido durante el tiempo que

pasó con Zaron, los K tenían una inclinación aterradora por la violencia.

El video la había enfermado la primera vez que lo había visto y no era la única. El éxodo de las principales ciudades, la migración inversa que comenzó el día K, se había acelerado en las últimas dos semanas, y los embotellamientos nuevamente amenazaban con impedir todos los desplazamientos. Por alguna razón, la gente creía que estaría más segura en las ciudades pequeñas y en las zonas rurales, y huyeron de las ciudades a pesar de que la ONU había anunciado el Tratado de Convivencia el mes pasado.

—Oh, por favor —había resoplado Amber cuando Emily habló por Skype con ella después del anuncio. Se había ido de la ciudad el día después del regreso de Emily y estaba con sus padres en Connecticut—. Todo el mundo sabe que ese tratado es una farsa. Las Naciones Unidas simplemente han metido el rabo entre las piernas y se ha tumbado tripa arriba con la garganta al descubierto. Habrás oído lo que están diciendo sobre las armas nucleares, ¿no?

—Sí, por supuesto —le había dicho Emily. En internet abundaban los rumores acerca de que China había intentado lanzar un cohete con un arma nuclear contra una de las naves krinar, y los extraterrestres habían tomado represalias, vaporizando todo el arsenal nuclear de la Tierra. Nadie sabía si eso era realmente cierto (los funcionarios del gobierno estaban negándolo todo), pero cada dos o tres días, alguna fuente anónima aparecía con nuevos detalles que volvían a dar pábulo a la historia.

Los teóricos de la conspiración se lo estaban pasando en grande.

—Así que sí, ya no les quedan armas, y simplemente se han rendido —Amber había continuado disgustada—. Esos cobardes...

—Y bien, ¿qué otra cosa podrían hacer? ¿Declararles la guerra a los K? —había preguntado Emily, pero Amber no quería atenerse a razones. Era más fácil pensar en los líderes gubernamentales como en unos cobardes que aceptar la aterradora verdad de que los krinar eran tan tecnológicamente superiores que cualquier resistencia militar era inútil.

No es que la gente no hubiera intentado resistirse a nivel individual. La feroz pelea con los saudíes fue una de las muchas escaramuzas que ocurrían en todo el mundo cuando las personas entraban en contacto con los invasores. Nadie estaba contento de que los alienígenas estuvieran planeando construir sus colonias en la Tierra con algún propósito desconocido, y muchas facciones se mostraban abiertamente hostiles. Los combates contra los invasores seguían estallando en varias partes del mundo, y con cada una de ellas, los humanos averiguaban lo peligrosos y violentos que eran realmente los krinar. Aunque las intenciones de los visitantes eran supuestamente pacíficas, el número de muertos atribuidos a los krinar era de cientos, y no había ninguna señal de que la violencia fuera a disminuir a corto plazo.

La situación venía agravada aún más por el pánico apocalíptico que seguía esparciéndose entre la población a medida que diferentes historias, algunas verdaderas y otras falsas, circulaban por la red. El rumor más reciente, que Emily sospechaba que en realidad podría ser cierto, era que los krinar planeaban cerrar las grandes granjas industriales y obligar a los productores de carne y lácteos a cambiarse al cultivo de frutas y verduras. Como resultado de ese rumor, muchos comenzaron a acumular productos de origen animal, y los precios del pollo, la ternera y la leche se dispararon, lo que provocó un mayor acaparamiento y una mayor incidencia de saqueos.

Y ese era el problema más grave de todos: la incapacidad de los gobiernos para controlar y vigilar a sus aterrorizados ciudadanos. El atraco del que fue víctima Emily en el Día K fue solo el comienzo de una ola de crímenes sin precedentes que barría las ciudades y pueblos de todo el mundo. Nueva York, que había perdido a más de la mitad de su población, ahora era lo bastante peligrosa como para que Emily ya no se aventurara a salir de su apartamento después de anochecer. Sin embargo, eso no era nada en comparación con lo de lugares como Moscú, Pekín y Johannesburgo. Todavía era posible comprar algo de comida en Manhattan, y la mayoría de las empresas locales, incluidos los bancos y los medios de comunicación, continuaban funcionando, pero esas otras ciudades se habían sumido en el caos total. Algún listillo había llamado a las semanas que siguieron a la llegada de los K "El Gran Pánico" y el nombre había cuajado.

No era el fin del mundo como algunos habían predicho, pero en algunos lugares estuvo cerca de serlo.

Mientras la gran mayoría de la población estaba obsesionada con los invasores, Emily veía las noticias con un desinterés que bordeaba la depresión. Sabía que debería importarle, y a veces consideraba acudir a las autoridades con la poca información adicional que poseía, pero la mayoría de los días se sentía demasiado apática para hacer poco más que levantarse de la cama, cuidar de George y enviar un par de solicitudes de empleo. No es que nadie estuviera contratando realmente en ese clima. Las acciones, bonos y otros valores se derrumbaron inmediatamente después del Día K, y cada nueva historia acerca de los invasores causaba que los mercados oscilaran violentamente, dando como resultado una volatilidad que superó los peores meses de la Gran Recesión. Billones de dólares en fondos de inversiones se habían perdido en ventas impulsadas por el miedo, y Emily conocía personalmente al menos diez fondos de cobertura que se habían ido a pique en las últimas semanas, incapaces de soportar las grandes pérdidas. No había refugio en ninguna parte, ni siquiera en los bonos del gobierno con calificación AAA, normalmente la más segura de todas las inversiones. Cuando uno no sabía si el país en sí iba a existir al mes siguiente, no importaba que algo estuviera respaldado por la plena fe y el crédito del gobierno de los Estados Unidos.

La propia cartera de inversiones de Emily, ya diezmada por la recesión, ahora estaba lastimosamente reducida y sus ahorros estaban decreciendo a un ritmo alarmante. O al menos a un ritmo que habría alarmado a la antigua Emily, la que no se sentía tan vacía por dentro. La Emily que había regresado de Costa Rica no podía reunir la energía necesaria para preocuparse por nada de eso, utilizaba toda la que tenía para meramente *existir*.

Su añoranza por Zaron era como una herida que se negaba a curarse. Daba igual lo que hiciera, era perpetuamente consciente de estar echándole de menos: su sonrisa, su risa, su contacto... hasta la intensidad de depredador que la había asustado a veces. Las horribles historias de las noticias tendrían que haber hecho que ella lo odiara, que odiara todo lo krinar, pero en lo único en que era capaz de pensar era en la forma en que la había abrazado por las noches y en cómo se había sentido más cerca de él que de cualquier otro hombre al que hubiera conocido.

Ella había tratado de salir una vez. Dos de sus amigas del trabajo se habían quedado en la ciudad, y las tres se habían ido de bares el fin de semana anterior a que la ola de crímenes se hubiera puesto realmente mal. Emily se había reído y había coqueteado con los hombres que se habían interesado por ella, pero todos la habían dejado fría, y había vuelto a casa sola, sintiéndose aún más vacía que antes.

Si hubiese podido entrar en una máquina del tiempo y regresar al momento en que Zaron le había pedido que se quedara, Emily habría tomado una decisión diferente. Tal vez sus sentimientos por Zaron fueran el resultado de su cautiverio, pero eso no los hacía menos reales. Su partida no había sido una decisión racional; Emily se daba cuenta de eso ahora. Todas sus racionalizaciones habían sido un intento de justificar algo irracional, de reprimir e ignorar el miedo que la había atenazado desde la muerte de sus padres.

Había estado tan asustada de que Zaron la dejara que lo había apartado de ella, igual que había hecho con Jason.

Gimiendo, Emily apagó la televisión y se levantó para pasearse por su diminuto estudio. Aunque había salido a comprar comestibles solo unas horas antes, estaba empezando a sentirse encerrada y claustrofóbica. Quería salir a correr, hacer algo para alejar la depresión que absorbía todas sus ganas de vivir, pero era demasiado peligroso salir a esas horas de la noche. Para empeorar las cosas, pensar en salir a la calle le recordó lo mucho que había disfrutado de la exuberante naturaleza de Costa Rica durante sus paseos con Zaron a través de la selva.

Cuánto habían disfrutado *juntos*.

Esos recuerdos le hicieron sentir una punzada más aguda de dolor en el pecho, y unas lágrimas abrasadoras le irritaron los ojos. Para luchar contra el impulso de echarse a llorar, Emily sacó su esterilla de yoga y se puso a hacer sentadillas. No era lo mismo que correr al aire libre, pero era mejor que nada, y ciertamente era mejor que otro ataque de llanto en la ducha. Ella podría superarlo; *iba* a superarlo.

Era una superviviente, y estaba decidida a hacerlo.

Fue en su vigésima séptima sentadilla cuando a Emily se le ocurrió una idea. No tenía forma de comunicarse con Zaron, él no le había dejado un correo electrónico, un número de teléfono o lo que fuera que usaran los krinar, pero conocía la ubicación aproximada de su casa. ¿Sería capaz? ¿Podría tragarse su orgullo y rogarle que la dejara volver? Sí, existía el riesgo de que él no la deseara, de que hubiera encontrado a otra durante este tiempo, y sí, solo tendrían unos cuantos años juntos antes de que Emily comenzara a envejecer, pero ¿no eran unos cuantos mejor que nada?

¿No era mejor conocer la felicidad, aunque solo fuera por un corto período de tiempo, que ir por la vida únicamente experimentando esta soledad extenuante?

Nuevamente llena de energía, Emily saltó de la esterilla y corrió hacia su ordenador. Los viajes civiles en avión volvían a estar permitidos y aunque los precios de los billetes se habían disparado debido a la abrumadora demanda, no había nada que impidiera a Emily usar lo que le quedaba de sus ahorros para comprar un billete de ida a Costa Rica.

Al infierno con su miedo y su orgullo. Ella iba a

saltar dentro de esa máquina del tiempo y tratar de enmendar su error.

Estaba introduciendo su información de pago en la página web de United Airlines cuando sonó el timbre de la puerta. Desconcertada, Emily se acercó para mirar a través de la mirilla y se le atascó el corazón en la garganta.

Había dos hombres trajeados al otro lado de su puerta. Uno era esbelto y de estatura media, mientras que el otro era casi igual de ancho que de alto.

—¿Sí? —contestó Emily sin tocar el pomo. Le sudaban las manos, y una enfermiza premonición le atenazaba el estómago—. ¿En qué puedo ayudarles?

—Señorita Ross, soy el agente Wolfe, y este es el agente Janson —dijo el hombre delgado, sosteniendo una placa oficial—. Somos del Departamento de Seguridad Nacional. Si no le importa, nos gustaría hablar con usted sobre una llamada que realizó a la Embajada de los Estados Unidos en Costa Rica varios días antes del Día K.

CAPÍTULO TREINTA Y CINCO

*L*as plantas de *shari* se estaban adaptando bien al suelo costarricense. Sus raíces eran gruesas y estaban sanas, y el escáner mostraba que en pocos meses florecerían y darían fruto. En general, parecía que Zaron había elegido bien la ubicación de este Centro. El clima era agradable, y el suelo acogedor. Tal como Zaron esperaba, el Consejo había decidido utilizar este Centro como su principal base de operaciones a su llegada. Lo llamaron Lenkarda, que significaba "un comienzo triunfal". También elogiaron a Zaron y su equipo por la ubicación de los otros Centros. Eso tendría que haber complacido a Zaron, pero lo único que sentía era una especie de sombría indiferencia, el mismo entumecimiento sordo que le había lastrado desde la partida de Emily.

Dejó la zona de cultivo del Centro en construcción y se fue de vuelta a casa. Incluso moviéndose con su velocidad natural, le costaba más de una hora llegar a su casa a pie, pero a Zaron no le importaba. Podría haberse mudado más cerca de Lenkarda, pero le gustaba la soledad. Estar cerca de otros krinar le resultaba incómodo, casi doloroso en esos días. En las raras ocasiones en que el entumecimiento interior que lo tenía atrapado se reducía, se sentía por dentro en carne viva, como un árbol despojado de su corteza protectora, e interactuar con la gente parecía empeorarlo.

Perder a Emily estaba siendo tan devastador como él se había temido que sería.

Zaron entró en casa, se dio una ducha y se metió en la habitación de Emily. Su olor aún permanecía allí, en las sábanas que él había prohibido a su casa que cambiara. Se tumbó y aspiró, cerrando los ojos para fingir que ella seguía con él, que si estiraba la mano, podría tocarla...

Pero evidentemente no podía. No porque ella estuviera lejos (tres o cuatro mil kilómetros no significaban nada para un krinar), sino porque él le había hecho una promesa.

—Puedes recuperarla, ¿sabes? —le había dicho Ellet una semana atrás, poniéndole la tentación delante como un anzuelo—. Simplemente vete a Nueva York y tráela de vuelta. ¿Quién sabe? Tal vez se alegre de verte. Conoces la situación actual en esas ciudades humanas. ¿En serio quieres que esté viviendo allí?

Zaron había contestado mal a su colega, diciéndole que no se metiera en donde no la llamaban, pero más de una vez se le había ocurrido lo mismo a él... casi todas las noches, de hecho. Echaba tantísimo de menos a Emily que a veces creía que la intensa melancolía iba a volverle loco. En ciertos aspectos, era incluso peor que cuando murió Larita. En esa ocasión, no tuvo más remedio que aceptar que su compañera se había ido, que la había perdido para siempre, pero con Emily, saber que podía hacerla volver le provocaba, lo hacía querer olvidar por completo sus principios y las promesas que había hecho.

Él podía tenerla... lo único que tenía que hacer era ir en contra de sus deseos y privarla de su libertad.

Apartando ese pensamiento de su mente, Zaron cerró los ojos e intentó dormirse. Para su enojo, no cogía el sueño. Dio vueltas en la cama una hora entera antes de capitular. Se levantó, tocó su ordenador de pulsera y dijo:

—Muéstramela.

Una imagen tridimensional del apartamento de Emily apareció frente a él. El día después de que ella se fuera, Zaron había accedido a la cámara de su portátil, diciéndose a sí mismo que, dada la reacción de pánico de los humanos ante la llegada de los krinar, necesitaba asegurarse de que Emily llegaba a casa sana y salva. Era su responsabilidad para con ella; después de todo, él había sido la razón de que ella no hubiera podido regresar antes a Nueva York.

Para su alivio, la había encontrado en su apartamento esa noche, viendo la televisión con un felino gris acurrucado en su regazo. Sería su gato

George, supuso Zaron, observando con avidez la imagen. Pasados unos minutos, se obligó a apagar la conexión, diciéndose que tenía que dejarla sola; pero al día siguiente, volvió a acceder a la cámara y observó a Emily comerse un sándwich mientras leía un libro. El día después de eso, ella había salido, y él había estado frenético, preocupado porque algo le hubiese pasado; pero ella había regresado a casa una hora más tarde, y se él había relajado de nuevo. Suficiente, se había dicho a sí mismo entonces, pero el ordenador le seguía tentando y, cada pocos días, se arrastraba hasta él y la observaba mientras dormía, comía, jugaba con su gato o buscaba trabajo en el internet humano. Sabía que era una espantosa invasión de su privacidad, pero no podía evitarlo.

Verla en esas grabaciones era lo único que conseguía alegrar a Zaron esos días.

Así que ahora estudió con avidez la imagen que tenía delante, buscando señales de que Emily estuviera en casa. Algunas veces estaba en el baño, y él no la veía de inmediato, pero siempre regresaba a la sala principal después de un ratito. Esa única habitación constituía todo el apartamento de Emily, así que si ella estaba en casa, la vería enseguida.

Pero no la vio. Allí solo estaba su gato, sentado en el suelo, lamiéndose la zarpa y pasándosela por su cara peluda. Zaron tuvo que admitir que las peculiaridades del animal eran fascinantes, y cualquier otro día habría disfrutado del espectáculo, pero la ausencia de Emily le estaba inquietando. Ya era tarde, y ella había dejado de salir de noche en las últimas semanas, probablemente debido a la creciente tasa de criminalidad en su ciudad. Así que, ¿dónde se habría metido? ¿Qué estaría haciendo?

Esperó durante una hora y media, en la que su inquietud aumentaba por segundos, pero ella no regresó a casa.

Zaron miró la hora. Pasaban bastante de la medianoche en Nueva York. No había ningún motivo para que Emily saliera de su apartamento tan tarde. Tenía que saber que era peligroso para una mujer joven pasearse sola por la ciudad en esos días.

A menos que... a menos que no estuviera sola.

A Zaron se le removió todo por dentro por una acceso de furia igual que una llamarada de fuego en sus venas. Era consciente de que Emily acabaría encontrando pareja: era demasiado bella e inteligente para que no fuese así. Pero había un mundo de diferencia entre saber algo y enfrentarse a ello. Emily, *su* Emily, podría estar con otro hombre en ese mismo momento, y Zaron no era capaz de soportarlo. Se la imaginó durmiendo entre los brazos de algún humano, y sus puños se apretaron al desear matarlo, hacerle pedazos con sus propias manos. Daba igual si Zaron había dejado marchar a Emily; el antiguo instinto territorial dentro de él insistía en que ella le pertenecía, en que ella *siempre* sería suya.

Estaba tan rabioso que apenas se dio cuenta de que había mandado una orden a su ordenador. Solo cuando los mensajes de texto y correos de Emily aparecieron en la imagen tridimensional delante de él se dio cuenta Zaron de lo descabellado de su comportamiento. Aun así, no fue capaz de refrenarse. Leyó todas sus comunicaciones recientes, buscando alguna pista sobre dónde podría estar y con quién, pero para su decepción, no había nada allí, ninguna cita secreta, ni siquiera un indicio de flirteo.

Los celos de Zaron dieron paso a la preocupación.

—Rastrea su teléfono móvil —dijo secamente, y su ordenador obedeció, utilizando los satélites humanos para triangular la señal del GPS.

Pero no había señal... al menos ninguna que su ordenador pudiera detectar.

Zaron frunció el ceño y volvió a intentarlo. Y otra vez más.

Nada.

Era como si el teléfono de Emily se hubiese esfumado.

—Accede a su portátil —Zaron ordenó a su propio equipo—. Busca el historial de su navegador.

Y fue allí, en el navegador de Emily, cuando Zaron lo vio: una compra a medio hacer de un billete de avión de ida para Costa Rica.

Se le paró el corazón por un instante, y luego se le reinició con fuerza, golpeándole en el pecho como un tambor.

Emily estaba de regreso.

Estaba volviendo a él.

Por un segundo, la euforia fue casi cegadora, pero

entonces Zaron se dio cuenta de que Emily no había completado el pedido.

Se había ido antes de comprar el billete, y él no estaba más cerca de averiguar dónde estaba y qué le había sucedido.

CAPÍTULO TREINTA Y SEIS

—Ya les he dicho todo lo que sé —dijo Emily, incapaz de contener su frustración. Llevaban horas interrogándola en esta habitación pequeña y sofocante, y podía sentir que las paredes empezaban a cerrarse sobre ella. Intentó controlar su claustrofobia respirando profundamente, pero nada ayudaba. Para empeorar las cosas, estaba tan cansada que tenía que utilizar toda su energía para mantenerse erguida en la dura silla metálica. ¿Qué hora sería? ¿Las dos de la mañana? ¿Las tres? No había reloj en la pared, y le habían quitado el móvil. Siempre había pensado que los funcionarios del gobierno trabajaban de nueve a cinco, pero claramente ese no era el caso de los de Seguridad Nacional, o al menos de esta sección en particular.

Emily tenía la fuerte sospecha de que los agentes

que se habían presentado en su casa no pertenecían a la patrulla aduanera normal.

—No nos ha dicho casi nada, señorita Ross —dijo el agente Wolfe, con su enjuto e inexpresivo rostro—. Se cayó, fue rescatada por un krinar que después la retuvo dos semanas y media, y regresó a su casa el Día K. ¿Espera honestamente que nos creamos que esa es toda esa historia?

—Esa *es* toda la historia —dijo Emily con cansancio—. Sí, sabía que se avecinaba la invasión, por eso llamé a la embajada... pero eso es todo. No sé nada más sobre sus planes. No me he mantenido en contacto con Zaron. En cuanto el me liberó, volví a mi casa. No sé nada sobre sus armas, y les he descrito todo lo que vi de su tecnología, que no fue mucho, ya que estaba dentro de una casa residencial.

—Sin embargo, Zaron casi le trajo de vuelta de entre los muertos con la tecnología médica que tenía dentro de esa casa —dijo el agente Janson, con su doble papada temblando a cada palabra—. ¿No dijo que le había curado la columna vertebral rota?

—Sí. —Emily lamentaba haberles hablado de eso, pero cuando empezaron a interrogarla, se había sentido demasiado intimidada como para inventarse una mentira plausible. En cuanto abrió la puerta, la condujeron hacia abajo por las escaleras, la metieron en un coche negro y la trajeron hasta un almacén en Queens; o mejor dicho, a las instalaciones que se encontraban en el sótano de dicho almacén. Emily apenas había tenido tiempo de coger su billetera, llaves y teléfono, artículos que habían confiscado antes de meterla en esta habitación e interrogarla como si fuese una terrorista.

Por lo menos había tenido la presencia de ánimo de no desvelar la naturaleza sexual de su relación con Zaron ni sus sospechas de que los krinar eran una especie vampírica. Omitir eso último se debió a que todavía no estaba segura de que fuese cierto, y porque temía lo que podría ocurrir si esa clase de rumores empezasen a circular por ahí. ¿Empeoraría el pánico en las calles y las escaramuzas de la resistencia armada contra los krinar? ¿Podría desatarse una auténtica guerra?

No podría soportar ser responsable en alguna medida de más violencia. Esta invasión "pacífica" ya estaba siendo demasiado sangrienta.

—Señorita Ross... —El agente Wolfe se inclinó hacia ella—. No está favoreciendo su caso dándonos evasivas. Es obvio que sabe más de lo que está contando. Ha pasado dos semanas y media con uno de *ellos*. Debe decirnos todo lo que ha visto y oído, cada detalle, sin importar lo pequeño que sea. Usted puede creer que ciertas cosas no son significativas, pero cualquier cosa nos ayudará a formarnos una imagen más completa del enemigo.

—¿El enemigo? Pensaba que estábamos en paz —dijo Emily, demasiado cansada para ocultar su sarcasmo—. ¿No es de eso de lo que trata el Tratado de Coexistencia?

Janson cruzó los brazos y los apoyó en el montículo montañoso de su estómago.

—No sea ingenua, señorita Ross. Los krinar no son nuestros amigos, ni lo serán jamás, mientras no sepamos casi nada sobre ellos. ¿Por qué están aquí? ¿Qué quieren de nosotros? No lo sabemos, y ni podremos saberlo hasta que se dignen a decírnoslo. Pero puede que usted sepa algo, y si es así, es su deber como ciudadana estadounidense, como ciudadana *humana*, contárnoslo.

—No sé nada más de lo que ya les he contado —dijo Emily por enésima vez. —Las paredes parecían estar acercándose a por segundos, y le estaba costando respirar. Si no la dejaban salir pronto de esa habitación, iba a volverse loca—. Tienen toda la historia.

—No —dijo Wolfe—. No es cierto. Pero si prefiere no hablar con nosotros esta noche, está bien. Continuaremos con esto mañana. Mientras tanto, veremos si podemos obtener respuestas de otra manera. —Se levantó y se volvió hacia el otro agente—. Janson, por favor lleva a la señorita Ross al Departamento Médico. Veamos si esta curación alienígena deja algún rastro.

—Esperen, no. No pueden hacer eso —dijo Emily, y se echó hacia atrás cuando Janson se levantó y dio un paso hacia ella. Su corazón latía tan rápido que pensó que iba a ponerse enferma—. No doy mi consentimiento para esto. Quiero un abogado.

Pero Janson simplemente le rodeó el brazo con sus gruesos dedos y la hizo ponerse de pie.

—Vámonos —dijo, con una mano húmeda y pegajosa sobre la piel de ella—. Es hora de que averigüemos más sobre su terrible experiencia.

CAPÍTULO TREINTA Y SIETE

—¿Quieres que encuentre a una chica humana? —Korum frunció el ceño, entrecerrando sus extraordinarios ojos dorados. El consejero parecía desconcertado y molesto a partes iguales por la solicitud de Zaron— ¿Por qué?

—Porque ella es mía, y la quiero de vuelta —dijo Zaron. No había tiempo para andarse con juegos y fingir que su petición era otra cosa que un favor personal. No podía librarse de la sensación de que algo iba terriblemente mal. Cada segundo sin poder localizar a Emily le parecía una hora, y el miedo crecía descontroladamente en su interior—. La salvé cuando se hizo daño, y se quedó un tiempo conmigo —explicó —. Sin embargo, cometí el error de dejarla regresar a Nueva York, y algo le ha sucedido. No la encuentro por ningún lado.

El ceño de Korum se hizo aún más pronunciado.

—¿Entonces cómo esperas que yo la encuentre?

—Mediante los nanocitos de su cuerpo —dijo Zaron. Se le había ocurrido la idea esa mañana temprano, y al instante había solicitado una reunión en persona con el Consejero—. Me enteré de que tu compañía diseñó el dispositivo jansha que usé para curarla. No tengo el código para activar la función de rastreo de los nanocitos, pero sé que eso existe. ¿No es así?

—Así es —confirmó Korum—. Todos los nanocitos tienen una firma única que puede ser detectada. Pero necesitaría ver el jansha concreto para averiguar qué lote específico de nanocitos se usó con ella.

—Aquí lo tienes. —Zaron extendió la mano y la abrió para mostrar el pequeño dispositivo tubular de curación—. Pensé que podrías necesitarlo.

—Muy bien —dijo Korum, cogiéndole el dispositivo a Zaron—. Lo investigaré para ti. Puede llevarme unos días, así que...

—No —dijo Zaron bruscamente, y sus músculos se tensaron con una oleada de furia—. No tengo unos días.

—¿Disculpa? —La mirada de Korum se endureció.

—Es importante —dijo Zaron, obligándose a moderar su tono. No podía permitirse contrariar a la única persona capaz de ayudarle—. *Ella* es importante.

—¿Más importante que mis funciones en el Consejo y los diseños en los que estoy trabajando? —Las fosas nasales de Korum se ensancharon—. Entiendo que quieras recuperar a tu mascota humana, pero...

—Ella es mi charl —Zaron sostuvo la mirada de

hielo de Korum, negándose a echarse para atrás. El consejero, con reputación de ser despiadado, no era alguien a quien fuese aconsejable irritar, pero no había nada que Zaron no fuese capaz de hacer con tal de recuperar a Emily.

Desafiaría a Korum al Arena si tuviera que hacerlo.

—Tu charl. —La voz de Korum perdió una parte de su fría ira—. Como la Delia de Arus.

—Sí. —Zaron no vio la necesidad de explicar que Emily todavía no era su charl. Ella se convertiría en una en cuanto la encontrara; lo había decidido la noche anterior. Ya había elegido volver con él, como indicaba el billete de avión a medio comprar, pero incluso si todavía tenía algunas reservas sobre ser suya, Zaron las iba a vencer.

Una vez tuviera a Emily, jamás le permitiría volver a escapar.

—Comprendo. —En la mirada de Korum apareció un atisbo de risa—. No me había dado cuenta de que tú y Arus tuvierais tanto en común. Nunca entenderé el atractivo de una charl, pero si quieres una humana, supongo que esa es tu elección.

Zaron hizo todo lo posible para ocultar su alivio.

—¿Entonces me ayudarás? ¿Hoy?

—Sí, lo haré —dijo Korum—. Vuelve dentro de dos horas. Debería tener su ubicación para entonces.

LAS DOS HORAS transcurrieron con desesperante

lentitud. Para distraerse, Zaron fue hasta el lago y nadó cincuenta vueltas, y luego corrió treinta kilómetros a través de la selva. A pesar de no haber dormido nada la noche anterior, se sentía a tope, y su cuerpo vibraba con una feroz energía.

Si se le cruzaba algún grupo de guerrilleros humanos, iban a ir apañados.

Pero Zaron no se encontró con nadie, y exactamente dos horas después de esa conversación, regresó a la sala de reuniones del Consejo en Lenkarda.

Korum lo estaba esperando frente a una imagen flotante tridimensional.

—Ella está allí —dijo sin preliminares, señalando a un almacén en ruinas, en una calle llena de basura—. Es un edificio en un área industrial medio abandonada de Queens, uno de los distritos de la ciudad de Nueva York. He investigado un poco para ti. Resulta que el edificio es propiedad del gobierno de los Estados Unidos. Utilizaron varias empresas fantasma para ocultarlo, lo que me hace pensar que no es uno de sus edificios oficiales.

—¿Un edificio gubernamental? —Zaron frunció el ceño ante la imagen—. ¿Por qué iba a estar ella allí dentro?

—No lo sé —dijo Korum—. Tal vez decidió hablarles de ti, contarles lo que ha averiguado durante su estancia contigo. ¿Cuánto tiempo la tuviste?

—Como dos semanas y media. Pero ella solo ha visto nuestra tecnología doméstica más básica, así que dudo que pueda decirles algo útil.

—Ni siquiera tendrías que haberle mostrado eso —dijo Korum, y la imagen desapareció—. El mandato de no divulgación ya no está vigente, pero aún debemos cumplir el mandato de no interferencia. No podemos darles ni mostrarles nada que altere el curso de su desarrollo tecnológico natural. En líneas generales, es un problema que ella esté en manos del gobierno. Los nanocitos están inactivos, pero todavía los tiene en el cuerpo, y esa no es una tecnología que vayamos a compartir con los humanos a corto plazo.

—No te preocupes. No seguirá siendo un problema por mucho tiempo —dijo Zaron—. Voy a ir a buscarla.

—Dudaba que los humanos tuvieran una tecnología lo bastante avanzada como para hacer nada con los nanocitos, pero no se lo discutió.

Tenía la ubicación de Emily, y eso era lo único que importaba.

Korum le lanzó una mirada severa.

—Sabes que no puedes aparecer y arrastrarla fuera de allí. Es posible que tengan medidas de seguridad que no sean evidentes desde el exterior. Si eso es realmente algún tipo de instalación del gobierno, podrías provocar un enorme incidente interplanetario irrumpiendo allí y resultando herido.

—¿Entonces qué sugieres? —preguntó Zaron, reprimiendo un ramalazo de impaciencia. Ahora que sabía dónde estaba Emily, no podía esperar para llegar hasta ella.

—Arus puede presentar una solicitud por ti a través de los canales diplomáticos adecuados —

declaró Korum—. Probablemente lleve algún tiempo, pero...

—No. —El rechazo de Zaron fue instintivo, un sentimiento visceral fruto de su deseo de tener a Emily de vuelta en ese mismo instante, pero cuando vio la expresión de Korum, fue consciente de que tenía que dar una explicación razonable—. Si preguntamos por ella, pensarán que es importante —dijo—. Pueden negar que la tienen o retrasar su devolución para poder interrogarla. Sería mucho más fácil si fuese allí por mi cuenta y la recuperara. Si me cuelo como un ladrón humano, nunca sabrán que un krinar estuvo involucrado, así que...

—No. —Ahora era el turno de Korum de interrumpir—. Esa no es la manera de manejar esto. Si esta Emily tuya se lo ha contado todo, podrían esperarse que vayamos a por ella. No puedes ir desarmado y desprevenido. Si realmente no puedes esperar, te ayudaré. Tengo un par de diseños que me he estado muriendo por probar.

El consejero le explicó el plan, con sus ojos dorados centelleando, y, mientras hablaba, Zaron sintió que el nudo de tensión de su pecho comenzaba a aflojarse.

De una forma u otra, iba a recuperar a Emily.

Ya era hora de que su ángel volviese a casa.

CAPÍTULO TREINTA Y OCHO

Con el corazón galopando erráticamente, Emily miró a la enfermera de cabello blanco que se estaba preparando para meterle otra aguja en el brazo. La mujer mayor tenía una cara amable que le recordaba a la actriz Betty White, pero hasta ese momento había ignorado todas las súplicas de Emily para que se detuviera y le permitiera llamar a un abogado.

La ronda inicial de pruebas consistió en extraer varios viales de sangre de Emily, hacer radiografías de cada parte de su cuerpo, un escáner y una resonancia magnética. Después, dejaron que Emily se dejara caer unas horas sobre una cama plegable en una pequeña habitación gris, donde se había despertado con sensación de asfixia. Necesitaba aire fresco, lo necesitaba tanto que sentía que se estaba muriendo, pero en lugar de dejarla salir, le habían dado un sedante para mantenerla tranquila. Había estado flotando en medio de una neblina inducida por las drogas, soñando con que Zaron venía a salvarla, pero cuando los efectos comenzaron a desaparecer, la claustrofobia regresó, junto con las náuseas causadas por el sedante y una sensación de malestar en su estómago vacío. Emily había vomitado el café y los donuts que le habían dado media hora antes, y el hambre intensificó el dolor de cabeza que palpitaba en sus sienes.

—No hagas esto, por favor —rogó de nuevo Emily cuando la señora que se parecía a Betty White se acercó a ella con la jeringa. Notaba la lengua torpe y le costaba moverla en su boca seca—. Por favor. Soy ciudadana estadounidense. No he hecho nada malo.

La enfermera la ignoró, con su bondadoso rostro congelado en un gesto estoico. Emily trató de apartar su brazo de la jeringa, pero las esposas acolchadas alrededor de su muñeca lo mantuvieron en su lugar. Dos enfermeros la habían esposado a una silla de metal después de que hubiera intentado resistirse a la segunda ronda de pruebas, y estar tan sujeta había empeorado su claustrofobia, haciendo que su pulso latiera de manera enfermiza. La habían atado como si estuviera en un manicomio, haciéndole imposible levantarse ni escapar. Emily nunca había sido una fan de las agujas, hasta el punto de evitar vacunarse contra la gripe, pero no había forma de librarse de esto.

Ella era una prisionera, y no había escapatoria.

La enfermera sujetó el brazo de Emily para mantenerlo quieto, y la aguja entró en su piel, perforando la vena de la parte de dentro de su codo.

—Pare —gimió Emily, con la bilis subiendo por su garganta mientras su sangre fluía hacia el frasco unido a la jeringa—. Voy a vomitar.

Sosteniendo la jeringa en su lugar con una mano, la enfermera cogió una bandeja de plástico que tenía cerca.

—Tome —dijo, colocando la bandeja vacía bajo la barbilla de Emily—. Puede vomitar aquí si lo precisa.

Emily estaba temblando, y su piel cubierta de sudor frío, pero logró no vomitar. Al ver que la bandeja no era necesaria, la enfermera la guardó. Retirando la aguja del brazo de Emily, puso una bola de algodón en la herida y colocó una tirita sobre ella.

—Ya está por ahora —dijo ella—. Siéntese y relájese. El agente Wolfe y el agente Janson vendrán a verla pronto.

Salió de la habitación sin quitarle a Emily las esposas, y dos minutos después, Wolfe y Janson entraron a la habitación. Ninguno de los agentes se sorprendió al ver a Emily esposada a una silla, y se dio cuenta de que para ellos, ella no era una persona.

Ella era el enemigo, y harían todo lo posible para que claudicara.

—Por favor, quítenme las esposas —dijo. Le hizo falta toda su energía para mantener la voz firme. Estaba mareada, y se sentía como si todo el oxígeno de habitación se estuviera escapando—. No voy a atacarles.

Wolfe le dedicó una sonrisa con sus finos labios.

—Estoy seguro de que no lo hará, pero es posible

que las enfermeras deban realizar algunas pruebas más, por lo que será más eficiente si se las dejamos puestas por ahora. Estoy seguro de que lo entenderá.

—No, no lo entiendo —dijo Emily, incapaz de contener su ira y su desesperación. No he cometido ningún delito, pero incluso si lo hubiera hecho, existe un procedimiento legal en este país. Si van a tratarme así, exijo ver a un abogado y...

—Señorita Ross, por favor. —Janson se sentó en una silla frente a ella, y su doble papada gelatinosa tembló con el movimiento—. Es usted una joven inteligente. Estoy seguro de que sabe que la Ley Patriota nos da manga ancha en lo que respecta a posibles amenazas a la seguridad nacional. También debe saber que los krinar son la mayor amenaza a la que nos hemos enfrentado. Y puesto que se niega a cooperar con nosotros...

—¡Estoy cooperando con ustedes!

—... no tendremos más remedio que retenerla aquí —continuó Janson como si Emily no hubiese dicho nada—. Las pruebas preliminares muestran que efectivamente fue sanada con una tecnología que supera con creces todo lo que conocemos. Sus registros dentales, por ejemplo... —continuó, enumerando todo lo que habían descubierto hasta el momento, pero Emily ya no estaba escuchando.

Un sonido vibrante, algo parecido al zumbido de una colmena a lo lejos, había llamado su atención.

De repente, las luces parpadearon y se apagaron, y el zumbido se intensificó.

—Joder —dijo Wolfe, sacando su teléfono y usándolo de linterna—. ¿Janson, estás bien?

Pero Janson no le estaba prestando atención. Se había quedado en silencio y sostenía su teléfono por encima de su cabeza, enfocando la luz directamente hacia el techo.

—¿Qué es eso? —preguntó Wolfe, inclinando la cabeza hacia atrás, y Emily siguió su mirada.

El techo parecía estar ondeando... no, era como si se estuviese derritiendo.

Wolfe se levantó de un salto y sacó su pistola, pero ya era demasiado tarde.

Una gran parte del techo se desintegró: la gruesa capa de hormigón se evaporó como si estuviese hecha de humo. La luz del sol se derramó a través de la abertura, cegando a Emily por un momento, y luego la vio.

La figura alta, de hombros anchos, de un hombre de pie al borde del agujero.

La brillante luz del sol desde arriba creaba sombras en su rostro, pero eso no lograba disfrazar la gracia felina con la que se movía.

Sorprendida, Emily miró a Zaron, y una salvaje euforia la inundó.

Su captor alienígena había venido por ella.

Él quería que volviera.

—¡Deténgase ahí mismo! —gritó Janson, levantando su arma, pero Zaron ya estaba saltando dentro de la habitación.

El ensordecedor *pum-pum-pum* de los disparos

inundó el aire, y a Emily se le cortó la respiración y el corazón se le congeló de terror. Sabía que los krinar eran rápidos y fuertes, pero eso no significaba que no se les pudiera herir o matar. Si algo le ocurriese a Zaron... Antes de que el miedo la asfixiara, vio que él había aterrizado sobre sus pies, ileso.

Los segundos que siguieron fueron borrosos. Zaron se movía como un tornado mortal. En lo que pareció un abrir y cerrar de ojos, ambos agentes estaban en el suelo, gritando de dolor, y Emily contempló paralizada por la sorpresa cómo Zaron levantaba a Janson cogiéndolo por la garganta, sosteniéndolo con una mano como si el hombre de más de cien kilos no pesara nada. El brazo derecho de Janson estaba colgando en un ángulo extraño pero las uñas de su mano izquierda se clavaban en los dedos de Zaron con un terror frenético, y sus pies pataleaban desesperadamente.

Zaron estaba literalmente estrangulando al agente hasta matarlo.

—¡Para! —gritó Emily, horrorizada—. Zaron, ¡para, por favor!

Su amante se quedó paralizado, y ella vio cómo un estremecimiento atravesaba en oleadas su poderoso cuerpo. Tenía la cara mirando en otra dirección, así que ella solo podía ver la tensa línea de su mandíbula, pero podía percibir su ira apenas contenida. En el aire vibraba la violencia, oscura y tóxica, y Emily fue consciente de que si no hacía algo, Zaron iba a asesinar a aquellos dos hombres.

Igual que en esos vídeos de los K, iba a despedazarlos.

—Zaron, por favor. —Tragándose su pánico, Emily suavizó su voz, haciéndola amablemente persuasiva—. Suéltale.

La resistencia de Janson era ya menor, sus piernas pataleaban con menos fuerza y, por un momento, Emily pensó que Zaron no la escucharía. Pero luego sus dedos se aflojaron, y el agente cayó al suelo, jadeando audiblemente en busca de aire. Wolfe yacía a su lado, gimiendo, con ambos brazos doblados en ángulos antinaturales.

La náusea volvió a atravesar a Emily, pero se obligó a mirar a Zaron mientras él pasaba por encima de la mole rastrera de Janson y se acercaba a ella, con su negra mirada encendida con algo oscuro y aterrador.

—Te han hecho daño. —Su voz estaba cargada de rabia cuando se detuvo frente a ella, y ella se dio cuenta de que estaba mirando las marcas de agujas y los moretones en sus brazos—. Esos cabrones te han hecho daño. Estaba casi temblando de furia, sus grandes manos inestables mientras la soltaba y la ponía de pie.

—Solo me han sacado un poco de sangre —dijo Emily, aturdida, pero Zaron ya se estaba inclinando para cogerla y levantarla en sus brazos. A pesar de su enfado, la cogió con suavidad, controlando muy bien su fuerza inhumana al apretarla contra su pecho.

Envuelta en su calidez y olor familiar, Emily comenzó a temblar. Le puso los brazos alrededor del cuello y enterró la cara en su hombro, tratando de contener las lágrimas que le ardían en los ojos. Se sentía tan eufórica como abrumada: la gran alegría de volver a ver a Zaron pugnaba contra el horror hacia lo que este acababa de hacer.

Después de casi dos meses de insoportable añoranza, ella estaba con el hombre que amaba, un depredador extraterrestre que por los pelos no acababa de matar a dos seres humanos.

—Sujétate —dijo Zaron, y Emily sintió como se le tensaban los músculos. Instintivamente, se agarró con más fuerza de su cuello, y entonces estaban volando, o al menos eso le pareció por un segundo. Antes de que ella pudiera procesar lo que estaba sucediendo, estaban en el primer piso del edificio, sobre la sección no disuelta del techo.

Zaron había saltado desde el sótano mientras la sostenía, entendió Emily vagamente aturdida. Cualquier otro día, se habría maravillado ante esta hazaña atlética poco humana, pero su atención no estaba centrada precisamente en eso.

Estaban rodeados de cuerpos: cuerpos humanos. Altos y bajos, gordos y delgados, armados y desarmados, yacían en el suelo en posturas extrañas, con sus caras exangües iluminadas por la luz del sol que fluía a través del techo ahora inexistente.

—¿Están todos...? —Emily ni siquiera podía pronunciar la palabra. Se estremeció y empujó el pecho de Zaron para poder mirarle a la cara—. Zaron, ¿están...?

—Están dormidos —dijo Zaron, apretándola con más fuerza contra él—. Los tumbé para evitar bajas.

Emily apoyó la cabeza en su hombro y respiró temblorosa; una oleada de alivio recorrió todo su cuerpo. No sabía si habría sido capaz de vivir consigo misma si el krinar al que amaba hubiera resultado ser un asesino de masas.

—¿Adónde me llevas? —preguntó mientras él sorteaba un par de cuerpos, llevándola en brazos.

—Ya lo verás —dijo Zaron, y ella sintió como sus músculos se preparaban para otro salto sobrehumano.

Aterrizaron sobre lo que quedaba del tejado, y Emily sintió la brisa cálida del verano sobre la piel. Sus pulmones se expandieron, aspirando aire, y la tensión claustrofóbica que contraía su caja torácica se desvaneció, llevándose consigo las dudas que le quedaban.

Por fin estaba otra vez con Zaron.

Él había venido a buscarla.

—¿Cómo me has encontrado? —preguntó, echándose hacia atrás para mirarle a los ojos, y sus pulsaciones se elevaron al ver cómo la miraba.

Zaron la contemplaba con una posesividad sin ambages, con un deseo tan intenso que hacía que sus entrañas se convirtieran en papilla.

—Los nanocitos que usé para curarte —dijo, y Emily tardó un momento en darse cuenta de que estaba respondiendo a su pregunta—. Pude rastrearlos.

—Oh. —Una sensación de malestar se agitó dentro de ella, pero antes de poder preguntarle nada más a

Zaron, él se dio la vuelta hacia la izquierda, todavía sosteniéndola, y ella vio algo extraño.

En la parte del tejado que seguía en pie, había una cápsula esférica hecha de un material extraño de color marfil. No tenía un diámetro muy grande, y no había ni ventanas ni puertas a la vista.

—¿Es eso...?

—Nuestro medio de volver a casa, sí —dijo Zaron, dirigiéndose hacia allí. Cuando se acercó, la pared de la cápsula se desintegró, creando un portal para ellos.

Zaron entró y dejó a Emily con cuidado encima de una plancha flotante: una de las dos que había dentro de la cápsula. Al instante, la tabla se adaptó a su cuerpo, acomodándose a su espalda y a la curva de su trasero. Era de una comodidad increíble, y por primera vez, Emily se percató de lo mucho que había echado de menos la tecnología intuitiva de los krinar.

—¿Vamos a volar a alguna parte? —preguntó, mirando a su alrededor. Las paredes de la cápsula eran transparentes desde el interior, lo que le daba la ilusión de estar sentada dentro de una gigantesca burbuja de cristal. Debería de haber tenido miedo, pero en vez de eso, se sintió libre y despreocupada. Entre esas paredes transparentes, no se notaba encerrada, aunque estaba tan confinada ahora como lo había estado en el sótano de allá abajo. Zaron no iba a dejarla ir otra vez; lo sabía con una certeza que trascendía toda razón, pero a ella no le asustaba saberlo.

No quería volver a estar sin él jamás.

—Volvemos a Costa Rica —dijo Zaron, sentándose

en la otra tabla—. Allí hay un nuevo asentamiento krinar llamado Lenkarda. No está lejos de mi hogar... que ahora es tu hogar también.

—¿Qué pasa con mi gato? —Había un millón de otras preguntas que Emily probablemente debería haber hecho primero, pero la preocupación por George era lo más importante en su mente.

—Vamos a pasarnos a recogerlo —dijo Zaron sin ningún indicio de sorpresa o vacilación, y ella pensó que estaba preparado para esto.

Su intuición había sido acertada: no iba a dejarla marchar.

—¿Y qué pasa con mi apartamento? —preguntó Emily, cuando por fin empezaron a venirle a la cabeza las cuestiones más lógicas. El chute de adrenalina de su violento rescate se estaba desvaneciendo, y empezaba a sentirse agobiada de nuevo—. ¿Qué pasa con mis cosas? ¿De qué voy a vivir si...?

—Emily. —Zaron se giró sobre la plancha para mirarla a la cara. Cogiéndole la mano entre sus enormes y cálidas palmas, le dijo suavemente—: No tienes nada de qué preocuparte, mi ángel. Voy a encargarme de todo.

Emily lo miró fijamente, con la cabeza hecha un torbellino. Nadie se había ocupado de nada de lo suyo desde la muerte de sus padres.

—Pero...

—Calla —murmuró él, levantando la mano para acariciarle la mejilla, y ella vio que la posesividad en su mirada estaba impregnada de ternura, el deseo modulado por algo suave y cálido—. No tienes nada que temer, mi ángel. Ya no volverás a estar sola.

Ella cogió aire, con los ojos ardiéndole por las lágrimas repentinas.

—Zaron...

—Hablaremos más cuando lleguemos a casa —dijo él, y ella asintió, demasiado emocionada para discutir.

Con un ligero y silencioso impulso, la cápsula despegó y se elevó en el aire. A Emily se le cortó el aliento mientras flotaban sobre Nueva York, cubriendo la distancia de Queens a Manhattan en menos de un minuto. Acelerar tan rápido debería de haberle provocado un latigazo, pero no notó ninguna molestia causada por la velocidad. El viaje fue tan suave y sencillo como si volaran a un kilómetro por hora.

Aterrizaron en la azotea de su edificio, y Zaron saltó de la cápsula en cuanto apareció la abertura de la pared.

—Quédate aquí. Enseguida vuelvo —dijo, y antes de que Emily pudiera objetar, desapareció detrás de una chimenea.

Emily salió de la cápsula y comenzó a seguirlo, pero antes de que pudiera dar más de una docena de pasos, Zaron regresó, llevando a un George con los ojos como platos en sus brazos. Al verla, el gato soltó un fuerte maullido, y Emily se lo cogió a Zaron, riéndose mientras el gato la golpeaba con una pata para expresar su indignación por haber sido capturado por un hombre extraño.

—¿Y qué hay de su caja de arena? —preguntó,

mirando a Zaron cuando George se acomodó en sus brazos y comenzó a ronronear—. ¿Y su comida y sus juguetes y...?

—Te proporcionaré todo lo que tu mascota necesite —dijo Zaron, colocando su mano en la parte baja de su espalda para guiarla de regreso a la cápsula—. Deberíamos irnos ya. Creo que tus autoridades aéreas nos han detectado.

Efectivamente, Emily podía escuchar el distante rugido de los helicópteros y el zumbido de las sirenas. ¿Los agentes en las instalaciones de Queens habían informado del ataque de Zaron? ¿Sería esto considerado una violación del tratado? Emily quería preguntar, pero Zaron ya la había empujado al interior de la cápsula y estaba sellando la entrada. Apenas tuvo tiempo de sentarse en la tabla flotante con George bien cogido en su regazo cuando la cápsula despegó, elevándose rápidamente por encima de la ciudad.

Las nubes se convirtieron en borrones por debajo de ellos, y George maulló y le clavó las uñas a Emily en las piernas, asustado. Ella lo acarició con dulzura, sabiendo lo aterrador que todo esto debería de parecerle a un gato que nunca había estado fuera de Manhattan. Incluso para ella, volar en una burbuja de cristal a esta velocidad de locura era absolutamente surrealista.

—¿Cuánto tardaremos en llegar allí? —preguntó ella, y los carnosos labios de Zaron dibujaron una sonrisa divertida.

—Ya estamos allí —dijo, y ella se dio cuenta de que

la cápsula ya estaba descendiendo hacia el dosel verde de la selva tropical, habiendo cubierto la distancia de Nueva York a Costa Rica en unos pocos minutos.

Aterrizaron en un claro junto a la pequeña montaña que cobijaba la casa de Zaron en su interior. Para Emily, era raro, pero fue como volver a casa. Había pasado menos de tres semanas allí, pero el aire fresco y húmedo y la exuberante vegetación la atraían, la hacían sentirse viva y completa de una manera que las concurridas calles de la ciudad de Nueva York nunca podrían.

Salió de la cápsula, sosteniendo a George contra su pecho y siguió a Zaron a la cueva oculta que él había convertido en su hogar.

En el interior, todo estaba tal como lo había dejado, desde los muebles flotantes hasta las limpias paredes color marfil. La abertura de la pared se cerró detrás de Zaron, sellándolos dentro de la casa, y Emily se agachó para poner a George en el suelo. El gato pareció inseguro por un momento, pero luego recuperó su habitual audacia y se fue a explorar su nuevo hogar.

Al enderezarse, Emily se encontró frente a Zaron, y su pulso se aceleró con nerviosa agitación. Zaron la observaba desde detrás de unos párpados entrecerrados y su hermoso rostro tenía una expresión tensa y dura.

Llegó el momento. No tenían donde correr, ningún otro sitio en el que debieran estar.

Solo estaban ellos dos y la tensión que flotaba en el aire, una atracción mutua tan potente que Emily pudo sentirla como una corriente nerviosa que circulaba por su piel.

—Zaron... —No tenía ni idea de si se había acercado hasta él o si era él quien se había movido primero, pero eso no importaba porque de alguna manera estaba en sus brazos, su boca la devoraba con un hambre salvaje y absorbente y sus manos le recorrían todo el cuerpo. Su sabor, su olor, su contacto... era lo único con lo que había soñado durante esas siete semanas o más, y la realidad era más intensa y vívida que sus recuerdos. Su lengua se hundió entre sus labios, poseyendo su boca con una pasión desenfrenada, y ella sintió la dureza de su erección cuando la levantó contra él, abriéndole los muslos para frotarle la pelvis contra su sexo anhelante. Sus pantalones vaqueros y las mallas de yoga de ella estaban entre ellos, pero igualmente podrían no haberlas llevado. Emily sintió como si la hubieran incendiado, como si cada movimiento de sus caderas al frotarse contra ella lanzase astillas de abrasador placer por todo su cuerpo. Sus pezones erectos se sentían dolorosamente presos del sostén, y notaba su clítoris hinchado y sensible y su ropa interior empapada por el palpitante deseo.

Gimiendo en la boca de Zaron, Emily agarró un puñado de su pelo grueso y sedoso y trató de acercarse aún más, necesitando más de esto, más de él. A lo lejos, registró algunos sonidos de tela que se rompía, luego sus dos camisetas estaban en el suelo, y sus pechos desnudos se apretaban contra el torso de él, el alivio del contacto piel con piel casi orgásmico. Pero aún llevaban los pantalones puestos, y Emily no podía soportarlo. Cualquier barrera entre ellos sobraba. Como si lo percibiera, Zaron la dejó sobre sus pies, dejándola resbalar por su cuerpo musculoso, y un instante después, ella tenía los pantalones de yoga y las bragas alrededor de los tobillos.

Se quitó los zapatos con un par de gestos y dio un paso para salirse de los pantalones que tenía enredados en torno a los pies. Zaron le dio la vuelta y la inclinó, colocándola a cuatro patas sobre el suelo. Ella escuchó el sonido de su cremallera al bajarse, y enseguida él estuvo detrás de ella y sobre ella; un antebrazo musculoso serpenteaba debajo de sus caderas para mantenerla quieta mientras la otra mano se aferraba a su cabello. La cogía de una forma ruda y posesiva, su respiración era áspera y rápida contra su cuello, y ella tensó los músculos con instintiva inquietud al sentir la suave y lisa punta de su pene golpeteando contra sus pliegues. Él era mucho más grande que ella, mucho más fuerte. Hasta si él hubiese sido humano, ella se habría encontrado indefensa en su abrazo.

—Eres mía —susurró él en su oído, haciéndola estremecerse—. Este precioso coñito rosado es mío. Todo lo tuyo es mío. Te voy a follar hasta que olvides lo que es no tenerme dentro de ti, mi ángel... hasta que no quieras volver a irte nunca, nunca más.

Su gráfica promesa asustó y emocionó a Emily, pero antes de que ella pudiera responder, él entró en ella, y su gruesa polla la empaló de un fuerte empentón. El aire escapó como una exhalación de sus pulmones, y sus delicados tejidos internos se estremecieron por el impacto de su entrada. Ella estaba mojada, pero aun así se sentía estirada al máximo y llevada al límite por dentro: su cuerpo ya no estaba acostumbrado a su tamaño. Y sin embargo, el calor en su interior se mantuvo y el placer pugnó contra la incomodidad de su brusca invasión.

—Zaron, por favor... —Ella no sabía ni por qué estaba rogando, pero él al parecer sí, porque el brazo que tenía bajo sus caderas se movió y sus dedos aterrizaron sobre su sexo, separando sus pliegues para encontrar su anhelante clítoris. De manera infalible, localizó el punto más sensible, y la incomodidad de Emily se desvaneció, su respiración se aceleró y su columna vertebral se tensó cuando él comenzó a moverse a un ritmo constante, empujando con cada penetración de su polla su clítoris contra esos dedos sabios.

—Mía —suspiró él, rozándole con los dientes la sensible piel del cuello, y la tensión dentro de Emily se reunió formando una espiral increíblemente apretada, y por fin todo el calor explotó en una abrasadora deflagración. Por un segundo, no pudo respirar, no pudo ver, y luego el orgasmo estalló a través de ella: un placer oscuro e incandescente, haciéndola pedazos con su intensidad. Pareció durar para siempre, y el movimiento constante de la polla de Zaron dentro y fuera hizo sus sensaciones más intensas y prolongadas. A Emily le corría el sudor por la espalda, y los dedos de sus pies se curvaron; Zaron continuó follándola durante su clímax, y justo cuando el agónico éxtasis empezaba a desvanecerse, él le pellizcó el clítoris con los dedos haciéndola correrse directamente por segunda vez.

Las oleadas de placer eran tan abrumadoras que a Emily le pilló desprevenida cuando Zaron entró aún más en ella con un gruñido salvaje y notó cómo su polla crecía y explotaba dando saltos dentro de ella. Sus movimientos le causaron réplicas que le recorrieron todo el cuerpo y ella gimió, con los músculos internos contrayéndose cuando su semilla la llenó en varios chorros cortos.

Exhausta, intentó dejarse caer hasta el suelo, pero Zaron no se lo permitió. La levantó, la llevó hasta la ducha y lavó cada parte de su cuerpo, tocando con anhelante ternura su carne más sensible.

Una vez limpia, y vestida con un vestido rosa que Zaron le había dado, a Emily le quedaba la energía justa para sentarse erguida a la mesa flotante de la cocina mientras Zaron ordenaba a su casa que le preparara algo de comer. La comida solo tardó un par de minutos, y Emily se abalanzó sobre ella en cuanto apareció, tan famélica como si no hubiese comido hacía semanas.

—¿Cómo sabías que tenía hambre? —preguntó después haber devorado la mayor parte de su ensalada y un enorme cuenco de delicioso estofado. Era una pregunta trivial, pero no se atrevía a preguntar las cosas importantes, como por qué Zaron había ido a por ella y qué es lo que quería. La comida le había dado un chute de energía, pero su cuerpo todavía palpitaba por su posesión anterior, y sus mejillas se calentaron cuando George saltó a su regazo y le olió la entrepierna para después dejar escapar un fuerte maullido. Emily supuso que el gato podía oler a Zaron en ella, y que no estaba seguro de que eso le gustara.

—Antes te estaba rugiendo el estómago —respondió Zaron, observando las gracias de George desde el otro lado de la mesa. Igual que ella, él llevaba ropa limpia: un par de vaqueros y una camiseta blanca, y estaba increíblemente sexy ahí sentado, con sus ojos oscuros clavados en ella con una intensidad posesiva—. Ellos no te habían dado nada de comer, ¿verdad?

—Me dieron un poco esta mañana, pero lo vomité —dijo Emily—. Las drogas que me dieron me sentaron mal.

Zaron apretó los dientes.

—No tendrías que haberme impedido que los matara.

El pulso de Emily se agitó, y ella se agachó para dejar a George en el suelo.

—Zaron... —Se enderezó para mirarlo de frente—. ¿Qué es exactamente tu gente?

—¿Qué quieres decir? —Él frunció el ceño.

—¿Sois...? —Apenas se atrevía a decirlo—. ¿Sois una especie de vampiros?

Él entornó la mirada.

—¿Qué te hace preguntar eso?

—Os oí hablar a ti y a Ellet —dijo Emily apartando su plato a un lado—. Y entonces... —Se mordió el labio—. Bueno, estoy bastante segura de que lo que fuera que me hiciste la noche antes de marcharme no fue sexo normal.

—¿Lo sabías, y aun así querías que lo hiciera?

—¿Qué es exactamente ese "lo"? —preguntó Emily con frustración—. ¿Tengo razón acerca de lo de beber sangre?

Zaron cruzó los brazos sobre el pecho y se echó hacia atrás.

—Sí... y no. —Sus ojos resplandecían como oscuras gemas—. La sangre humana contiene una hemoglobina que antes necesitábamos para sobrevivir, pero modificamos nuestra composición genética para no necesitarla más; biológicamente, al menos. Sin embargo, sigue existiendo algo de apetito psicológico hacia ella y, en ausencia de una necesidad biológica, obtenemos una gran satisfacción, un placer de naturaleza casi sexual.

A Emily se le secó la boca.

—Tú... te colocas con mi sangre.

—Sí, pero solo si la tomo durante el sexo. Así que no te preocupes, mi ángel. No te morderé siempre que se me antoje, aunque si lo hiciera, estoy seguro de que te resultaría agradable. Nuestra saliva tiene un efecto narcótico en nuestras presas, por eso lo disfrutaste las dos veces que bebí tu sangre.

Nuestras presas. Un estremecimiento recorrió la

espalda de Emily, y tuvo que resistirse a echarse atrás. Una cosa era tener sus sospechas, pero hacer que Zaron las confirmara de una forma tan despreocupada...

—No lo entiendo —dijo ella, con la mente acelerada—. ¿Cómo podría la sangre humana contener una hemoglobina que tu especie necesita? Habríamos tenido que evolucionar a la par que vosotros, pero me dijiste que los krinar sois mucho más antiguos que nosotros. A menos que... —Aspiró aire bruscamente—. A menos que tengáis una especie comparable a la humana en tu planeta, y hayáis manipulado nuestro ADN para que seamos como ellos.

—Muy bien —dijo Zaron con aprobación—. Serías una excelente bióloga. Sí, tienes toda la razón. En Krina, había una especie de primates llamada los lonar que mis ancestros solían cazar. Su sangre contenía la hemoglobina que necesitábamos. Desafortunadamente, eran criaturas débiles y frágiles, con bajas tasas de natalidad y una corta esperanza de vida, y cuando una plaga casi las eliminó, nos dimos cuenta de que necesitábamos una alternativa. Se suponía que los humanos, o más bien, tus antiguos ancestros primates, serían esa alternativa. Al final resultó que no los necesitábamos; para cuando los primates de la Tierra habían evolucionado lo suficiente como para tener hemoglobina, habíamos encontrado sustitutos sintéticos de la sangre y también alteramos nuestros genes para deshacernos de nuestra dependencia de ella.

—¿Entonces por qué continuasteis manipulando

nuestra evolución? —preguntó Emily, confundida—. Hicisteis eso, ¿verdad? Porque, ¿de qué otra manera podríamos ser los humanos tan parecidos a vosotros?

Zaron asintió:

—Sí, tienes razón. Una vez que ya no necesitábamos vuestra sangre, el enfoque de nuestro experimento cambió. Nuestros científicos decidieron ver si podían crear una especie similar a los krinar guiando la evolución de una de las especies de primates de la Tierra.

—La especie que se convirtió en el moderno *Homo sapiens*.

—Sí, exactamente.

Parecía complacido de que Emily le entendiera, y ella se preguntó si eso significaba que él estaba sorprendido por su inteligencia. Entonces se le ocurrió un pensamiento horrible.

¿Qué pasaría si Zaron la considerara solo un mono inusualmente inteligente o algún tipo de experimento genético?

Sus pulmones se detuvieron, su estómago se contrajo por un horrible instante, pero luego recordó cómo Zaron se había sincerado acerca de su compañera, cómo no había querido que Emily se fuera pero había respetado sus deseos a pesar de todo.

No. Ella comenzó a respirar de nuevo. Esa preocupación en particular era infundada. Daba igual cómo se sintieran los krinar en cuanto a su especie, Zaron no veía a Emily como a un animal de laboratorio... de eso estaba segura.

Como si notara la dirección que habían tomado sus pensamientos, Zaron se inclinó hacia delante y tomó su mano.

—Emily... Escúchame, mi ángel. —Su voz era suave, pero la intensidad en su mirada no dejaba lugar a la escapatoria—. Sé que lo que soy, lo que mi gente es, todavía es algo nuevo para ti, y que a veces debe de parecerte aterrador. Pero no tienes nada que temer, créeme. Yo cuidaré de ti. Te daré todo lo que necesites y haré todo lo que esté en mi mano para asegurarme de que te encuentres feliz y a salvo. —Sus ojos brillaron peligrosamente cuando añadió—: nadie volverá a hacerte daño.

Emily dejó escapar un suspiro tembloroso.

—Zaron... —Había un nudo creciente en su garganta—. ¿Por qué viniste a buscarme?

—Porque eres mía —dijo, apretando la mano entre sus dedos—. Porque has sido mía desde el momento en que te vi tirada sobre esas rocas, rota y aferrándote a la vida con todas tu fuerzas. Entonces no lo sabía, pero cuando te salvé, cuando te devolví la vida, tú me devolviste la mía, Emily.

El nudo en su garganta se hizo más grande, y sus ojos comenzaron a arder cuando Zaron se levantó y rodeó la mesa flotante, usando la mano de Emily que tenía cogida para levantarla y acercarla hacia él. Sosteniendo su mirada, tomó sus dos manos entre sus palmas, acercándolas a su pecho, y la desnuda vulnerabilidad de su expresión la atravesó hasta la médula.

—Después de perder a Larita, viví en la oscuridad —dijo con voz queda—. Existía en un mundo tan lúgubre y gris que necesitaba toda mi fuerza de voluntad para poder levantarme cada mañana. Hubo días en los que pensé que no lo lograría y noches en las que... —Su garganta poderosa se movió mientras tragaba—. En las que no *quería* hacerlo.

—Oh, Zaron. —Emily sintió como si la hubieran abierto en canal—. Lo siento, lo siento tanto...

—No, no hace falta. —Le apretó las manos con suavidad, rodeándolas con sus dedos fuertes y cálidos —. No lo entiendes, mi ángel. No te estoy diciendo esto para suscitar tu compasión. Solo quiero que lo entiendas.

—¿Entender qué? —susurró Emily, parpadeando para limpiar el velo de lágrimas que nublaba sus ojos. Su corazón latía a un ritmo rápido y superficial, y el cálido brillo en su mirada hacía que su aliento temblara en su garganta.

—Que entiendas por qué te amo —le dijo—. Por qué quiero que estés a mi lado cada día durante el resto de mi vida. Tú me devolviste lo que pensé que nunca volvería a tener, y no puedo soportar perderlo, Emily. No puedo soportar *perderte*. Te dejé ir porque te había hecho una promesa, pero no puedo volver a hacerlo. Te necesito, mi ángel. Te necesito conmigo para siempre.

—Tú... —La voz de Emily se quebró, las lágrimas corrían por sus mejillas—. Me tienes, Zaron. Estoy aquí. Te amo y seré tuya todo el tiempo que me quieras. Lo siento. Siento tanto haberme marchado. Pensé que tenía que hacerlo, me dije a mí misma que era lo más racional, pero todo ese tiempo, solo fue el miedo el que hablaba. No quería que me dejaras, así que me fui yo primero y...

—Y no te detuve porque *yo* tenía miedo —dijo Zaron, apretando sus manos con más fuerza—. Tenía miedo de perderte igual que había perdido a Larita, así que no intenté explicártelo, ni hacerte entender lo que podía ofrecerte. —Su boca se torció con amargura cuando le soltó las manos y dejó caer los brazos a los lados—. Tendría que haber mandado al infierno el mandato y haberte dicho la verdad, pero en cambio, igual que un cobarde, guardé silencio y te dejé salir de mi vida.

—¿De qué estás hablando? —susurró Emily, parpadeando confundida. Se sentía tan desnuda sin su contacto, tan perdida como un niño abandonado—. Tú me pediste que me quedara. ¿Qué tiene que ver el mandato con todo esto?

—Nada; nada en realidad. —Su voz se volvió tensa por el autoreproche—. Fue una excusa todo el tiempo. Pensé que no podía contártelo todo porque si te hubieras negado a quedarte conmigo, habría roto el mandato. Pero solo era mi propio miedo el que hablaba, nada más. —Respiró hondo—. Lo siento, mi ángel. La verdad es que te dejé ir porque me enamoré de ti, y no pude soportar la idea de que algún día podría perderte... que algún extraño accidente podría acabar con tu vida cuando yo menos me lo esperase.

—Oh, Zaron... —Emily no pudo resistir seguir

escuchando. Acercándose a él, ella agarró sus grandes palmas con sus manos y las llevó a su pecho, imitando su gesto anterior hacia ella. Las lágrimas la estaban ahogando otra vez, la alegría agridulce de su confesión hacía que le doliera la garganta— Tú *vas* a perderme; es inevitable —dijo ella con voz ronca—. Pero eso no significa que no podamos estar juntos hasta entonces... no significa que no podamos amarnos hasta entonces. Hasta unos pocos años resulta mejor que...

—No, mi ángel. —Para sorpresa de Emily, las comisuras de la boca de Zaron se elevaron en una suave sonrisa—. Todavía no lo entiendes. —Soltando gentilmente sus manos, la cogió por los hombros, con un gesto cálido y tiernamente posesivo—. Verás, no van a ser solo unos años. No si eres completamente mía.

—¿Qué? —Emily lo miró fijamente. Seguramente no estaría queriendo decir...

—Existe otra clase de nanocitos: una mucho más avanzada y compleja que lo que yo usé para curarte —dijo Zaron con los ojos brillantes—. Estos nanocitos están diseñados para reparar el daño celular y del ADN mientras estén dentro de un cuerpo humano vivo.

Emily abrió la boca, luego la cerró. Sacudiendo la cabeza, dio un paso atrás, moviendo los codos en un círculo para soltarse de las manos de Zaron sobre sus hombros.

—¿Reparar el daño del ADN? Tú... —Ella apenas podía hablar—. Tú me estás hablando de la inmortalidad biológica.

—Sí. —Fue tras ella y la cogió por la muñeca,

evitando que retrocediera—. Así que, mi ángel, no tiene que ser unos años... no si tú eres mi charl.

—¿Tu qué? —A Emily le daba vueltas la cabeza.

—Charl —dijo—. Eso es lo que llamamos a los humanos que introducimos plenamente en nuestra sociedad. Sin embargo, la etiqueta es irrelevante. Lo que importa es lo que eso puede brindarte: acceso a esos nanocitos y una vida libre de los estragos de la enfermedad y el envejecimiento: una vida que puede durar milenios o más a mi lado.

—Oh, Dios mío, Zaron... —Lo que le estaba diciendo era absolutamente increíble, pero si fuese cierto...— ¿Tu gente puede concedernos la inmortalidad?

Él meneó la cabeza.

—No a todos vosotros, no. Solo aquellas que reclamamos como nuestras charl, como yo te estoy reclamando a ti.

—Pero si tenéis esta tecnología...

—Emily. —Soltó su muñeca para enmarcar su cara entre las manos. Mirándola, limpió las lágrimas de sus mejillas con sus pulgares y dijo suavemente—: Escúchame, mi ángel. Entiendo lo que debe de parecerte, pero no hay nada que yo pueda hacer por la raza humana en general. Eso depende del Consejo y de los Ancianos. Puede que algún día compartan esta tecnología con los tuyos, pero hasta entonces, solo podemos darles estos nanocitos a nuestras charls. *Yo* solo puedo dártelos a ti.

Emily lo miró fijamente y le cogió por las muñecas.

Sus huesos eran gruesos y robustos, tan fuertes como el hombre mismo. Ella no sabía qué pensar, cómo procesar lo que él le estaba diciendo. ¿Tendría que estar egoístamente contenta de que Zaron le diera este increíble regalo, u horrorizada de que los krinar se lo estuvieran ocultando al resto de la población de la Tierra? ¿Cuántas vidas se podrían salvar con la tecnología krinar? ¿Cuánto sufrimiento podría evitarse? Le dolía el corazón al imaginarse a todos los enfermos y moribundos del mundo, pero se daba cuenta de que no iba a ser uno de ellos.

Ella nunca lo sería porque pertenecía a Zaron.

En lugar de los pocos años que se había imaginado que pasarían juntos, tendrían una eternidad.

—No llores, mi ángel —susurró él, y Emily se dio cuenta de que las lágrimas corrían por su rostro de nuevo y de que sus manos temblaban mientras le cogían por las muñecas. Él inclinó la cabeza y besó las lágrimas de sus mejillas, pero estas siguieron brotando: el torrente de emociones era imposible de controlar. Su alegría estaba mezclada con la culpa, y su felicidad se veía empañada por saber que iba estar entre los privilegiados, que sus amigos envejecerían y desaparecerían mientras que ella permanecería siempre joven, junto al hombre al que amaba.

Intentó dejar de llorar y apartar la cara de los suaves besos de Zaron, pero sus labios atraparon los de ella, y aquel calor oscuro que siempre los invadía prendió de nuevo, debilitando sus rodillas y confundiendo sus pensamientos. Un gemido vibró en su garganta, y el beso de él se volvió salvajemente exigente; su lengua le invadió la boca mientras él la empujaba contra una pared, sujetando sus muñecas por encima de su cabeza con una mano mientras con la otra buscaba la cremallera de sus pantalones, liberando su polla erecta. Todavía besándola, le soltó las muñecas y bajó las manos para cogerla por los muslos y levantarla del suelo. Abrumada, Emily se aferró a sus hombros. Ella no llevaba ropa interior, y la gruesa punta de su verga presionaba contra su sexo desnudo, avivando el calor pulsante dentro de ella.

—Zaron —gimió, echando la cabeza hacia atrás mientras los labios de él se arrastraban sobre su mandíbula, dejando un rastro caliente y húmedo sobre su piel; y entonces ella lo sintió: el corte afilado y sorprendente de sus dientes atravesándole la delicada piel de la garganta.

—Mía —dijo él con voz ronca. Su boca chupó la herida y el mundo se desvaneció, consumido por el éxtasis incandescente que se apoderó de ambos.

$\mathcal{N}$o fue hasta la mañana siguiente, al despertarse junto a Zaron, cuando Emily tuvo la oportunidad de procesarlo todo.

Él estaba tumbado sobre un costado, observándola mientras ella abría los ojos, y la posesiva calidez de su mirada la llenó de una confusa mezcla de alegría e inquietud.

Ahora ella pertenecía a Zaron. Para siempre. Él no lo había dicho explícitamente, pero era consciente de que incluso aunque se lo suplicara, no volvería a dejarla marchar, y eso no era solo porque él hubiera quebrantado el mandato contándole las posibilidades plenas de la tecnología médica de los krinar. Iba a retenerla porque la necesitaba... y porque sabía que ella lo necesitaba a él.

—Buenos días, mi ángel —murmuró, apartándole un mechón de cabello de la cara, y la piel de Emily se calentó al recordar lo que había ocurrido el día anterior. Él había vuelto a beber su sangre, y el sexo subsiguiente había sido algo de fuera de este mundo. Se acordaba de más cosas que después de las otras dos primeras veces, quizás porque su cuerpo se estaba acostumbrando a lo que fuera que le hacía su saliva, y los recuerdos hicieron surgir una oleada de calor líquido de su sexo. Zaron había sido insaciable, poseyéndola de todas las formas posibles, y ella había disfrutado de eso, con su cuerpo ansiando cada cosa sucia y depravada que él le había hecho.

—¿Tienes hambre? —le preguntó, y Emily asintió, apartando las explícitas imágenes de su mente.

—Vuelvo enseguida —dijo ella y saltó de la cama, ignorando la forma insaciable en que sus ojos la seguían mientras caminaba desnuda hacia el baño.

Cuando salió unos minutos después, encontró a Zaron vestido con un atuendo inusual: una camisa sin mangas de color marfil y un par de shorts anchos blancos que le llegaban hasta las rodillas. La simplicidad de la ropa resaltaba su poderosa constitución. El tejido de aspecto suave caía sobre sus músculos de una manera que consiguió que la boca se le hiciera agua. Estaba increíblemente guapo, el color claro del atuendo contrastaba contra el profundo tono bronce de su piel, y Emily contuvo el aliento cuando se acercó a ella, con los labios dibujando una sonrisa sensual.

—Me he puesto ropa krinar —le explicó mientras ella continuaba mirándolo—. Toma, también he hecho para ti.

Le entregó un vestido de color melocotón pálido con finos tirantes y un gran escote en la espalda. Emily se lo puso, maravillándose por lo bien que le quedaba. El tejido era ligero aunque similar a la lana, parecido al de los vestidos que él le había dado antes, pero el estilo era diferente. El corpiño del vestido tapaba a la vez que enseñaba, enfatizando la forma de sus senos sin mostrar sus pezones, y la falda flotaba agradablemente alrededor de sus piernas y acababa a unos centímetros por encima de sus rodillas.

—Es muy bonito —dijo ella cuando Zaron dio una orden en krinar y una de las paredes se convirtió en un espejo, mostrándole a Emily su reflejo—. Gracias.

—De nada. —Él se colocó detrás de ella, apoyándole las manos en los hombros, y un temblor recorrió su espalda al sentir el calor de sus palmas sobre su piel desnuda. El reflejo en el espejo resaltaba sus diferencias. De pie detrás de ella, Zaron era una cabeza más alto y decididamente masculino, con sus tremendamente musculosos hombros el doble de anchos que su esbelto cuerpo. Aunque Emily nunca se había considerado particularmente pequeña, se veía diminuta a su lado, y su piel pálida y su cabello rubio hacían que el color oscuro de él pareciera aún más exótico.

Por primera vez, se le ocurrió que sería una extranjera entre la gente de Zaron. No, no una extranjera, una alienígena, un miembro de una especie totalmente diferente.

Con un nudo de ansiedad en el estómago, Emily se volvió a su amante.

—Zaron... —Su voz era vacilante—. ¿Dónde pretendes que vivamos?

—Durante el próximo año, aquí, cerca de Lenkarda —dijo, sonriéndole—. Luego, cuando yo ya no sea necesario para supervisar el proceso del asentamiento, podremos decidir cuál será nuestro próximo hogar juntos. Podemos optar por quedarnos aquí o marcharnos a Krina. O podemos vivir en una de vuestras ciudades si tú lo deseas aunque yo preferiría las dos primeras opciones.

—¿Vendrías a Nueva York conmigo? —preguntó Emily, sorprendida. Dada la actitud hostil y temerosa del público en general hacia los K, la idea de que Zaron se uniera a ella en Manhattan nunca se le había pasado por la cabeza.

—Si las cosas se calman, sí. De lo contrario, no sería seguro para ti.

—¿Para mí? —Emily frunció el ceño—. No creo que esos agentes se atrevan a perseguirme otra vez. Estaba preocupada por ti, con todos los disturbios en las calles y...

—Oh, puedo cuidar de mí mismo —dijo él, agitando la mano con desdén—. Y no, no creo que vuestro gobierno vuelva a meterse contigo, pero eso no significa que algún estúpido grupo de la resistencia humana no lo haga.

—Oh. —Ella no había tenido en cuenta este aspecto de la situación, pero Zaron tenía razón. Si alguien descubriera la relación de Emily con Zaron, ella sería un blanco para los que odiaban a los K. La tacharían de traidora, y no dejarían de estar necesariamente en lo cierto, pensó ella con una punzada de culpabilidad.

Ella *estaba* durmiendo con el enemigo: un enemigo que por eso mismo planeaba darle un regalo inimaginable.

—No te preocupes —dijo Zaron, malinterpretando la consternación en su rostro. Levantó la mano y le acarició dulcemente la mejilla—. Nadie va a hacerte daño, mi ángel. Te lo prometo.

—Lo sé. —Emily cubrió la mano de él con la suya, apretando su palma contra la mejilla. El calor llenó su pecho ante el amor no disimulado que brillaba en su mirada—. Eso lo sé, Zaron.

Su sonrisa reapareció, más brillante de lo que ella nunca la había visto.

—Bien. Ahora vamos, comamos algo y localicemos a tu gato.

Encontraron a George relajándose en uno de los sofás flotantes en la sala de estar. Parecía estar bastante a gusto allí tumbado y cuando Emily le preguntó a Zaron acerca de la comida del gato, él le dijo que había dado órdenes a su casa para asegurarse de que el felino fuera alimentado regularmente y provisto del baño adecuado.

—¿Qué tipo de baño? —preguntó Emily, divertida, y

Zaron explicó que la casa había creado un rincón especial donde el gato podía hacer sus necesidades. Emily insistió en verlo, así que Zaron la llevó a una habitación en la que nunca había estado antes: una con el suelo hecho completamente de tierra.

—Zaron, esto es enorme —dijo, mirando a su alrededor llena de asombro—. ¿Tu casa ha construido esta habitación solo para George?

Zaron asintió:

—Quiero que George también sea feliz aquí —dijo con la mayor seriedad y se agachó para recoger al gato, que los había seguido hasta la habitación—. Más tarde, me lo llevaré a cazar ratones y pájaros. Su especie necesita eso.

Emily se quedó boquiabierta.

—¿Vas a llevar a mi gato de caza? ¿Por la selva?

—Sí, pero no te preocupes. —Zaron apretó a George contra su pecho, ignorando los intentos del gato por escaparse de sus brazos—. Soy lo suficientemente rápido como para asegurarme de que no se escape ni se haga daño de ninguna manera. Sé que tu mascota es una criatura domesticada.

Y no hubo más que decir. Mientras desayunaban, Zaron retuvo a George en su regazo, dejando que el gato se acostumbrase a él, y después de unos pocos maullidos y un intento frustrado de arañarle, el gato se acomodó, dejando que Zaron le acariciara y le rascara detrás de las orejas. Cuando terminaron su comida, George estaba ronroneando a toda máquina.

Parecía que ni los gatos eran inmunes a la contundente ternura de su amante.

Después de comer, salieron a pasear; sin el gato, ya que Emily definitivamente *no* era lo suficientemente rápida para atraparlo si se escapaba, y ella mencionó el otro problema que había estado pesando sobre ella toda la mañana.

—Zaron... ¿Puedo decirles a mis amigos dónde estoy y con quién? —preguntó mientras pasaban bajo un árbol de guanacaste en su camino hacia el lago—. Amber podría preocuparse si no puede contactar conmigo, y los demás probablemente comenzarán a preguntarse por mi ausencia después de un tiempo.

Zaron la miró.

—Puedes decirles que estás conmigo en Costa Rica. Pero tendrás que mantener en secreto lo de los nanocitos y casi todo lo que veas y descubras de ahora en adelante.

Emily tragó saliva.

—Lo entiendo. —Su vida iba a divergir drásticamente de la de sus amigos; ya estaba sucediendo, de hecho. Gracias a Zaron, ella había sobrevivido a la caída desde el puente, pero su antigua vida había terminado en esas rocas. Incluso antes de que él fuera a buscarla, ella ya había sido diferente, alterada irreversiblemente por la experiencia de conocer y enamorarse de un hombre tan extraordinario que nunca podría haberse imaginado que existía.

No era de extrañar que se hubiera sentido como

una zombi durante esas siete semanas en Nueva York. Ella había estado intentando resucitar a la vieja Emily en lugar de aceptar a la persona en la que se había convertido.

Caminaron en amigable silencio hasta que llegaron al lago. Hacía un calor pegajoso, y cuando llegaron al agua transparente, ambos se sumergieron con ganas, y estuvieron nadando más de una hora, hasta que Emily se cansó.

—¿Seré más fuerte cuando tenga los nanocitos? —preguntó, agarrándose de los hombros de Zaron mientras él nadaba hacia la orilla, remolcándola sobre la espalda desde la mitad del lago sin ningún signo de cansancio—. ¿Podré seguirte el ritmo en esta actividad o en otras?

—No, me temo que no —dijo él, deteniéndose y dándose la vuelta para verle la cara. Sus fuertes piernas se movían pataleando en el agua para mantenerlos a los dos a flote—. No envejecerás ni enfermarás, pero seguirás siendo humana, con todo lo que eso implica. Pero debido a que los nanocitos sanarán rápidamente cualquier daño infligido a tus células, no importa cuán pequeño sea, te recuperarás más rápido del ejercicio intenso y tendrás una mayor resistencia. Así que si haces mucho ejercicio, podrías volverte tan fuerte y estar tan en forma como cualquiera de vuestros atletas de élite en un período de tiempo mucho más corto.

—Oh, guau. —Solo pensar en ello hizo que el corazón de Emily latiera más rápido de emoción—. No puedo esperar.

—No tendrás que esperar mucho tiempo —dijo Zaron, con una cálida sonrisa asomando por sus labios—. Te van a poner los nanocitos esta noche.

Y acercándola a él, la besó con tanta pasión que ella se sorprendió de que el agua no se pusiera a hervir a su alrededor.

CAPÍTULO CUARENTA

—¿*E*stás lista? —preguntó Zaron, sosteniendo la mano de Emily. Podía leer el miedo en sus ojos, pero ella levantó la barbilla y le mostró una enorme sonrisa.

—Sí, por supuesto.

—Bien. —Zaron le dio un apretón tranquilizador a la mano, luego se volvió para mirar a Ellet—. ¿Está todo dispuesto?

La experta en biología humana asintió.

—He ejecutado las simulaciones, y todo está listo para empezar. Emily, ahora voy a dormirte, ¿vale?

—Vale. —La sonrisa de Emily vacilo ligeramente, y su mano se tensó entre las de Zaron—. Solo será un ratito, ¿verdad?

—Sí, no te preocupes. —Ellet se le acercó con un pequeño dispositivo tipo jansha—. Te parecerá como un sueño.

—De acuerdo, entonces, hazlo —dijo Emily, y Ellet

presionó el dispositivo contra su cuello. Al instante, la mano de Emily se quedó inerte entre las de Zaron y sus ojos se cerraron al caer en un profundo sueño debido a la anestesia.

—Todo es normal—dijo Ellet, cambiando el dispositivo tipo jansha por una herramienta más sofisticada de dispersión de nanocitos, y Zaron se dio cuenta de que una parte de su preocupación debía de haberse reflejado en su rostro. Sabía que el procedimiento era seguro, llevaban miles de años haciéndoselo a los humanos, pero aun así le inquietaba ver a Emily así: inconsciente y sumamente vulnerable.

Le recordó a cómo había estado durante los primeros días en su casa, cuando se estaba reponiendo de su caída.

Por supuesto, esta no era su casa. Era el nuevo laboratorio de Ellet en Lenkarda, un lugar equipado con la última tecnología médica de los krinar. Incluso el dispositivo más básico de aquí era infinitamente más avanzado que cualquier cosa que Zaron tuviera en casa.

Saber eso tendría que haberle tranquilizado, pero la ansiedad seguía allí cebándose con él como un parásito. El riesgo de que algo saliera mal durante el procedimiento era casi el mismo que el de que el mundo terminase mañana, pero eso no hacía disminuir su preocupación irracional. Si algo le pasara a Emily... No. No podía pensar de ese modo.

No podía dejar que el miedo dictara de nuevo el curso de su relación.

—La amas, ¿verdad? —preguntó Ellet mientras

continuaba con el procedimiento, y Zaron apartó los ojos de Emily el tiempo suficiente para mirar a la mujer krinar y asentir secamente.

—Por supuesto que sí —dijo él con voz tensa—. ¿Por qué si no crees que estoy aquí?

Ellet sonrió y sus ojos color avellana se llenaron de suave simpatía.

—Todo irá bien. Ya lo verás —dijo, y él supo que ella no solo estaba hablando sobre el procedimiento.

—Lo sé. —Volviendo su atención a Emily, Zaron le acarició el interior de la palma de la mano con el pulgar —. Ya lo sé.

Y era verdad. Perder a Emily siempre sería su mayor pesadilla, pero nunca dejaría que eso los separara de nuevo.

Su tiempo juntos era demasiado precioso para eso.

La mano de Emily se retorció entre las suyas, sacando a Zaron de sus pensamientos, y se dio cuenta de que ella ya se estaba despertando.

—El proceso está completo —dijo Ellet cuando él la miró con preocupación—. Los nanocitos están en su lugar y funcionan como es debido. Mira, puedo mostrártelo. Cogió un cuchillito, probablemente con la intención de hacerle un arañazo a Emily para probar su afirmación, pero Zaron le agarró el brazo antes de que pudiera acercarse siquiera a la piel de Emily.

—No —dijo con tono brusco. Sabía que estaba siendo terriblemente sobreprotector, pero no podía soportar la idea de que Emily sufriera daño de ningún tipo.

Nadie se lo causaría mientras él la cuidase.

Ellet se sobresaltó pero se sobrepuso enseguida.

—Por supuesto, lo que quieras. —Soltando el brazo de su mano, volvió a poner el cuchillo en la mesa flotante—. Ella no lo habría notado, todavía está un poco adormecida, pero si no quieres que lo haga, no lo haré.

—Eso mismo. —Los músculos de Zaron estaban tensos y apretados—. No quiero que lo hagas.

—¿Zaron? —La voz de Emily era suave y sonaba soñolienta, pero tuvo en él el efecto de un rayo. Su atención se centró instantáneamente en ella, y su mano apretó su delgada palma.

—Estoy aquí, mi ángel —le dijo, viendo cómo sus ojos se abrían—. ¿Cómo te encuentras?

—Eh... —Con aspecto de estar desorientada, ella trató de incorporarse, y Zaron la ayudó, colocándole el brazo alrededor de su espalda. Su largo cabello le hacía cosquillas en la cara con sus suaves y rubias hebras sedosas y fragantes, y él inhaló profundamente, aspirando su delicado aroma antes de echarse hacia atrás para encontrarse con su mirada.

—No me siento nada distinta —dijo Emily, parpadeando confusa, y Zaron sonrió, con el pecho henchido de jubiloso alivio.

El procedimiento había ido bien. Su ángel estaría sana durante los siglos y milenios que estaban por venir.

—No se suponía que tuvieras que sentirte distinta —dijo Ellet al tiempo que Zaron cogía en brazos a

Emily—. Al menos no enseguida. Con el tiempo, notarás algunas mejorías. No te resfriarás, por ejemplo, y si te haces daño, te curarás más deprisa.

—Gracias, Ellet —dijo Zaron, lamentando haber sido brusco con ella antes—. Te lo agradezco de veras.

—De nada, un placer —dijo ella con una sonrisa cálida, y Zaron se dirigió a la salida, sosteniendo a Emily sujeta contra el pecho.

GEORGE LOS SALUDÓ con un fuerte maullido cuando entraron en la casa, y Zaron dejó a Emily en el suelo con cuidado, para que caminara por sí sola. Ya no parecía mareada, pero estaba un poco callada, y él sabía que todavía se estaba recuperando del procedimiento.

Dejó que ella acariciara a George durante un par de minutos, y luego no pudo esperar más.

—Vamos —dijo él, cogiéndola por el brazo y llevándola hasta la habitación.

—¿Otra vez? —preguntó ella, con los ojos muy abiertos—. Pero acabamos de hacerlo justo antes de cenar.

—Lo sé —dijo Zaron, quitándole el vestido. Su cuerpo se endureció al ver sus curvas delgadas al desnudo, pero no era sexo lo que buscaba... no en ese momento, al menos. Se quitó la ropa, levantó a Emily y la colocó en la cama, luego se acostó a su lado y la abrazó.

Al comprender lo que él quería, ella se acurrucó

contra él, apoyando su cabeza en su hombro y colocando una pierna sobre sus muslos. Él sentía sus pechos suaves y turgentes contra el costado y cómo su cuerpo encajaba contra el suyo como si hubiera sido hecho para él. Ignorando la lujuria que azotaba su cuerpo, Zaron la abrazó con fuerza y se permitió sentir la embriagadora perfección de simplemente estar con ella... de amarla. La felicidad, frágil pero real, estaba a su alcance, y él ya no tenía miedo de ir a por ella. El dolor de perder a Larita nunca desaparecería por completo (su anterior compañera siempre tendría un pedazo de su corazón), pero amar a Emily hacía soportable el dolor.

Amar a Emily hacía que su vida valiera la pena una vez más.

—Te amo, Zaron —susurró ella, levantando la cabeza para mirarlo, y él sonrió, sabiendo que de alguna manera había sentido la dirección que habían seguido sus pensamientos.

—Yo también te amo, mi ángel —dijo suavemente, mirando sus ojos claros y brillantes—. Eres mía... ahora y por toda la eternidad.

—¿Te encuentras bien? —preguntó Zaron, con sus ojos oscuros clavados en su rostro, y Emily asintió, aunque su corazón daba más saltos que un conejo dentro de su garganta. George maulló en sus brazos, así que se agachó para dejarlo en el suelo. El gato saltó al instante a una plancha flotante, su nuevo mueble favorito, y comenzó a lamerse una pata, sin mostrar el nerviosismo que Emily estaba sintiendo.

El año anterior había sido completamente surrealista, pero la aventura en la que se estaba embarcando ahora superaba sus fantasías más salvajes. En menos de dos minutos, la nave espacial krinar en la que se encontraban abandonaría la órbita de la Tierra, llevando a Emily, Zaron, George y a cientos de científicos krinar al planeta Krina.

En menos de dos minutos, Emily y su gato se estarían dirigiendo a su nuevo hogar, en otra galaxia.

Zaron había conseguido una habitación privada para los tres cerca del casco de la nave, para que Emily tuviera las mejores vistas, explicó. Desde el exterior, la nave con forma de proyectil no parecía particularmente futurista pero, en el interior, era como si la casa de Zaron se hubiera inflado a esteroides. Todo era luminoso y espacioso, lleno de muebles flotantes, plantas de aspecto exótico y tecnología krinar inteligente. Lo mejor de todo era que las paredes exteriores eran transparentes desde dentro, lo que permitía a Emily observar la Tierra desde el punto de vista de un astronauta.

Se volvió y contempló la bonita bola azul que era la cuna de la humanidad—. Dijiste que volaríamos a velocidad menor que la de la luz al principio, ¿verdad? —dijo, apartando los ojos de las alucinantes vistas para mirar a Zaron—. No entraremos directamente en el modo warp, ¿correcto?

—Eso es —confirmó él, con sus hermosos labios curvados en una sonrisa—. Primero pasaremos varios días volando para alejarnos de la Tierra. Eso es para evitar causar perturbaciones cuando deformemos el espacio-tiempo.

—Vale, lo entiendo. Solo una pequeña distorsión del espacio-tiempo. Ningún problema —dijo Emily, tratando de no traicionar en su voz lo ansiosa que se sentía—. Será igual que salir a dar un paseo.

—Lo será —le prometió Zaron, colocándole un mechón de pelo detrás de la oreja—. Te adaptarás al viaje espacial tan bien como te has adaptado a todo lo demás.

Sus palabras, y la cálida mirada de sus ojos, la tranquilizaron un poco. Zaron tenía razón: Emily se había aclimatado a su nueva vida junto a él con sorprendente facilidad. Lejos de echar de menos Nueva York y su carrera en finanzas, ella se había crecido en Costa Rica. En un mes, estaba ya tan cómoda con las aplicaciones básicas krinar como lo había estado con la tecnología humana y con la ayuda de un implante neural de idiomas, que le habían puesto una semana después de recibir sus nanocitos, Emily se había pasado los últimos diez meses aprendiendo todo lo que pudo sobre la ciencia y la sociedad krinar.

Su base de conocimientos había crecido tan deprisa que estaba considerando seriamente explorar su sueño infantil de convertirse en una científica.

Había esperado que Zaron se riera cuando le mencionó la idea, pero él se había alegrado mucho y se había propuesto enseguida enseñárselo todo sobre las diferentes especies de plantas y animales de Krina. Su pasión había sido tan contagiosa que Emily ahora estaba pensando en ser una bióloga como él.

—No tienes que decidirte ahora mismo —le había dicho Zaron cuando le había hablado acerca de esa idea —. De hecho, no tienes que decidirte en absoluto. Muchos de nosotros incursionamos en diferentes campos, y tú también puedes. Todo depende de ti. Sé que tendrás éxito en cualquier cosa que elijas hacer.

Eran ese tipo de aliento y el apoyo inquebrantable

de Zaron los que le habían dado a Emily el coraje para aceptar mudarse con él a Krina. A Zaron le habían ofrecido una nueva oportunidad de investigación allí, y él estaba ansioso por volver a reconectar con su familia y reparar la brecha que había entre ellos, algo que Emily aprobaba totalmente. Le había preocupado que Zaron tuviera padres que lo amaban, pero que él se hubiese alejado de ellos. Ella lo había animado a que se reconciliara, aunque le preocupaba que pudieran desaprobar su relación con ella. Sin embargo, Zaron había hablado con ellos mediante realidad virtual el mes anterior, contándoles todo sobre ella, y luego le había dicho que nadie tenía problema alguno con que ella fuese humana. Le había dicho que todos tenían muchas ganas de conocerla, y Emily ahora estaba emocionada ante la idea. Aun así, se sentía más que un poco nerviosa por dejar la Tierra.

No fue de ayuda que su amiga Amber le dijera que estaba loca.

—Ya estás viviendo a las puertas de una colonia alienígena... *con* un alienígena —le había dicho entre dientes a Emily cuando se encontraron en Nueva York en persona el mes pasado—. ¿Y ahora estás pensando en irte a Krina? ¿Qué diablos vas a hacer allí? ¡Ni siquiera hablas su idioma!

Emily no podía decirle a Amber que, gracias al implante de idioma, *sí* hablaba krinar, así que se había quedado callada y Amber había insistido, haciendo todo tipo de predicciones sobre el destino de Emily en Krina. Emily se había tomado sus advertencias con pinzas; como la mayoría de las personas después del Gran Pánico, Amber temía tanto a los krinar que se negaba a conocer a Zaron. Desafortunadamente, Emily tampoco podía desdeñar sin más las preocupaciones de su amiga.

No todos los krinar eran tan abiertos en su actitud hacia los humanos como Zaron; por eso había estado preocupada por la familia de Zaron. Incluso en Lenkarda, donde la mayoría de los residentes habían pasado algún tiempo entre humanos, Emily se había encontrado con bastantes K que parecían considerarla un cruce entre la mascota de Zaron y un juguete sexual.

Si no hubiera estado segura de que Zaron la amaba y respetaba, no habría aceptado ir con él Krina.

—Mi ángel... —Zaron le rodeó la cara con las palmas de las manos, y la cálida intensidad de su mirada ahuyentó la ansiedad que la había invadido de nuevo—. No tienes nada de qué preocuparte. Estoy contigo, y no dejaré que nada te pase, ¿vale?

—De acuerdo —susurró Emily, más tranquila gracias a sus palabras, y Zaron le pasó un brazo por los hombros, atrayéndola contra un costado mientras sonaba un suave timbre, marcando el inicio del viaje de la nave.

Hipnotizada, Emily miró a través de la pared transparente cuando la nave comenzó a moverse, llevándola lejos de la Tierra. La bonita bola azul que era su planeta natal iba haciéndose más y más pequeña por segundos, pero el viaje que le esperaba ya no asustaba a Emily. Fuera lo que fuese lo que les deparara el futuro, ella iba a afrontarlo a junto al hombre que ahora la abrazaba con esa actitud tan tierna, el krinar que le había salvado la vida y había hecho prisionero a su corazón.

Ella estaba con Zaron, y eso era lo único que importaba.

¡Gracias por leerme! Te agradecería mucho que dejases un comentario.

Si bien la historia de Emily y Zaron está completa, puedes leer más acerca de los krinar en la trilogía de *Mia & Korum*, situada unos años después de la invasión. También puedes disfrutar de mi oscura trilogía romántica contemporánea, *Secuestrada*.

Si quieres que te avisemos cuando salga el próximo libro, regístrate en mi lista de correo electrónico de nuevos lanzamientos en www.annazaires.com.

Y ahora, por favor, pasa la página para leer unos fragmentos de *Contactos Peligrosos* y *Secuestrada*.

EXTRACTO DE CONTACTOS PELIGROSOS

Nota del autor: *Contactos Peligrosos* es el primer libro de la trilogía de las Crónicas de Krinar Los tres libros se encuentran ya disponibles.

En un futuro cercano, la Tierra está bajo el dominio de los Krinar, una avanzada raza de otra galaxia que es todavía un misterio para nosotros…y estamos completamente a su merced.

Tímida e inocente, Mia Stalis es una estudiante universitaria de la ciudad de Nueva York que hasta ahora había llevado una vida normal. Como la mayoría de la gente, ella nunca había interaccionado con los invasores, hasta que un fatídico día en el parque lo cambia todo. Después de llamar la atención de Korum, ahora debe lidiar con un krinar poderoso y peligrosamente seductor que quiere poseerla y que no se detendrá ante nada para hacerla suya.

¿Hasta dónde llegarías para recuperar tu libertad? ¿Cuánto te sacrificarías para ayudar a los tuyos? ¿Cuál será tu elección cuando empieces a enamorarte de tu enemigo?

Respira, Mia, respira. Algo en el fondo de su mente, una pequeña voz racional, repetía sin cesar esas palabras. Esa misma parte extrañamente objetiva de ella notó la simetría de su rostro, la piel dorada que cubría tersamente sus pómulos altos y su firme mandíbula. Las fotos y vídeos de los K que ella había visto no les hacían justicia en absoluto. Vista a unos diez metros de distancia, la criatura era simplemente impresionante.

Mientras seguía mirándolo fijamente, todavía paralizada en el sitio, él dejó de apoyarse y empezó a andar hacia ella. O mejor dicho, a rondar con movimientos acechantes en su dirección, pensó ella estúpidamente, porque cada uno de sus pasos le recordaba a los de un felino selvático aproximándose con andares sinuosos a una gacela. Sus ojos no dejaban de sostenerle la mirada. Según él se iba acercando, ella podía distinguir unas motas amarillas tachonando sus ojos de un dorado claro, y unas tupidas y largas pestañas que los rodeaban.

Ella lo miró entre incrédula y horrorizada cuando se sentó en su banco, a menos de medio metro de ella, y le sonrió, mostrando unos dientes blancos y perfectos. "No tiene colmillos", advirtió alguna parte de su cerebro que aún funcionaba, "ni rastro de ellos". Ese era otro mito sobre ellos, igual que el que supuestamente odiaran la luz del sol.

—¿Cómo te llamas? —Fue como si la criatura prácticamente hubiese ronroneado la pregunta. Su voz era grave y sosegada, sin ningún acento. Le vibraron ligeramente las fosas nasales, como si estuviera captando su aroma.

—Eh... —Ella tragó saliva con nerviosismo—. M-Mia.

—Mia —repitió él lentamente, como saboreando su nombre—. ¿Mia qué?

—Mia Stalis. —Oh, mierda, ¿para qué querría saber su nombre? ¿Por qué estaba aquí, hablando con ella? En suma: ¿qué estaba haciendo en Central Park, tan lejos de cualquiera de los Centros K? *Respira, Mia, respira.*

—Relájate, Mia Stalis. —Su sonrisa se hizo más amplia, haciendo aparecer un hoyuelo en su mejilla izquierda. ¿Un hoyuelo? ¿Tenían hoyuelos los K?

—¿No te habías topado antes con ninguno de nosotros?

—No, nunca. —Mia soltó aire de golpe, al darse cuenta de que estaba aguantando la respiración. Estaba orgullosa de que su voz no sonara tan temblorosa como ella se sentía. ¿Debería preguntarle? ¿Quería saber? Reunió el valor—: ¿Qué, eh... —y tragó de nuevo — ¿qué quieres de mí?

—Por ahora, conversación. —Parecía como si estuviera a punto de reírse de ella, con esos ojos dorados haciendo arruguitas en las sienes.

De algún modo extraño, eso la enfadó lo suficiente para que su miedo pasara a un segundo plano. Si había algo que Mia odiaba era que se rieran de ella. Siendo bajita y delgada, y con una falta general de habilidades sociales causada por una fase difícil de la adolescencia que contuvo todas las pesadillas posibles para una chica, incluyendo aparatos en los dientes, gafas y un pelo crespo descontrolado, Mia ya había tenido más que suficiente experiencia en ser el blanco de las bromas de los demás.

Levantó la barbilla, desafiante:

—Vale, entonces, ¿Cómo te llamas *tú*?

—Korum.

—¿Solo Korum?

—No tenemos apellidos, al menos no tal como vosotros los tenéis. Mi nombre es mucho más largo, pero no serías capaz de pronunciarlo si te lo dijera.

Vale, eso era interesante. Ahora recordaba haber leído algo así en el *New York Times*. Por ahora, todo iba bien. Ya casi habían dejado de temblarle las piernas, y su respiración estaba volviendo a la normalidad. Quizás, solo quizás, saldría de esta con vida. Eso de darle conversación parecía bastante seguro, aunque la manera en la que él seguía mirándola fijamente con esos ojos que no parpadeaban era inquietante. Decidió hacer que siguiera hablando.

—¿Qué haces aquí, Korum?

—Te lo acabo de decir: mantener una conversación contigo, Mia. —En su voz se percibía de nuevo un toque de hilaridad.

Frustrada, Mia resopló.

—Quiero decir, ¿qué estás haciendo aquí, en Central Park? ¿Y en Nueva York en general?

Él sonrió de nuevo, inclinando ligeramente la cabeza hacia un lado.

—Quizá tuviera la esperanza de encontrarme con una bonita joven de pelo rizado.

Vale, ya era suficiente. Estaba claro, él estaba jugando con ella. Ahora que podía volver a pensar un poquito, se dio cuenta de que estaban en medio de Central Park, a plena vista de más o menos un millón de espectadores. Miró con disimulo a su alrededor para confirmarlo. Sí, efectivamente, aunque la gente se apartara de forma evidente del banco y de su ocupante de otro planeta, había algunos valientes mirándoles desde un poco más arriba del sendero. Un par de ellos incluso estaban filmándoles con las cámaras de sus relojes de pulsera. Si el K intentara hacerle algo, estaría colgado en YouTube en un abrir y cerrar de ojos, y seguro que él lo sabía. Por supuesto, eso podía o no importarle.

Pero teniendo en cuenta que nunca había visto videos de ningún K abusando de estudiantes universitarias en medio de Central Park, Mia se creyó relativamente a salvo, alcanzó cautelosa su portátil y lo levantó para volver a ponerlo en la mochila.

—Déjame ayudarte con eso, Mia.

Y antes de que pudiera mover un pelo, sintió como le quitaba el pesado portátil de unos dedos que repentinamente parecían sin fuerza, y como al hacerlo rozaba suavemente sus nudillos. Cuando se tocaron, una sensación parecida a una débil descarga eléctrica atravesó a Mia y dejó un hormigueo residual en sus terminaciones nerviosas.

Él alcanzó su mochila y guardó cuidadosamente el portátil con un movimiento suave y sinuoso.

—Ya está, todo listo.

Oh Dios, la había tocado. Tal vez su teoría sobre la seguridad de las ubicaciones públicas fuera falsa. Sintió como su respiración volvía a acelerarse, y cómo su ritmo cardíaco alcanzaba probablemente su umbral anaeróbico.

—Ahora tengo que irme... ¡Adiós!

Después no pudo explicarse como había conseguido soltar esas palabras sin hiperventilar. Agarrando la correa de la mochila que él acababa de soltar, se puso de pie de golpe, notando en lo profundo de su mente que su parálisis anterior parecía haberse desvanecido.

—Adiós, Mia. Nos vemos. —Su voz ligeramente burlona atravesó el limpio aire primaveral hasta ella mientras se marchaba casi a la carrera en sus prisas por alejarse de allí.

Contactos Peligrosos ya está disponible. Para saber más y registrarte para mi lista de nuevas publicaciones, visita www.annazaires.com/book-series/espanol/.

EXTRACTO DE SECUESTRADA

Nota del autor: *Secuestrada* es una trilogía erótica oscura sobre Nora y Julian Esguerra. Los tres libros se encuentran ya disponibles.

Me secuestró. Me llevó a una isla privada.

Nunca pensé que pudiera pasarme algo así. Nunca imaginé que ese encuentro fortuito en la víspera de mi decimoctavo cumpleaños pudiera cambiarme la vida de una forma tan drástica.

Ahora le pertenezco. A Julian. Un hombre que tan despiadado como atractivo, un hombre cuyo simple roce enciende la chispa de mi deseo. Un hombre cuya ternura encuentro más desgarradora que su crueldad.

Mi secuestrador es un enigma. No sé quién es o por qué me raptó. Hay cierta oscuridad en su interior, una oscuridad que me asusta al mismo tiempo que me atrae.

Me llamo Nora Leston, y esta es mi historia.

Tengo diecisiete años cuando lo conozco.

Diecisiete años y estoy loca por Jake.

—Nora, vamos, me aburro —dice Leah, sentada conmigo en las gradas viendo el partido. Fútbol americano. No sé nada de fútbol, pero finjo que me encanta porque es donde puedo verlo. Allí, en ese campo, mientras entrena cada día.

No soy la única chica que mira a Jake, claro. Es el quarterback y el más buenorro del mundo… o por lo menos de Oak Lawn, un barrio residencial de Chicago, Illinois.

—No es aburrido —le digo—. El fútbol es divertidísimo.

Leah pone los ojos en blanco.

—Ya, ya. Anda y ve a hablar con él. No eres tímida. ¿Por qué no haces que se fije en ti?

Me encojo de hombros. Jake y yo no nos movemos en los mismos círculos. Las animadoras se le pegan como lapas y llevo observándolo bastante tiempo para saber que le van las rubias altas y no las morenas bajitas.

Además, por ahora es divertido disfrutar de esta atracción. Sé qué nombre tiene este sentimiento: lujuria. Hormonas, así de simple. No sé si me gustará Jake como persona, pero me encanta como está sin camiseta. Cuando pasa por mi lado, noto que se me acelera el corazón de la alegría. Siento calor en mi interior y me entran ganas de removerme en el asiento.

También sueño con él. Son sueños sensuales y eróticos donde me coge la mano, me acaricia la cara y me besa. Nuestros cuerpos se tocan, se frotan el uno contra el otro. Nos desvestimos.

Trato de imaginar cómo sería el sexo con Jake.

El año pasado, cuando salía con Rob, casi llegamos hasta el final, pero entonces descubrí que se había acostado, borracho, con otra chica en una fiesta. Acabó arrastrándose cuando me enfrenté a él, pero ya no podía fiarme y rompimos. Ahora me ando con mucho más ojo con los chicos con los que salgo, aunque sé que no todos son como Rob.

Pero puede que Jake sí lo sea. Es demasiado popular para no ser un mujeriego. Aun así, si hay alguien con quien me gustaría hacerlo por primera vez, ese es Jake, sin duda alguna.

—Salgamos esta noche —dice Leah—. Noche de chicas. Podemos ir a Chicago a celebrar tu cumpleaños.

—Mi cumpleaños no es hasta la semana que viene —le recuerdo, aunque sé que tiene la fecha marcada en el calendario.

—¿Y qué? Podemos adelantar la celebración.

Sonrío. Siempre está a punto para la fiesta.

—No sé. ¿Y si vuelven a echarnos? Esos carnets no son muy buenos…

—Iremos a otro sitio. No tiene por qué ser el Aristotle.

El Aristotle es el club más molón de la ciudad. Pero Leah tenía razón… había otros.

—De acuerdo —digo—. Hagámoslo. Adelantemos la fiesta.

~

Leah me recoge a las nueve.

Va vestida para salir de fiesta: unos vaqueros ceñidos oscuros, un top brillante sin tirantes de color negro y botas de tacón hasta las rodillas. Lleva la melena rubia completamente lisa y suave, que le cae por la espalda como una cascada radiante.

Sin embargo, yo aún llevo puestas las zapatillas de deporte. Tengo los zapatos de tacón dentro de la mochila que dejaré en el coche de Leah. Un jersey grueso esconde el top sexi que llevo. No me he maquillado y llevo la melena castaña recogida en una coleta.

Salgo de casa así para no levantar sospechas. Digo a mis padres que me voy con Leah a casa de una amiga. Mi madre sonríe y me dice que me lo pase bien.

Ahora que casi tengo dieciocho años, no tengo toque de queda. Bueno, quizá sí, pero no es oficial. Siempre y cuando llegue a casa antes de que mis padres empiecen a preocuparse, o por lo menos les diga dónde voy a estar, no pasa nada.

Cuando subo al coche de Leah empiezo a transformarme.

Me quito el jersey, que revela el ajustado top que llevo debajo. Me he puesto un sujetador con relleno para aprovechar al máximo mis encantos, algo pequeños. Los tirantes del sujetador están diseñados inteligentemente para ser bonitos, así que no me da vergüenza que se me vean. No tengo unas botas tan llamativas como las de Leah, pero he conseguido sacar a hurtadillas mi mejor par de zapatos negros de tacón. Me añaden unos diez centímetros de altura. Y como necesito hasta el último centímetro, me los pongo.

Después, saco mi neceser de maquillaje y bajo el visor para mirarme al espejo.

Unos rasgos familiares me devuelven la mirada. Mis ojos grandes y marrones y las cejas negras y muy definidas dominan mi pequeño rostro. Rob me dijo una vez que parecía exótica, y sí, algo así es. Aunque solo tengo una cuarta parte de latina, siempre estoy algo bronceada y mis pestañas son más largas de lo normal. Leah dice que son postizas, pero son auténticas.

No tengo ningún problema con mi aspecto, aunque a veces me gustaría ser más alta. Es por los genes mexicanos. Mi abuela era bajita y yo también lo soy, aunque mis padres tienen una altura normal. Y no me preocupa, lo que pasa es que a Jake le gustan las altas. Creo que ni siquiera me ve en el pasillo porque estoy por debajo del nivel de su vista.

Suspiro, me pongo brillo de labios y sombra de ojos. No me paso con el maquillaje porque a mí me funciona más lo sencillo.

Leah sube el volumen de la radio y las nuevas canciones pop llenan el coche. Sonrío y empiezo a cantar con Rihanna. Leah se une y ahora las dos estamos cantando a voz en grito la de S&M.

Sin casi darme cuenta, ya hemos llegado al grupo.

Nos acercamos como si fuéramos las reinas del mambo. Leah sonríe al portero y le enseñamos nuestros carnets. Nos dejan pasar, sin problemas.

Nunca habíamos estado antes en este club. Está en una parte del centro de Chicago más vieja y deteriorada.

—¿Cómo descubriste este sitio? —grito a Leah para que me oiga por encima de la música.

—Me lo dijo Ralph —grita ella y yo pongo los ojos en blanco.

Ralph es el exnovio de mi amiga. Rompieron cuando él empezó a comportarse de forma extraña, pero, por algún motivo, siguen en contacto. Creo que ahora él está metido en las drogas o algo así. No lo sé seguro y Leah no me lo quiere contar por lealtad a él. Es un tío muy turbio, y que estemos aquí porque nos lo haya recomendado él no me tranquiliza en absoluto.

Pero, bueno, da igual. La zona de fuera no es lo mejor, pero la música es buena y me gusta la gente variada que hay.

Estamos aquí para pasárnoslo bien y eso es exactamente lo que hacemos durante la hora siguiente.

Leah consigue que un par de tíos nos inviten a unos chupitos. No nos tomamos más de una copa. Leah porque tiene que llevar el coche y yo porque no metabolizo bien el alcohol. Puede que seamos jóvenes, pero no somos tontas.

Después de los chupitos, bailamos. Los dos chicos que nos han invitado bailan con nosotras, pero poco a poco nos vamos alejando de ellos. Tampoco son tan monos. Leah encuentra a unos buenorros de edad universitaria y nos ponemos a su lado. Entabla conversación con uno y yo sonrío al verla en acción. Se le da muy bien esto del flirteo.

En esas que la vejiga me dice que tengo que ir al baño. Así que los dejo y allá que voy.

Ya de vuelta, pido al camarero un vaso de agua. Después de bailar me ha entrado sed.

El chico me lo da y me lo bebo de un trago. Cuando termino, dejo el vaso en la barra y levanto la vista.

Me topo con un par de ojos azules y penetrantes.

Está sentado al otro lado de la barra, a unos tres metros de mí. Y me está mirando.

Le devuelvo la mirada, no puedo evitarlo. Es el hombre más guapo que haya visto en mi vida.

Tiene el pelo oscuro y un poco rizado. Su rostro es de facciones duras y masculinas, con rasgos simétricos. Tiene las cejas rectas y oscuras por encima de los ojos, que son increíblemente claros. Y una boca que podría pertenecer a un ángel caído.

De repente me acaloro al imaginar esa boca rozando mi piel y mis labios. Si fuera propensa a ponerme roja, ahora mismo me habría puesto como un tomate.

Él se levanta y camina hacia mí sin dejar de mirarme. Anda sin prisa, tranquilo. Se lo ve muy seguro de sí mismo. ¿Y por qué no iba a estarlo? Es muy guapo y lo sabe.

Al acercarse, me doy cuenta de que es grande. Es alto y fornido. No sé qué edad tiene, pero supongo que se acerca más a los treinta que a los veinte. Es un hombre, no un chiquillo.

Se coloca a mi lado y tengo que acordarme de respirar.

—¿Cómo te llamas? —pregunta en una voz baja, pero audible por encima de la música. Oigo su tono profundo a pesar de este entorno tan ruidoso.

—Nora —respondo con voz queda, mirándolo. Me he quedado fascinada y estoy segura de que él lo sabe.

Sonríe. Al separar esos labios tan sensuales deja entrever unos dientes blancos y rectos.

—Nora. Me gusta.

Como él no se presenta, me armo de valor y le pregunto:

—¿Cómo te llamas?

—Puedes llamarme Julian —dice, y miro cómo mueve los labios. Nunca me había fascinado tanto la boca de un hombre.

—¿Cuántos años tienes, Nora? —me pregunta a continuación.

Parpadeo.

—Veintiuno.

Se le ensombrece la expresión.

—No me mientas.

—Casi dieciocho —admito a regañadientes. Espero que no se lo diga al camarero y me echen de aquí.

Asiente, como si hubiera confirmado sus sospechas. Entonces levanta la mano y me toca el rostro. Suavemente, con cuidado. Me roza el labio inferior con el pulgar como si sintiera curiosidad por su textura.

Estoy tan sorprendida que me quedo allí plantada. Nadie me lo había hecho antes, nadie me había tocado así, como si nada, de aquella forma tan posesiva. Siento frío y calor a la vez, y un escalofrío de miedo me recorre la espalda. No vacila en sus gestos. No pide permiso ni se detiene a ver si lo dejo tocarme.

Me toca sin más. Como si tuviera derecho a hacerlo. Como si yo le perteneciera.

Con la respiración agitada y entrecortada, doy un paso atrás.

—Tengo que irme —susurro, y él vuelve a asentir, mirándome con una expresión inescrutable en su hermoso rostro.

Sé que me deja ir y me siento agradecida porque algo en mi interior me dice que podría haber ido más allá, que no sigue las normas establecidas.

Que seguramente sea la persona más peligrosa que he conocido jamás.

Me doy la vuelta y me abro paso entre la muchedumbre. Me tiemblan las manos y el pulso me late con fuerza en la garganta.

Tengo que salir de allí, así que cojo a Leah y le pido que me lleve a casa en coche.

Al salir de la discoteca, miro hacia atrás y vuelvo a verlo. Sigue mirándome.

A su mirada se asoma una oscura promesa; algo que me hace estremecer.

Secuestrada ya está disponible. Para saber más y registrarte para mi lista de nuevas publicaciones, visita www.annazaires.com/book-series/espanol/.

Anna Zaires es una autora de *bestsellers* de ciencia ficción romántica y romance erótico oscuro contemporáneo, Nº 1 en ventas internacionales según el *New York Times* y *USA Today*. Se enamoró de los libros a los cinco años, cuando su abuela le enseñó a leer. Desde entonces, siempre ha vivido en parte dentro de un mundo de fantasía donde los únicos límites son los de su imaginación. Actualmente, Anna reside en Florida, está felizmente casada con el autor de ciencia ficción y fantasía Dima Zales y colabora estrechamente con él en todas sus obras.

Para más información, visita www.annazaires.com.